Merci à Nathalie.

Avertissement :

Les écrivains sont des voleurs. Attention, s'il vous arrive de passer près d'eux. Une parcelle de votre vie peut se retrouver dans un roman. Comme dans vos rêves ou vos cauchemars, vous risquez d'être embarqué dans des aventures inimaginables, et y côtoyer une faune de personnages inquiétants. Votre identité sera changée, vous seul pourrez reconnaitre cet instant où vous avez commis une petite lâcheté, une incartade, une saloperie ou pourquoi pas, une bonne action et connaitre votre minute de gloire. Ici, dans ce roman tous les personnages sont vrais, ils existent bien. Vous allez peut-être en reconnaitre quelques-uns. Des pauvres diables, vous en voyez tous les jours, il y en a partout et le déclin de notre civilisation occidentale repliée sur elle, engoncée dans son égoïsme, son sectarisme bourgeois risque d'en fabriquer encore davantage.

N'essayez pas de chercher sur une carte, les lieux et les noms des personnages de ce roman ont été tous changés.

CHAPITRE 1

Enterrement d'une vie de jeune fille.

Là-haut, un ciel tourmenté nous préparait déjà au pire. Un sentiment d'une colère froide montait. On sentait physiquement le caractère imprévisible du destin. Nous étions au cœur de l'été et pourtant le gris dominait partout, la menace de l'orage commençait à poindre. D'étranges nuages trainaient leurs volutes de lave, salissant un ciel aveugle, un ciel qui se préparait à déverser le flot dru de ses larmes tièdes sur cette Aube qui restera à jamais salie. Chacun sentait bien que les forces de l'esprit ne pouvaient accepter cette tragédie. Bientôt le bruit et la fureur allaient être au rendez-vous. Dans ce cimetière de Beurnier, seul le crissement aigu du piétinement de la foule sur le gravier, ressemblant au bruit du ressac de bord de mer, violait le silence de la procession. Entourés par la famille, les proches se recueillaient, subissant tête basse la psalmodie du curé. Certains effondrés pleuraient, d'autres, prostrés s'imposaient par leur simple présence, s'efforçant de maintenir la posture.

Pas évident de rester statique si longtemps. Où poser ces maudites mains, pourtant hier et les autres jours, elles étaient bien présentes ? Ils ne savaient où poser leurs yeux, enveloppés par une charge émotionnelle trop lourde.

Près de la fosse fraichement creusée, une petite femme malingre, le visage blafard fixait le cercueil de bois blanc posé là, juste à ses pieds. Ses yeux étaient rivés sur ce coffre allongé, un coffre qui renfermait sa fille chérie. Toute sa vie était là, à ses pieds. Ce cercueil garderait en lui pour toujours un grand trésor, le trésor de toute sa vie. Elle s'obligeait à vivre ces instants tragiques, épousant depuis peu cet étrange statut, le statut de mère, mais une mère sans enfant.

Dans ce terminal de la vie, ce lieu où l'humain se dissout pour retourner à la matière, au milieu de tous ces morts, au milieu de ces tombes en marbre froid, en pierre rongée par le temps, en ciment gris écaillé, ces tombes toutes allongées vers la même direction, cette érection de caveaux parfois ostentatoires, parfois rongé par le temps, une foule choquée était venue témoigner et rendre un ultime hommage à cette jeune fille violentée et assassinée. Au milieu de cette concentration d'âmes perdues pour le monde des vivants, ces destins évanouis, ces vies éteintes, chacun en procession semblait pénétré par une sorte de grâce. En ce lieu, les invités de la dernière heure prenaient la mesure de la gravité de leur existence, si différente dans leurs vies du quotidien, mais unis aujourd'hui pour témoigner de l'ignominie de cet acte barbare

Tous bien mis, respectant les rites de la cérémonie, pour la plupart, ils s'étaient obligés à porter beaux. Beaux, tous n'en avaient pas la même signification. Les femmes drapées de manteaux sombres semblaient compassées mais dans une totale magnificence, formant un groupe uniforme.

Brunes, rousses ou blondes, elles se confondaient toutes : bien coiffées, les yeux tristes, la mine sombre, souvent un foulard foncé couvrant parfois leur tête ou leur enserrant le cou.

Les hommes, selon leur classe sociale, portaient pour certains des costumes aux belles étoffes griffées, d'autres plus ordinaires, mais de couleur toujours sombre. Des cravates aux coordonnées plus ou moins heureuses tombaient sur leurs chemises claires, même leurs chevelures noires ou neigeuses étaient soignées, et leurs chaussures bien cirées s'écrasaient sur la terre battue. Cette terre recouvrait les tombes voisines, plus anciennes. Les dernières demeures jouxtant la cérémonie se trouvaient allégrement piétinées.

Dernière demeure. Quel drôle d'appellation définitive !

Un peu en retrait, les gens de condition plus modeste voulant passer inaperçus, au contraire, détonnaient au milieu de cette foule. Certains, contraints d'être là, portaient des frusques mises à la hâte. Ils avaient enfilé un imperméable un peu trop court, un blouson froissé ou une simple veste bon marché. Ils n'avaient pas l'habitude de s'afficher, ils se sentaient gauches. Réfugié à l'arrière du groupe, derrière le cercle des importants, un cordon hiérarchique s'était créé naturellement. Le cimetière laissait peu d'espace au monde des vivants.

Une fracture de deux mondes existait bien.

Ce territoire réservé aux morts semblait nous dire ce genre de mots servant aux slogans érigés dans ces rassemblements imbéciles de gaulois organisés sous l'égide de ce parti à l'idéologie rance : *« On n'est chez nous ! »*

Les disparus avaient la priorité du lieu.

Aujourd'hui, pour leur tenir compagnie, une nouvelle voisine s'installait : la jeune Lou âgée d'à peine 20 ans. Lou allait en effet prendre ses quartiers dans ce petit cimetière, les fondations de sa nouvelle maison sentaient encore l'odeur de la terre fraîche. Les allées bien trop étroites obligeaient les invités d'un jour à pratiquer de drôles d'acrobaties pour éviter de piétiner les tombes. Dans ces circonstances, souvent la tristesse collective donnait cette grâce aux gens, elle sacralisait le vrai chagrin ou celui de la posture. Elle obligeait à un moment ou un autre, à faire ne serait-ce que quelques secondes d'introspection. Ici on parlait de Dieu, on priait, on se signait. On ne se préoccupait pas de savoir si le ciel était vide.

Certains serraient une rose blanche dans leur main, dernier geste, dernière marque de témoignage. Une rose pour accompagner cette jeune Lou dans son ultime voyage. Même les athées, les agnostiques, suivaient le rituel. Cela leur donnait cette gravité, cette stature. Souvent ils se sentaient en ce lieu, un instant comme dépassés par la grandeur de leur personnage. Le ciel en osmose avec l'évènement avait choisi cette couleur sinistre qui annonce le pire. L'atmosphère lourde confirmait : Bientôt ça allait barder !

Au loin, le grondement peu rassurant de l'orage commençait à faire entendre son bruit sourd. Il arrivait, furieux et insistant, on le savait tout proche. L'air devenait irrespirable, la sueur perlait sur les fronts. Chacun priait pour que le curé en termine maintenant avec son sermon. La foule endurait le cérémonial malgré des habits trop chauds, des cravates trop serrées, des chaussures trop fermées. Des bourdonnements peu rassurants déchiraient le ciel. L'orage se faisait de plus en plus menaçant, il approchait à grands pas, annonçant le bruit et la fureur. Des éclairs irradiaient le ciel, les craquements sourds du tonnerre reprirent, sonores, plus inquiétants encore. Un orage de fin d'été, violent, synthétique, ravageur. Des trompes d'eau tièdes s'abattirent soudain au-dessus du cimetière. Chacun s'empressa d'ouvrir son parapluie d'un geste nerveux, et les imprévoyants se rapprochèrent des autres.

L'homme d'église, contrarié, referma son missel trempé. Il se signa et disparut se mettre à l'abri. Résignés, les accompagnateurs du dernier voyage, soudain défaits par la bourrasque, restaient dignes. Nous étions en plein jour mais le ciel était noir. C'était la nuit.

La pluie cessa enfin, elle ne s'était abattue que quelques minutes, avec fracas, emplissant d'eau boueuse la fosse destinée au cercueil, trempant l'assemblée, fripant leurs vêtements, tassant les coiffures, desserrant les visages figés comme des masques de cire.

La mère de la jeune défunte s'avança, frêle et pâle, elle tenait dans sa main tremblante un papier. C'était une feuille de cahier d'écolier manuscrite, détrempée par la pluie où l'encre avait coulé. C'est avec l'eau de larmes bleues que ce message entaché par le chagrin semblait avoir été écrit. Transcendée par le chagrin, elle déclama ces quelques mots écrits la veille. Tout ce désespoir l'avait aidé à rassembler ces quelques phrases comme pour expurger sa peine, puisant au plus profond d'elle-même ces fragments de force pour rester debout. En couchant son texte sur ce bout de papier, Sophie communiait une dernière fois avec Lou. Elle annonçait à cette foule saisie par l'horreur de ce crime barbare, qui était Lou, qui était cette belle jeune fille, hier encore, pleine de vie à l'avenir brillant.

D'une petite voix fluette et chevrotante, elle se mit à lire, les yeux rivés sur son texte comme pour se donner du courage, serrant ce bout de papier détrempé comme pour occuper ses mains, pour peut-être pouvoir encore parler quand l'émotion l'envahira et l'empêchera de sortir ces mots si douloureux, ces mots définitifs, ces mots qui racontaient l'histoire d'une jeune fille, sa petite fille partie trop tôt, partie brisée, partie souillée, cassée telle une vieille poupée que l'on jette, détruite par la volonté d'un monstre. La petite femme dévastée par l'émotion se lança, la voix sourde, prononçant ces mots désordonnés, des mots extirpés de sa bouche par la douleur.

— Aujourd'hui... Vous êtes tous là…

Des larmes coulèrent et les mots s'étranglèrent dans sa gorge, en se faisant violence elle poursuivit pourtant :

— Merci, d'être avec moi pour accompagner ma petite Lou... Nous sommes tous réunis, et... nous pleurons Lou, ma petite Lou qui est partie.

À cet instant un sanglot brisa sa voix.

Elle se reprit d'une voix chevrotante :

— Lou, elle nous manquera... à vous ses amis, à vous ses copains d'école... à nous sa famille.

Puis se retournant vers un jeune homme statufié, les mains enfoncées dans ses poches de blouson, la mère de Lou continua la voix cassée par la douleur.

— Bien sûr, elle manquera à Jason son petit ami, et... moi sa mère qui maintenant restera seule, Lou tu me manqueras, tu me manqueras à moi aujourd'hui qui a tout perdu... quand cette tombe sera recouverte de terre, il ne me restera plus rien, plus que le souvenir... Le souvenir de mon enfant ! Le petit ami de Lou le visage livide, éclata en sanglots en entendant les premiers mots prononcés par la mère de son amoureuse. Cette amoureuse partie pour toujours. Il paraissait perdu dans ce cimetière, au milieu de cette foule, il avait reçu la terrible nouvelle comme une bombe qui lui avait explosé à l'intérieur de lui-même.

Il se sentait minuscule, soudain face à cette assemblée au regard compassionnel. Il se voyait tout petit dans ce cérémonial funeste ; désarmé pour affronter tout ça. Quelques jours avant, il riait, il serrait son amoureuse dans ses bras, il était heureux avec sa belle Lou. C'était un cadeau du ciel, cette fille !

Quelle horreur, pourquoi elle ? Pourquoi ?

Etriquée dans son imperméable gris, le visage défait par plusieurs nuits sans sommeil, fébrile, mais tenant debout par la rage au cœur, la mère de Lou poursuivit avec ses mots peu assurés, avec sa douleur de mère, avec son regard perdu :

— Lou avait 20 ans, c'était un soleil..., Lou c'était une jeune fille bien, gentille avec tout le monde, elle respirait la joie de vivre, elle réussissait brillamment tout ce qu'elle entreprenait : ses études, la musique, sa passion pour son violon, sa vie amoureuse avec Jason. Mais maintenant, moi sa mère qui l'aimait plus que ma propre vie, sans elle aujourd'hui, à quoi me sert de continuer ce chemin, oui à quoi bon... ?

Sa voix s'érailla, puis lutta en se forçant à poursuivre :

— ...On a pris la vie de ma petite Lou...

Etranglée par l'émotion, comme pour valider la fin de sa souffrance, de parler de cette ignominie devant ces gens, elle, la discrète, la femme effacée, elle fit une boule avec le texte qu'elle avait griffonné. Elle pressa fort ce chiffon de papier comme pour marquer sa rage, sa colère. Ses phalanges blanchirent sous cette pression :

— ...Aujourd'hui ma petite fille est morte, un monstre la tuée.

Des larmes coulèrent sur son visage blafard, luttant pour finir son texte, sa voix écrasait les mots :

— Lou ...Elle aurait voulu être médecin, elle aimait les gens... Se sentir utile, aider les autres, soigner, faire du bien autour d'elle ? Voilà c'était sa vie à Lou ! Mais un monstre en a décidé autrement et a mis fin à ses rêves, a mis fin à sa vie.

Les journalistes locaux se frayant un passage firent crépiter les flashs.

Ils allaient pouvoir figer la douleur sur le papier.

Un grondement sourd venait de la foule voulant montrer leur solidarité dans l'épreuve et surtout l'écœurement.

Une marche blanche était prévue en fin de semaine. La mobilisation s'annonçait massive. Le malheur est mobilisateur pour la nature humaine.

Les regards interdits, marquaient une colère mais aussi un désarroi, une impuissance. Chacun fixait la petite femme pétrie par le chagrin. Ils la fixaient, hébétés, témoins de sa douleur, témoins de cette injustice. Comment valider une telle horreur : une jeune fille de 19 ans violée et poignardée de 29 coups de couteaux. L'assassin, comble de l'horreur, avait poussé le vice jusqu'à sectionner trois doigts de la main gauche de la victime. Encore un de ses fous furieux, que la société n'avait pu exfiltrer.

Le lieutenant de police Florence Vanier et son collègue Franck Larieux scrutait la foule. Plus haut, perchés sur la murette du cimetière, des collègues filmaient, prenaient des photos.

Dans la police, on connaissait bien le rituel de certains meurtriers, ils avaient cette manie de revenir près de leur victime une ultime fois, avant qu'elle disparaisse sous terre.

L'auteur de ces saloperies se régalait aussi dans la seconde phase, celle du cérémonial.

Parfois, il faisait le déplacement en catimini, se mêlait à la foule, ou moins téméraire, jouissait de voir ce rassemblement, planqué derrière un caveau ou un arbre.

Cela aurait presque été normal qu'il soit là quand même, puisque le grand ordonnateur de cette cérémonie, c'était lui. Il voulait être aux premières loges pour voir ces gens venus des quatre coins du pays pleurer Lou.

Il ne voulait pas manquer ce spectacle macabre où tous ces gens témoignaient par leur présence, de l'effroi ressenti après un tel acte. Ne pas rater ces photographes mitraillant à tout va, cette foule piétinant les tombes, ces psaumes débités par l'homme d'église, ces pleurs retenus ou affichés, ces postures des politiques locaux.

Florence Vanier se pencha vers son collègue et lui chuchota :

— *Quand tu penses qu'il est peut-être ici... cet enfoiré !*

Peut-être pour évacuer une réelle émotion, Franck Larieux pris son air narquois et lui chuchota à l'oreille :

— *Il faudrait interdire le jogging* pour les femmes, on éviterait bien des meurtres !

Florence ne rebondit pas à la mauvaise vanne de son collègue, elle lui fit comprendre par une mimique semblant chasser un moustique teigneux, qu'elle n'appréciait que moyennement son humour cynique. Devant ce drame affreux, elle n'avait vraiment pas le cœur à rire. C'est tout penaud que le policier se remit à sa recherche improbable. Les regards des policiers continuèrent leur balayage suspicieux. Cela pouvait être n'importe qui. Ils scrutaient chaque personnage, chaque visage, cherchant l'introuvable. Cela aurait pu être aussi bien cet homme, la cinquantaine, bien coiffé, portant beau, sans doute membre de la famille. Il semblait anéanti par ce drame. Ou pourquoi pas cet employé communal avec son sweet orange et sa pelle à la main attendant la mise en terre du cercueil pour combler le trou. Il ne laissait rien paraître de ses sentiments. Pourquoi pas, ce mari attentionné qui tentait de réconforter son épouse complètement submergée par l'émotion ? Le maire ! Non, quand même pas le maire ! Même s'il en rajoutait dans la démonstration de sa dévotion auprès de la famille. Mais c'était souvent ça aussi la politique. Bon alors qui d'autre ? Le patron du restaurant le plus en vogue du centre-ville ? Non ! Il serrait fort le bras de sa belle femme, une ravissante rousse aux yeux verts, il la serrait comme s'il avait peur de la perdre. C'est vrai qu'elle était sémillante la restauratrice. Elle avait beaucoup d'atouts et lui beaucoup à perdre. Leur serveur alors ? Il regardait d'un air hagard la fosse, hébété, les yeux révulsés et le teint blême. Délit de faciès comme nous sermonnent les avocats. Le curé alors ! Pourquoi pas le curé ? Et oui, ça en ferait du bruit ça ! Un curé !

« N'importe quoi ! Tu es folle ma pauvre fille ! Arrête ce jeu stupide ! »

Florence s'en voulu d'avoir ces idées farfelues. Peut être qu'inconsciemment, elle se racontait ces énormités pour faire retomber la pression. Mais, elle savait que la nature humaine réserve parfois de drôles de surprises. Elle en avait vu passer de toutes sortes dans son musée des horreurs. Le commissariat, ce lieu de filtrage de notre société. Florence en avait connu des personnages qui avaient un jour péter les plombs, puis avaient échoué dans son bureau après avoir commis l'indicible. Si nos citoyens savaient, ils auraient mille raisons de trembler. La nature humaine se montre parfois si effrayante. La barbarie n'a pas de limite. Cela pouvait être en vérité n'importe qui, ici ou ailleurs. Un notable respecté mais pervers, un clochard au cerveau délabré. Pourquoi pas un bourgeois névrosé, un père de famille sans histoire, un célibataire frustré, un homme de loi sans foi, un homme d'église sans loi... ou même un homme tout à fait normal, normal en apparence.

C'était bien cela qui angoissait le lieutenant : chercher une aiguille dans une meule de foin. Celui qu'elle ne pouvait reconnaitre, celui à qui personne ne prêtait attention. Une silhouette anonyme, une ombre infiltrée dans la foule en plein recueillement.

Dans ce rassemblement funeste, il y avait un homme qui vivait ce cérémonial dans un esprit de souffrance et de haine profonde. Tout habillé de noir, la couleur de la nuit, la couleur du désespoir, la couleur de son deuil. Il voulait assister au départ de celle qu'il ne connaîtrait décidément jamais. Il se retrouvait aujourd'hui seul au milieu de cette foule, seul avec son chagrin pour unique compagnon, seul comme toute sa vie il avait vécu.

Ici, c'était un étranger. Personne ne savait qui il était, d'où il venait. Une femme aurait pu pourtant le reconnaître.

Une seule femme, celle qu'il avait rencontré vingt ans plus tôt, mais seulement à peine quelques mois. Quelques mois dans une vie, pourtant cela pouvait paraitre peu.

C'était pendant cette période que tout avait commencé. Aujourd'hui elle ne pouvait le voir. Ecrasée par le chagrin, le masque de larmes descendant devant ses yeux comme un rideau l'avait rendue aveugle.

Personne ici ne le connaissait. Pourtant il se pourrait qu'il se retrouve propulsé sous les sunlights de la célébrité dans peu de temps. Mais lui, ce n'était pas la notoriété qu'il recherchait, lui son leitmotiv c'était de trouver le salaud qui avait tué dans des conditions monstrueuses la jeune Lou.

Un soleil souffreteux tentait de percer le ciel qui reprenait un peu de couleur. La cérémonie prenait fin entraînant la foule dans une marche machinale et résignée. Des ombres désordonnées et furtives écrasaient leurs spectres informes un peu partout sur le granit des tombes, telles de larges flaques de vase.

L'inspecteur Florence Vanier cherchait toujours, les yeux rivés sur ces arabesques sombres, cette armée des ombres.

CHAPITRE 2

Pauvre diable !

Une sueur acide commençait à ruisseler sur sa peau. Une peau claire tachée par de multiples points de rouille. Depuis le petit matin, il coupait du bois dans la chaleur étouffante de cette journée d'été. Une journée particulière. Il n'avait pas souhaité se rendre à l'enterrement de la jeune étudiante. Alcide n'aimait pas la foule, et cela tombait bien parce que la foule ne débordait pas non plus d'affection pour lui. Il avait une activité plus terre à terre, le sciage de son bois. L'hiver serait là dans quelques mois.

A cette évocation, Alcide se sentait motivé.

La tâche était éprouvante, mais il voulait avancer et en finir avec ce chantier. Après, il lui faudrait ranger les billots sous la remise. Il n'aimait pas ça rentrer le bois. A chaque fois il transpirait, et à chaque fois il attrapait la gale et devait endurer cette irruption de boutons urticants sur tout son corps pendant plusieurs jours.

Sans pour autant cultiver le dolorisme, la gale du bois, ce n'était pourtant pas grand-chose pour lui. Il avait connu de plus grandes souffrances dans son enfance. Au fur et à mesure de la coupe, il jetait les bûches sur le côté de la maison. Une dépendance, un corps de ferme que le père Boucard, un agriculteur du village voisin lui louait depuis peu, pour un modeste loyer en échange de coups de main ponctuels dans l'exploitation agricole. Cela l'avait bien dépanné. Les minimas sociaux ne lui permettaient pas de faire trop d'écart dans son train de vie. Alcide habitait Beurnier depuis bientôt 3 ans.

Alcide ! Quel drôle de prénom ! Fallait-il que sa mère affiche un tel mépris pour son enfant, qu'elle soit dénuée de tout sentiment maternel pour l'humilier sa vie durant en l'affublant de ce prénom pour le moins curieux ? D'ailleurs, pourquoi lui avoir donné un prénom alors qu'elle l'abandonna quelques jours après son accouchement, le laissant sur les marches de l'hôpital des hauts clos à Troyes, tel un sac poubelle. Dans sa tourmente infernale, elle fut bien incapable de reconnaître le véritable père de ce bébé. Seule et perdue dans cette vie ratée, elle n'aurait pu assurer un rôle de mère. Serveuse, un peu plus parfois dans un bar de nuit, son quotidien n'avait rien de reluisant à cette époque. L'alcool et ses relations abjectes, les sombres connections du monde glauque de la nuit. Domaines des paumés, du monde des âmes grises… Celles qui vous engloutissent chaque jour vers les abîmes. Le principe sectaire des bas-fonds : ne pas sombrer seul, entraîner le maximum de gens avec soi.

Pour se refuser d'avoir échoué, en espérant emporter avec soi, dans ce tourbillon putride de sa vie décomposée une majorité de gens. Qu'ils trébuchent aussi pour ne pas être seul à tomber !

Cela n'avait pas empêché cette femme de mettre au monde un autre enfant, un an plus tard. Une belle petite fille rousse. Abandonnée et placée, elle aussi dans une famille d'accueil. Placée, déplacée, replacée... Misère quand tu nous tiens !

Pendant une courte période, Alcide avait vécu en pension avec sa sœur âgée de 9 ans. Ils vivaient à la campagne, les fermiers les élevaient avec rudesse, mais sans maltraitance. Seul, le grand fils tourmenté par son retour de la guerre d'Algérie avait de quoi intriguer par son comportement irrationnel et parfois pervers. Traumatisé par cette sale guerre, il se levait la nuit et simulait un tir de mitraillette à genoux dans le champ bordant la ferme. Les parents se réveillaient mais ne savaient quoi faire de ce fils psychotique. Quand Alcide allait uriner dans la nature, il le suivait et le regardait faire ses besoins d'un œil concupiscant. Pour ne pas avouer son voyeurisme pervers il lui reprochait de s'exhiber, prenant un air matois. Les parents, pas très sereins sur les intentions de leur fils demandaient à Alcide de s'éloigner pour uriner. Les soldats après la guerre peuvent se montrer très dangereux. Alcide appréciait d'avoir retrouvé cette petite sœur rousse et pleine de tâches de rousseur, comme lui. Enfin quelqu'un de proche à qui parler, donner et recevoir un peu de tendresse. Même s'ils n'en abusaient pas. Ils n'étaient pas dans la démonstration tactile. Se sentir en confiance et ensemble leur suffisait. Avoir un lien. Mais ce petit bonheur fût de courte durée. Un jour, revenant plutôt que prévu de l'école, il entendu crier sa petite sœur. L'ancien soldat était en train de la violenter. Il l'avait déshabillée et la suspendait par les pieds en lui trempant la tête dans un tonneau remplit d'eau. Il criait, rouge de colère, le visage révulsé : *« Mais avoue donc ! Où sont ils cachés ? »* Alcide atterré, ne comprenant pas le spectacle auquel il assistait, mais voyant sa petite sœur terrorisée, dénudée et en pleurs, il lui fallait faire quelque chose. Sans réfléchir, dans l'urgence, il s'était saisit d'une fourche trouvée prés de l'entrée de la grange et l'avait propulsé sur le fils des fermiers. Les piques s'enfoncèrent dans une cuisse du tortionnaire. Il lâcha sa proie et tomba à la renverse la jambe ensanglantée. La petite fille échappa au pire. Au pire physiquement. D'autant plus qu'elle n'avait pas grand-chose à avouer !

Alcide ne fût pas traité en héros. Bien au contraire. Il paya son forfait très cher. Pour le remercier d'avoir sauvé sa petite sœur d'un acte barbare, sa famille d'accueil l'enferma tous les soirs, pour passer la nuit dans une cage à lapins, et cela pendant un mois. Nous étions en janvier, Alcide en plus de la peur d'être séquestré dans ce cagibi avait dû affronter le froid venu agrémenter ce séjour barbare. La petite sœur traumatisée, elle, fût placée quelques mois en institution puis réintégra une autre famille d'accueil. Alcide ne la revit jamais. Le fils contrarié, tortionnaire de *fellagas,* lui, fit un séjour en psychiatrie et quand Alcide le retrouva l'année d'après, il sut en le revoyant qu'il ne pourrait plus faire la guerre à personne, ni tremper dans des bidons remplis d'eau les petites filles en les suspendant par les pieds. Le lourd traitement lui avait fait prendre plus de 20 kilos. Aujourd'hui, il était devenu un tas de chair amorphe. C'était un fantôme qui était revenu.

Alcide ressemblait à ce fruit un peu blet qui sous la bourrasque s'est décroché de l'arbre bien avant d'être à maturation. Un fruit qui a mordu un peu trop vite la poussière, un peu écorché, les chairs meurtries. Mais il a tenu bon, ne s'est pas décomposé tout de suite, il a résisté. Sa croissance s'est poursuivie hors sol. Il vivra en marchant de guingois, hors sol, mais en avançant malgré tout.

Alcide Bernard, Alcide le réprouvé était un personnage frustre, solitaire au parcours erratique.

C'est la DASS qui l'avait affublé de ce patronyme original : Bernard.

Il avait échappé aux noms très usités dans ces institutions à cette époque des années 60 : Martin, Jean, Robert, Bertrand, Michel ou autres Hervé.

Avec un prénom comme Alcide, tous les noms pouvaient s'accorder. Aujourd'hui il s'en fichait pas mal de s'appeler *trucmuche* ou Bernard, aujourd'hui fini les moqueries, fini d'être le souffre-douleur, d'être humilié, de porter les bonnets d'âne, les écriteaux suspendus autour du cou : « *je suis un cancre* ».

L'école, ce lieu magique où tout petit on découvre les arcanes du savoir, mais qui peut se révéler aussi un lieu de grande souffrance. Alcide y connut les premières injustices ; il n'y apprenait rien, mais il était contraint d'y rester statique pendant des heures. Là, il recevait les remarques cinglantes ou parfois les coups. Les instituteurs ne brillaient pas à cette époque par un humanisme débordant.

Ironie du sort : *Aujourd'hui, dans certains collèges, c'est eux qui tremblent devant les élèves !*

Il les avait tous pratiqués les tortionnaires de la pédagogie : Ceux qui humilient avec des mots, en se mettant en scène devant la classe transformée en public obligé : le stand up du professeur !

Les gestapistes :

Ceux qui infligent des sévices corporels, tordent les joues, allongent les oreilles. Sans oublier ceux qui arrachent des touffes de cheveux, ou tapent avec des règles en fer sur les extrémités des doigts. Ce privilège lâche du référent, de l'uniforme, de ce petit pouvoir qui fait enfler la tête des faibles, ce pouvoir qui transforme les petites âmes en grosses ordures.

Alcide savait maintenant ce que signifiait vraiment le fameux délit de sale gueule : Il devait aussi se protéger de ces camarades à la récréation ou à la sortie de l'école. Il servait de défouloir, de la simple moquerie aux coups bas. Une vie misérable s'était écoulée, sans reconnaissance, sans amour, sans geste tendre, sans affection. Une vie de solitude, de honte, de frustration.

Aujourd'hui il vivait seul. Mais il était tranquille, loin des gens, loin de la foule, loin des autres.

Alcide avait 47 ans. Il n'était pas à l'aise avec les gens, pas à l'aise avec la vie. Enfant maltraité, rejeté, humilié, sans famille, sans ami, sans lien social. Un déficit affectif dans tous les domaines de la vie qu'il endurait depuis trop longtemps. Cette existence ne ressemblait à rien, ce n'était que frustration, solitude, misère morale. Alcide avait troqué sa vie pour un véritable chemin de croix. Son physique rebutait. Le délit de sale gueule !

Au moyen âge, on brûlait les roux. Possédés par le mal, envoyés du diable, ils portaient malheur !

Les mentalités changeaient, on détournait encore parfois la tête, mais rares étaient encore les gens pratiquant de l'ostracisme à leur égard. Alcide avait un physique atypique.

Partout où il passait, il intriguait, il pouvait même inquiéter. C'est vrai que la nature ne l'avait pas gâté ce grand gaillard un peu bossu avec son visage rustique parsemé de tâches de rouille. Un œil fermé, entouré d'une vilaine cicatrice, et pour parachever ce visage à la Van Gogh, une oreille à demi amputée complétait le tableau. Ce visage particulier, il le devait à cet incendie survenu quand il avait 13 ans.

Sa famille d'accueil, des paysans champenois plus enclins à l'économie qu'au sens de l'humain, le faisait coucher à l'étage d'une grange transformée en chambre. Si les acariens n'étaient pas à la noce, l'hiver rude dans cette région était dur à supporter pour le jeune Alcide. Pour se protéger de la morsure du froid, il dormait tout habillé sur sa paillasse, calfeutré sous sa couverture bien trop mince pour éviter ce froid pervers.

Une nuit, pour des raisons inconnues, le feu avait dévasté les dépendances de la ferme. Dans l'urgence et l'affolement, en voulant s'extirper de sa couchette perchée en haut de la grange en feu, et pour ne pas brûler vif, il était tombé sur une moissonneuse batteuse. La chute et le contact brutal avec le métal entrainèrent la reconfiguration de ce visage cabossé qui allait être son compagnon pervers pour le reste de sa vie.

Coincé là-haut dans cette grange en feu, il avait échappé au pire, il aurait pu connaître les flammes de l'enfer avant l'heure. Une mauvaise chute ! Aujourd'hui tout cela n'était que des douloureux souvenirs.

Dans cet antre aménagé sommairement, Alcide se sentait chez lui. Les boites de conserve vides et les bouteilles de vin en plastique traînaient sur le sol recouvert par un morceau de lino élimé qui avait dû être bleu à l'origine. La seule fenêtre donnant sur la cour n'avait pas besoin de rideaux. Les vitres crasseuses avaient perdu de leur transparence. Tous ces objets entassés çà et là, lui tenaient compagnie.

Alcide avait ses repères, une petite télé sur le buffet restait allumée souvent. C'était sa seule distraction. Il fantasmait sur les présentatrices de météo, pas celles du service public, pas assez minces, pas assez blondes, celles des autres chaines qui minaudaient, lascives dans leurs robes noires serrées ne cachant rien de leurs formes voluptueuses.

Captivé par ses fantasmes, Alcide se souvenait rarement des prévisions météorologiques déclinées par ces idoles du petit écran quelques minutes avant le journal télévisé. Seule l'apparition de ces créatures de rêves l'intéressait.

Le fantasme lui tournait la tête. La météo ! C'était son attraction favorite.

Il scrutait dans les moindres détails, les hauts et les bas de l'enveloppe textile de ses créatures de rêves qui venaient chez lui chaque jour à l'heure du repas. Là, en regardant cette lucarne, il vivait un spectacle érotique terrible !

Il imaginait un monde merveilleux sous ces dessous. Alcide était persuadé que contrairement à ce qu'il avait découvert chez Monique, chez ses invitées du soir, c'était du soyeux, du soigneux, du beau, du précieux.

Elles étaient toujours de bonne humeur, propres sur elles, se montrant complices dans leurs mimiques. Une gestuelle parfaitement rôdée. Une minauderie de connivence.

Il devinait des trésors cachés sous ces plis, ces fronces de tissu. Rien ne lui échappait, les ourlets trop épais, les excroissances des élastiques de leurs sous-vêtements. Qui y avait-il donc sous ces chemisiers de soie légère. De quelle peau était recouverte ses bustes tendus ? Que cachaient- elles sous ces robes moulantes, ces pantalons serrés ?

Parfois, en se déchirant les yeux, il parvenait à entrevoir un fragment de soutient gorge, quand une caméra coquine se posait sur l'échancrure évasée d'une robe d'été. Les décolletés de ses idoles le faisaient fantasmer. Il savait que tout se passait après le troisième bouton du chemisier, celui ci résistait comme lui à la pression. Aguicheuses, certaines idoles n'hésitaient pas à montrer la naissance de ces trésors bien enserrés dans leurs écrins de dentelle fine. Ces trésors qu'il devinait ronds et chauds, des trésors qui lui faisaient tourner la tête.

Spectateur assidu, ce rituel l'excitait.

Alcide savait reconnaitre en une fraction de seconde à travers ces robes moulées au corps, si la star de la météo portait un string, une toute petite culotte, voire une plus enveloppante. Quand il n'arrivait pas à deviner, il pensait qu'elle n'en portait pas. Alcide ne s'en offusquait pas, bien au contraire !

Dans un autre genre, il aimait aussi regarder ces jeux où des gens sautaient en l'air, embrassaient l'animateur, criaient leur joie, se roulaient par terre, pleuraient même parfois. Il ne comprenait pas toutes les subtilités des règles de ce jeu, mais ces milliers d'euros déversés semblaient exciter les invités, les poussaient même dans l'indécence, et ces jeux semblaient surtout beaucoup intéresser les téléspectateurs qui s'émoustillaient par procuration.

S'ils ne partageaient pas les liasses, ils partageaient virtuellement la liesse des heureux gagnants. Ça riait, ça criait, la musique des jingles montaient dans les aigus. Toujours prompt à suivre les évolutions de notre monde de voyeurisme pervers, un nouveau jeu venait de naître. En phase avec notre société de plus en violente et amorale, les journaux télévisés exhibaient chaque jour les évènements les plus hard des conflits, et ses atrocités. A l'heure du repas, la guerre nous était décrite avec soins :

Des décapitations, des viols, des meurtres, toutes les horreurs que l'humanité avait engendré dans la journée, nous étaient déversées le soir à l'heure de la soupe.

Les médias ne lésinaient pas sur le trash ! Capter l'attention par les actes vils de notre monde malade.

Seules les étiquettes de vin étaient occultées. Le vin c'était sale !

Le lobby hygiéniste dictait sa loi. On pouvait tuer, violer, torturer, faire l'amour, partouzer, mais il ne fallait pas boire un verre de vin, ni fumer une cigarette à la télévision.

Même à nos plus célèbres acteurs, on leur avait coupé la chique !

L'urgence c'était de faire de notre pays, un pays sans bistrots, sans boites de nuit. Tous ces grands lieux de perdition où les gens de toutes classes sociales confondues se croisent, parlent, rient, se rencontrent.

France morte. Ne plus sortir, avoir peur du gendarme. Peur de perdre son permis.

Plus d'un million d'automobilistes roulaient sans le fameux sésame.

Dans certains villages, le lien social disparaissait. Le café où les habitants pouvaient se retrouver chaque jour pour dialoguer, jouer aux cartes ou simplement raconter une anecdote. Pour vivre ensemble naturellement. Cette chasse aux sorcières engendrait des conséquences dramatiques sur le moral des français. Notre pays arrivait au 5éme rang des taux de suicides. On recensait plus de 200 000 tentatives dans cette France où plus rien ne bougeait. En hausse de 40 %, le nombre de décès par suicides dépassait allègrement celui des morts sur les routes : 12 000 français étaient passés à l'acte. Les décès accidentels eux plafonnaient aux alentours de 3 000. Mais la priorité c'était de neutraliser ces conducteurs criminels qui auraient pu prendre le volant en ayant bu deux ou trois verres de vin. Notre société aseptisée ne devait plus boire, ni fumer, ni s'exprimer. Parler mal c'était : Ne pas développer d'autres théories que celles dispensées par les chantres de la bien pensance. Le politiquement correct. Pas de polémique. Tout le monde est gentil.

Après les informations, la télévision impudique pouvait déverser son lot de meurtres, sévices de tous ordres ou autres divertissements. Il suffisait de mettre dans l'angle en bas à droite :

— *« - de 12 »*.

Le tabac et le vin tuaient et la télé rendait con !

Il était loin le temps où des émissions cultes nous éblouissaient. Aujourd'hui Apostrophes, le grand échiquier, avaient cédé la place aux pathétiques : *les ch'tis vs Marseille, Les Anges de la réalité ou autre ineptie : Secret Story ;*

Les gros scores d'audimat venaient aujourd'hui de ces émissions hautement culturelles où des jeunes aux QI de moins de 30 étaient enfermés dans un appartement et dialoguaient avec tout au plus 50 mots, ou se déchiraient devant les caméras.

Le niveau de ses émissions aurait pu presque crédibiliser les slogans ignobles affichés sur les banderoles brandies lors du match de football PSG /Lens il y a quelques années :

« Pédophiles, Chômeurs, Consanguins, Bienvenue chez les Ch'tis ! »

Marseille et Lens étaient aux antipodes géographiquement parlant. Beaucoup aurait voulu qu'ils conservent leurs différences !

Syndrome Le Pen ? Marion au sud et sa tante Marine au nord. Souhaitons pour ces populations que leurs représentants de la classe politique française ne profitent pas de leur faiblesse d'esprit pour capturer leurs voix et prendre les rênes du pouvoir.

A contrario, puisse-t-on souhaiter que se soit plutôt l'intelligence qui un jour rapproche les gens !

Dans le même esprit, un nouveau jeu voyait le jour : on couvrait le candidat d'électrodes pour faire peur aux ménagères de moins de 50 ans. Le candidat jouait, s'il perdait, il explosait. Bien entendu cette chaine, qui était à la pointe pour la culture et son sens de l'éthique, n'aurait pas tué en direct un pauvre bougre, pour l'instant, tout ça ne pouvait être qu'une farce. De la poudre, de la neige multicolore. Malgré cette vulgarité et ce mépris pour les classes populaires décérébrées, on n'avait quand même sa pudeur ! Vendre de la lessive, mais sans verser le sang !

Alcide n'était la ménagère rêvée de moins de 50 ans, mais il prenait plaisir à ingurgiter toutes ces belles réalisations.

Il se trouvait à son aise dans ce corps de ferme transformée en habitation. Même si la rusticité des équipements appelait à un peu plus de confort, c'était toujours plus spacieux que sa cellule de 15 mètres carrés occupée pendant 2 ans en compagnie de compagnons de cellule parfois très particuliers. Le pire étant cette prison dans le Gard, obligé de coucher dans un placard. Une cellule de 9 m^2 qu'il partageait avec deux autres codétenus.

Cette détention, il ne l'oublierait pas de sitôt.

Un jour, après plusieurs incartades où il avait écopé de peines assorties de sursis, le couperet était tombé.

Alcide n'avait pas fait exception à la règle.

Condamné à 4 ans de prison ferme par la cours d'assise de Bordeaux pour violence et tentative de viol sur une jeune femme, il avait effectué la moitié de sa peine. Mais 2 ans et demi de cachot, comment oublier ? Il se refusait à repenser à cette période où il avait souffert de solitude, d'ennui, et de harcèlement par ces codétenus.

Il ne voulait plus penser à ces journées abrutissantes, où seule la télévision, qu'il fallait payer 10 euros par mois, arrivait à le faire un peu s'évader. Pour cantiner et s'offrir la location d'un frigo et de la fameuse télévision, il devait s'adonner à un travail très enrichissant : la mise en sachet d'hameçons pour un salaire de moins de 300 euros par mois.

Toute sa vie, décidemment, prendrait la couleur d'un chemin de croix. Toute sa vie il n'aurait jamais de répit dans le rôle du souffre-douleur. Partout où il passait, il serait poursuivi par ce mauvais sort. A croire qu'il se devait d'expier de sombres péchers de sa vie antérieure.

Ne sachant lire correctement, ne recevant aucune visite, les journées, les mois, les années étaient interminables.

Comme dans la vie normale, en prison, « il vaut mieux être riche, cultivé et bien portant », sinon il faut se contenter d'ingurgiter de la nourriture insipide, de s'adonner au sevrage du tabac et de l'alcool.

Pour la sexualité, il vaut mieux être autonome ou il faut supporter les élans pas toujours très tendres de ces codétenus.

Seuls les derniers mois avaient été plus calmes avec l'arrivée de ce nouveau compagnon de cellule : Tony.

Lui, Tony, attention ce n'était pas n'importe qui !

Il ne fallait pas le chercher Tony.

Cela avait été de bon augure pour Alcide. Il bénéficia des effets collatéraux de cette forte personnalité pour vivre sa détention dans des conditions sereines. Protégées.

Aujourd'hui, la prison il ne voulait même plus y penser. Alcide se trouvait bien ici, il mesurait les biens faits de la liberté. Mais il lui fallait être vigilant, les vieux démons guettent tapis dans l'ombre et le jour où on ne s'y attend pas, ils vous agrippent, ils vous embrassent, vous serrent fort, trop fort et là, prêt à être étranglé, tout peut basculer à nouveau.

Alcide ne savait pas grand chose : mais il savait qu'il ne voulait surtout plus retourner en prison. Pourtant, il prenait peur quand il lui arrivait de se laisser entraîner à s'enivrer avec *le gros Jean-Marie,* le boucher du village d'à côté. Une étude sur les prénoms nous démontrait-il que majoritairement les Jean-Marie sont de bien tristes personnages !

Lors de ce périple, Monique faisait souvent partie du voyage. Monique, c'était une fille un peu simplette. Elle ne savait pas que dans la vie tout n'était pas permis, il fallait se faire respecter en tant qu'être humain et en tant que femme. Monique manquait de repaires, ces notions lui échappaient. Distinguer son corps, son intimité, du matériel. Les fondamentaux d'une société civilisée. Mais dans ce petit monde on ne s'embarrassait pas avec la morale ou l'éthique. Ces valeurs semblaient leurs être étrangères. Seule comptait l'excitation pour ces âmes frustrées. Pouvoir s'amuser, mais la réalité de leur amusement consistait à abuser sans risque d'une pauvre fille. Monique n'en souffrait pas outre mesure. Elle n'était pas malheureuse puisqu'elle ne savait pas où se situait la norme, la limite. Elle avait trouvé une attraction, elle faisait partie d'une bande. Parfois, lors de ces soirées très imbibées, quand elle ne s'appartenait plus pendant ces instants sordides, elle comprenait quand même que c'était plus du *don de soi* que du plaisir partagé. Mais il fallait bien se distraire dans ce fin fond de la campagne, ne pas rompre une forme de lien social. Même si ce lien social sombrait souvent dans le pathétique, l'outrage, l'indignité. Le prix à payer pour ne pas être seule, pour occuper le temps, un temps stérile, un temps pour rien pour se mentir encore en laissant sa fierté jetée en pâture, sa dignité jetée aux chiens ; il lui fallait accepter l'indicible. Tout cela pour exister, ne serait-ce que d'exister un peu. C'était une petite vie, une misérable vie, c'était sa vie.

A vingt-six ans, ainée d'une fratrie de six frères et sœurs, elle ne le savait pas mais le royaume des cieux lui appartenait. Sa mère faisait quelques heures de ménage dans le village. Son mari, avait éclusé jusqu'au dernier euro des prestations familiales au café du centre. Les bières du matin pour attendre le pastis du midi, puis la bière de l'après midi pour attendre le pastis du soir. Ces débordements alcooliques avaient eu raison de son foie. Une jaunisse puis un mauvais cancer allait assécher sa vie.

Sa veuve un peu dépassée par les évènements élevait seule ces enfants. Etait-ce lié à l'hygiène de vie du père ? Les enfants présentaient de graves problèmes psychologiques. Ils avaient un léger retard. D'ailleurs une structure spéciale les avaient pris en charge jusqu'à 16 ans. Après c'était le retour dans la famille. Tout comme Monique 23 ans, Jimmy, 18 ans et son frère Steeve, 17 ans avaient regagné le bercail. Là ça glandouillait dur à la maison ! Une certitude pour la mère, les murs étaient bien tenus.

Deux ans auparavant, Monique était tombée enceinte, mais dotée d'une masse corporelle très importante, elle ne s'en était aperçue que le jour de l'accouchement en allant aux toilettes.

Une petite fille avait vu le jour : Mayline.

Le prénom d'une héroïne de série américaine qui faisait partie de l'univers de sa vie cathodique.

Les services sociaux, toujours soucieux du bien être des enfants avaient opté pour maintenir Mayline dans sa famille, une grande famille.

L'assistante sociale passait deux ou trois fois par mois. Elle parlait entre autre hygiène à Monique, elle parlait du respect du sommeil, ne pas mettre la musique à fond, baisser le son des télévisions le soir, ne pas fumer à l'intérieur de la maison.

Monique écoutait, même si bien sûr elle savait que ce n'était pas l'habitude de la maison, elle n'était pas hostile à baisser le son du téléviseur, ni à tenir propre sa petite fille. Mais elle doutait de pouvoir imposer ces nouvelles règles à ses frères. Quand ils écoutaient du *rap,* les vitres des fenêtres de la maison tremblaient, et quand ils jouaient aux jeux vidéo en réseau, on se serait cru à Gaza. Monique voyait souvent le le paquet de *beuh* et les packs de bière bien entamés, traîner souvent sur la table du salon.

« Ils étaient rustiques mais pas méchants » avait conclu la fonctionnaire des services sociaux.

« Vrai qu'une fois repartie, elle ne pouvait savoir ce qui se passait derrière la porte » Pour paraphraser le discours de l'assistante sociale chargée de surveiller le petit Bastien mort dans une machine à laver ;

La pauvre mère gérait tant bien que mal cette tribu bancale. Mais jamais elle se sentait dans le regret d'avoir construit cette grande famille. Pour elle c'était sa vie.

Les pensions d'invalidité s'additionnaient aux allocations qui se cumulaient aux minimas sociaux. La marmite, même si elle ne débordait pas était suffisamment pleine pour vivre. Au milieu de cette maisonnée teintée de misère sociale, un rayon de soleil perçait les nuages. Ce rayon de soleil, c'était Charlotte. Un astre brillait dans cet univers glauque marquant son exception.

Charlotte du haut de ses dix neuf ans exprimait le romantisme. Un romantisme, une douceur accentuée par cette longue chevelure blonde et ce regard bleu si doux. Sa silhouette frêle laissait deviner une fragilité de fin d'adolescence. Charlotte était une jeune fille rayonnante.

Au milieu de cette famille fracturée, elle dénotait par son physique, son calme, sa façon décalée de vivre au milieu de cette fratrie au destin improbable. Ce visage lupin au teint diaphane détonnait au milieu de ces *gueules cassés.* Charlotte ne semblait n'avoir rien de commun avec cette famille.

Suivre des études pour le reste de la fratrie ne pouvait être envisageable. Elle entrait en septembre en FAC de lettres et avait eu son BAC avec mention l'année dernière.

La télévision et les jeux vidéo ne l'intéressaient pas, elle préférait lire. Elle s'évadait avec Balzac, Chateaubriand, Musset, Hugo... mais aussi avec des écrivains plus contemporains. « *Lire, mais lire un peu de tout* » comme lui avait conseillé sa prof de français en secondaire.

Même en vacances, cette activité prenait une grande place dans son quotidien.

Peut-être pour s'évader, se construire son monde, pour échapper à cette grisaille, à la médiocrité ambiante, à ses cris, cette crasse, ce pathétisme ambiant. Elle trouvait la motivation et la volonté de s'en sortir paradoxalement en constatant l'effondrement, autour d'elle, de sa famille. C'est cette force d'âme chevillée au corps qui la poussait à travailler sans relâche. Il lui fallait s'en sortir. Regarder en haut, ne pas fléchir... Ne pas finir sale, pauvre, avilie comme sa sœur Monique. Ne pas subir sa vie comme sa mère, ne pas être réduit à l'état de larve comme ses frères, mais construire son propre chemin à la force de ses maigres poignets. Vivre debout, vivre dans la lumière. Construire une vraie vie. Tendre vers le bonheur ! Vaste ambition, projet légitime.

Ses frères et sœurs ne la jalousaient pas. Ils se moquaient un peu parfois, en la voyant tout le temps lire : « *tu es en vacances aujourd'hui, tu n'as pas école, pourquoi tu lis ?* ». Elle s'inquiétait pour eux quand ils allaient traîner le soir à Troyes. Elle se doutait qu'ils s'amusaient, mais s'amuser pour eux c'était quoi ? Elle n'osait y penser. Quand ils revenaient de la ville, en buvant une dernière bière avant d'aller se coucher, ils se racontaient parfois leur soirée. Les odeurs d'herbe provençale embaumaient la maison. Heureusement que l'assistante sociale n'était pas venue faire son contrôle, ces flagrances lui auraient un peu picoté le nez, c'est sûr. Dès que Charlotte rentrait dans la pièce, ils s'arrêtaient de parler net. Comme s'ils avaient des secrets. Charlotte n'avait pas besoin de précision, les secrets de ses frères elle voyait bien à peu près à quoi ils pouvaient ressembler.

*****

Alcide venait d'achever sa besogne, les billots de bois étaient bien rangés, collés contre le mur. Cet hiver, il n'aurait pas froid. Rassuré, il ne revivrait plus ces douloureux souvenirs quand il dormait enfant, là-haut dans cette grange. Traumatisé par cette période, il s'était juré de ne plus avoir froid. Il savait que ce sont les pauvres qui ont froid le plus souvent. Même s'il était pauvre, lui, son seul luxe était de ne plus revivre cette grange en feu. Ces années où il vivait comme une bête. Il ne voulait plus dormir avec des couches de vêtements, se crisper dans son lit glacé, sentir ses os gelés à l'intérieur de lui. Il ne voulait plus attendre qu'arrive enfin le sommeil pour oublier qu'il n'était qu'un garçon de 12 ans abandonné par la vie : un *chien perdu sans collier.*

Il alluma le récepteur de télévision, c'était bientôt l'heure de la météo. Ses amies affriolantes allaient s'inviter, comme chaque soir.

Lascives, le regard fixé sur lui, c'était lui qu'elles regardaient, ça il en aurait mis sa main à couper. *Mais chut ! C'était un secret.*

Pourtant deux jours plutôt, l'esprit concentré sur le petit récepteur de télévision, Alcide s'était levé brusquement, il avait entendu quelque chose d'intriguant dehors. Il avait baissé le son, comme pour mieux écouter. Un froissement ? Un grattement ? Alcide entendait depuis quelques jours des drôles de bruits autour de la maison. Il apercevait des ombres fugitives passer devant la fenêtre. Il sortait, mais il ne voyait rien. Il pensa à un animal : un chien, un chat ? Mais peu après un moteur de voiture s'évanouissait au loin.

Alcide se demandait ce qui se passait. Il n'avait pas peur, mais cela l'intriguait. Il remonta le son du poste de télévision, et ses yeux se remirent à briller. Ses invitées cathodiques arrivaient. Il grogna à l'idée d'avoir faillit rater son attraction préférée.

On ne dérange pas un amoureux sans risquer de sérieuses conséquences.

CHAPITRE 3

Fantasia chez les ploucs !

Guy Bourelin , le maire de Beurnier écoutait la *Tosca* en se rasant. Il aimait s'étourdir dans ce nirvana symphonique. Il se sentait soudain plus *grand.* Lui qui avait dépassé allégrement le quintal, il se sentait plus *léger* en écoutant cette musique. Il n'était pourtant qu'une posture, un pâle acteur de série B, un *plouc* qui au hasard des circonstances s'était retrouvé premier magistrat de cette contrée de près de 12 000 habitants. Issu d'une famille d'agriculteurs, il était en retraite depuis deux ans. Son prédécesseur avait dû se retirer suite à de graves soucis de santé. Bénéficiant de sa position de premier adjoint et de son expérience de trois mandats, le conseil municipal n'avait pas trop hésité de le désigner d'office. Entendre de la grande musique transcendait Guy. Il se sentait conquérant, malgré les modestes batailles qu'il lui restait à livrer. Jeanne, son épouse, lui avait fait découvrir la musique classique et bien d'autres domaines. Aujourd'hui sa Jeanne n'était plus là. Il repensa aux funérailles de cette jeune fille. Pourtant, pour des raisons inavouables, il aurait bien voulu ne plus penser à ce tragique évènement.

Ah ! Cette foutue conscience.

Il revoyait un par un ses administrés agglutinés devant la tombe de Lou. Ils les connaissaient tous. Ce compassionnel sur le plan politique lui était favorable, il se devait d'être auprès des habitants de son village. Il fidélisait son vivier, ses électeurs, tous ces gens qui l'avaient fait roi. Ils étaient tout, ils étaient sa vie.

Quoi de plus rassembleur que le malheur.

A prendre l'habitude de jouer un rôle, celui de l'empathie, celui de l'élu investi par sa tâche, Guy Bourelin ne savait plus aujourd'hui s'il était un acteur, s'il croyait réellement aux sornettes qu'il débitait à longueur de temps, à ces éléments de langage élimés dont il usait... Pourtant les premières années de son mandat, il y avait vraiment cru. Montrer son empathie, sa disponibilité, être présent dans ces moments tragiques. Serrer des mains, embrasser les enfants, flatter, toucher une épaule pour signifier : *« je suis avec vous »*. Les clivages s'effondraient et pour notre élu, c'était tout bénef ! Pas question de se culpabiliser, de parler éthique ou autres conneries de ce genre, cela faisait partie du job.

Guy Bourelin attaquait son troisième mandat. L'année dernière il avait raté d'un cheveu l'investiture de député.

Député, là c'est sûr, cela aurait été le *graal !*

Mais la revanche viendrait. Il connaissait parfaitement maintenant la chronologie des élections : quand la droite est aux commandes c'est la gauche qui remporte les élections intermédiaires et vice et versa. L'électeur, en majorité sans grandes convictions et sans culture politique affirmée, zappe ou reste chez lui. *« De toute façon ça ne sert à rien de voter, ils sont tous pareils… »*. Plus de la moitié des électeurs ne se déplace plus. Il n'avait plus qu'à attendre son heure pour son entrée au palais bourbon. Moins les gens votaient, plus les voix comptaient. Il lui fallait faire 50 % plus une voix et puis c'est tout. Que ce soit avec 100 ou 1000 électeurs, il savait qu'il lui fallait obtenir les fameux 50,01 %.

Epouser le sens de la vague.

Une voix c'est peu, mais c'est aussi parfois beaucoup, Louis XVI n'avait-il pas été décapité suite au vote de la convention donnant son accord pour raccourcir le roi avec une seule petite voix de majorité ?

Le seul handicap de Guy, c'est qu'il n'avait pas encore choisi son camp avec précision. Il se trouvait répertorié dans *les sans étiquettes.*

Les initiés savaient ce que cette appellation signifiait ;

Les élus *sans étiquettes* n'étaient autres que des élus de droite, mais la droite honteuse. Ils n'assumaient pas, voulant gruger les novices et ratisser au plus large. Ne pas choisir son camp, c'est être dans tous les camps ou nulle part. Dans les villages, il était commun d'entendre : *« le maire ne fait pas de politique, il n'appartient à aucun parti... ».* Il ne regarde pas les étiquettes des habitants, de droite comme de gauche il est au service des beurnirois.

La nature humaine a parfois de drôles de réactions. Elle se nourrit de vieux rituels éculés, de respect ancestral pour les importants, les belles personnes. Résignés, souvent planqués derrière ces vieilles traditions. Ne disait on pas des curés ou des instituteurs pédophiles dans les années 60 : « *Oui, il tripote un peu les enfants, mais il rend tellement de services dans la commune, on ne va pas l'embêter avec ça ! ».*

Le bon sens commun ! Il donnait des frissons le bon sens commun.

Il fallait se méfier de cette majorité silencieuse, cette majorité silencieuse qui laisserait volontiers violer ses enfants, si peu que ce curé ou cet instituteur soit de bon service.

Veuf, depuis une dizaine d'années, Guy Bourelin vivait assez simplement, dans sa ferme. Retraité de l'agriculture, il bricolait encore un peu, mais en dilettante. Sa vie était bien réglée. Il avait ses petites manies. Comme tous les hommes.

Malgré ses 67 ans, des envies naturelles irrépressibles l'envahissaient parfois. Ah ! Ces fameuses hormones. Ça, parfois c'était embêtant.

Dans cette épreuve, quelques administrées l'aidaient, mais lui ce qui l'excitait c'était plutôt l'imprévu, l'aventure, et surtout la jeunesse. Cette fraîcheur de peau, ce toucher, cette texture souple, cette innocence. Cela, aucune de ces vieilles administrées ménopausées ne pouvaient lui offrir.

A 67 ans quand on est ventripotent, chauve et un peu lourdaud ce n'est pas facile de *capturer* des jeunes femmes.

Un élu de campagne : ça n'a rien d'érotique pour une jeune fille.

Alors comment forcer le destin ! Cela pouvait être périlleux, et pour un élu il y a surtout beaucoup à perdre.

Aussi depuis quelques mois, monsieur le Maire s'était fait de nouveaux compagnons. Le soir, une autre vie commençait. Le sordide s'invitait à la fête pour faire reculer le moment de retrouver ses vieux fantômes. Il priait pour que Jeanne ne voie jamais ça !

La *Tosca* s'arrêta et un grand silence s'installa trop brusquement dans la pièce. Cette maison paraissait bien trop grande, maintenant que Guy se retrouvait seul. Il ressentit comme un vide. Il lui fallait du bruit, de la vie, du contact. Non ! Il devait fuir très vite cet endroit de désolation, de tristesse, de solitude. Tout n'était que nostalgie, souvenirs.

Les douleurs du passé lui tordaient le ventre.

Il sortit la bouteille de cognac et se versa une belle rasade du liquide aux reflets dorés. La chaleur réconfortante de l'alcool lui irradia presque immédiatement les entrailles et apaisa cette poussée d'angoisse. Il se détendit. Retrouva vie. Parfois quand la mélancolie le ramenait dans son enfance, il laissait gambader son esprit. Cela l'apaisait de se replonger dans ces souvenirs heureux. Comme pour les ordures ménagères, le tri sélectif se fait machinalement. On ne retient que les bons moments. Pour le futur on ne peut rien maitriser, mais pour le passé on peut choisir dans le stock des souvenirs : les personnages les plus marquants, les épisodes qui nous ont apporté du bonheur, les moments de joie, les histoires d'amour. Guy lui ce qu'il aimait, c'était surtout réanimer cette période de pré adolescence. Réenchanter ses rêves d'enfant. Dans ce passé qui redevenait un instant présent, les souvenirs les plus heureux resurgissaient. Il se revoyait, âgé d'à peine 13 ans, quand avec ses parents il habitait dans ce quartier populaire du Charvis, les premiers HLM horizontaux. Un quartier de maisonnettes uniformes construites avec des matériaux légers, alignées sur deux ou trois rangées, parfois en U. Un petit jardin, un portique en plastique orange et vert avec des balançoires à la structure maigrelette. Les premières années, ça sentait le neuf, les murs étaient blancs, les volets et les portes vernis, les toits rouges et l'herbe verte.

Il revoyait ses copains d'école, ses voisins d'en face : une famille un peu marginale où les cris, les pleurs et la musique envahissaient la cour en été. Les disputes récurrentes des parents poussaient les enfants à vivre le plus possible dehors. Dans la cour, chaque jour le fils ainé au look des rockeurs de l'époque – banane durcie au gel au dessus du front et *rouflaquettes* à la portugaise descendant le long des oreilles – passait en boucle les microsillons. Les baffles du tourne disque tremblaient en recrachant le son démesuré des 45 tours. Pour Guy c'était hier. Il entendait cette musique endiablée qui lui revenait tout en repensant à cette époque :

L'avènement du Rock en France!

Eddy Mitchell, le chanteur mythique à la banane, squattait la cour presque chaque jour. Mais là, à Charvis, c'était la cour des miracles.

Comment s'appelait donc la plus jeune de la tribu ? Cette fille un peu sauvage et timide, souvent habillée de robes longues et légères aux imprimés pâles comme la peau délicate de son visage diaphane ?

Guy se resservit un cognac pris dans l'ambiance nostalgique de ses souvenirs.

— *Ah ! Mais quel était donc ce prénom ?*

Elle avait son âge, peut-être un peu plus.

Treize, quatorze ans… L'âge de commencer à penser aux grands sentiments. L'âge aussi de ne savoir comment s'y prendre. Comment ça marche.

Ah ! Cette fille ! Elle l'avait marqué. De longs cheveux clairs, une peau très blanche, presque transparente, et ces yeux, ces yeux inoubliables. Des yeux verts tachetés d'éclats noisette, des yeux semblables à ces agates avec qui il jouait des heures avec ses copains d'école.

Comme elle était belle !

Le fantasme des souvenirs lointains accentue souvent la magnificence des personnages qui viennent hanter ce théâtre des nostalgies.

Guy cherchait dans sa tête, obsessionnellement : il savait que ce prénom lui rappelait la douceur, le romantisme, la féminité… Un prénom très féminin, le prénom d'une fille de l'époque.

— *Ah ! Oui bien sûr ! Mais oui…*

C'était ça : Isa…Isabelle…

Comme la fiancée de Thierry la fronde. Le héros de l'époque qu'il regardait avec ses copains sur un petit écran en noir et blanc le jeudi après-midi, le jour férié pour les écoliers de cette époque.

Ah ! Isabelle. Oui c'est sûr, il en était amoureux. Il la regardait de sa fenêtre pendant des heures, assise sur les marches, écoutant l'émission mythique de cette époque sur son petit poste de radio en plastique rouge :

« Salut les copains ».

Le rendez-vous obligé des années 60. L'émission incontournable pour les ados. Elle commençait juste après les cours. Guy était bien trop timide pour adresser la parole à cette belle Isabelle, pourtant il rêvait de bien plus.

Ah ! Elle la fait longtemps fantasmer cette voisine mystérieuse, cette belle Isabelle !

Aujourd'hui, en se resservant d'un geste rageur un verre de ce cognac qui ne lui brûlait plus l'estomac depuis longtemps. Il pensait que c'était une femme de plus de soixante ans, mariée, heureuse de choyer ces petits enfants. Mais elle était peut être veuve, elle aussi, ou divorcée... En éclusant son verre, son esprit chavira encore plus dans la nostalgie douloureuse. Des idées noires le hantèrent. Comme souvent, un nuage sombre passa dans sa pauvre tête.

Le temps est *taliban,* il détruit tout : les plus belles femmes deviennent difformes, toutes ridées, toutes vilaines, sèches ou énormes. Les enfants perdent très vite leur innocence, ils se transforment parfois en monstres. Les eaux pures des lacs deviennent putrides. Le fer blanc neuf se rouille, les êtres aimés autour de soi s'en vont dans un tourbillon infini et funeste. Guy, il préférait penser ça. Quand on est malheureux, on voudrait que le reste du monde pleure. Etre le seul à pleurer n'est ce pas cela le pire ? On voudrait voir s'écrouler tout autour de soi.

Elle l'avait tant fait rêver autrefois, aujourd'hui il n'aurait pas souhaité qu'elle soit heureuse sans lui. Puis reprenant un fragment de sens commun, Il se dit qu'il fallait être bien malheureux pour avoir ce genre de pensée. La désespérance ça, il connaissait Guy ! Il hésita à se resservir un verre, il se sentit étouffé, il voulait partir, fuir, quitter ce lieu glauque, ce lieu maudit, cet antre de solitude.

Cette maison habitée par tant de démons, cette maison dépourvue aujourd'hui d'âme. Paradoxalement, elle semblait bien vide alors qu'elle regorgeait de meubles, de bibelots, de photos, et de toutes sortes, de petites choses déposées là, par l'un, par l'autre. Ces objets ridicules qui restent à jamais figés. Ces *nids à poussière comme disait Jeanne,* ces choses qu'on amasse dans toute une vie pour prendre date, pour matérialiser une escapade, un moment heureux, une belle rencontre, un achat mécanique ou impulsif. Jeanne lui disait parfois : *Au prochain vide grenier, on aura de quoi tenir un stand et pas un petit !*

Mais les années passaient et rien n'avait bougé.

Le stand se remplissait, mais dans la maison. La vie nous gruge souvent, elle nous fait croire que rien ne changera, tout restera figé. Et pourtant que de séismes en gestation. Le temps est assassin, Jeanne n'était plus là, mais toutes ces vieilles choses inutiles étaient restées, comme enkystées sur ses vieux meubles trop sombres, ensevelies par la poussière.

Après la disparition de Jeanne, Guy avait vu sa vie basculer. De ses yeux rougis par le mauvais alcool, il balaya cet univers sombre et douloureux.

Il aurait voulu faire disparaître tout ce bazar, ces meubles, ces photos, ces souvenirs, toute cette maison transformée en sanctuaire. Il aurait voulu que tout s'envole comme les feuilles rouillées qui s'échappent des arbres en automne, volent sur les trottoirs, dans les rues, sur les parebrises des voitures, se glissent dans les gouttières des maisons, puis disparaissent on ne sait où !

Elle lui manquait sa Jeanne. Jeanne c'était son alter égo. Elle savait tout de lui, ses forces, ses faiblesses. Elle l'épaulait, le rassurait, le conseillait... Elle était son épouse, sa mère, son amie, sa confidente, sa maîtresse, sa secrétaire. Tout, elle était tout pour lui.

Aujourd'hui, Guy se sentait hémiplégique. Une moitié de lui avait disparu. Il était seul, plus que seul, il n'était qu'une moitié. Il avançait encore, mais il vacillait souvent. Elle lui manquait, Jeanne la confidente. Guy se trouvait souvent désarmé. L'autre jour, elle l'aurait sorti de cette drôle de situation, lors du diner organisé pour l'inauguration du nouveau théâtre en présence du préfet. Ce souvenir peu glorieux lui revenait. A l'évocation de cette pensée, le sang lui monta au cerveau, il sentit la chaleur envahir son corps. Il pesta : encore cette maudite tension ! Il se revoyait à ce dîner, Il était assis à côté de l'épouse du préfet Enguerrand Darcheville de Richebois. Comment peut-on porter un tel patronyme ?

Il s'énerva à énoncer ce nom : Enguerrand Darcheville de Richebois.

N'importe quoi !

Ce genre de soirée ce n'était pas sa tasse de thé ! Guy n'y était pas très à son aise, toujours sur le qui-vive. Le complexe des gens simples, des gens de la campagne, en retrait des turpitudes de la ville. Loin des manigances. Le grand monde avec ses rituels, ses codes, sa culture, l'effrayait. Il appréhendait à chaque fois ces moments douloureux. Il lui était plus facile de faire illusion avec ses administrés en allant de ferme en ferme.

Ce soir-là, déjà, cela avait mal commencé. A l'arrivée du préfet, Guy avait marqué le coup, il aurait voulu disparaitre un instant dans un trou de souris. En effet, en voyant descendre de sa voiture officielle cet homme à la crinière d'argent, il lui semblait avoir reconnu l'homme en mauvaise posture croisé le mois dernier au *« Caporal épinglé »*, un bar de nuit hot de Montmartre. Il se souvenait que ce devait être l'intrépide Karolina qui lui donnait des marques d'affection.

Le préfet l'avait salué dès sa descente de voiture sans rien faire paraitre. Peut-être ne l'avait-il pas reconnu. Peut être était-ce son frère jumeau qui avait sa main sur la cuisse brulante de la friponne Karolina ?

A la grande table dressée au cœur de la salle des fêtes, les discutions s'animaient. Le champagne servi généreusement en apéritif, puis le vin friand de la Bourgogne voisine mis sur table avaient commencé à désinhiber les plus introvertis et à délier les langues des plus timorées.

Les visages empourprés des invités ne laissaient pas de doute sur leur état. Le meilleur de la Bourgogne s'était emparé d'eux. Un brouhaha s'était installé. Après une courte période où les banalités s'épuisent, la discussion se recentra sur l'expo des tableaux entreposés dans le hall d'entrée du nouveau théâtre inauguré l'après-midi même. L'épouse du préfet faisait sa maligne, accoutumée à cultiver le mythe de la grande bourgeoise venue de Paris, celle qui attire les regards des provinciaux déférents. *Au royaume des aveugles les borgnes ne sont-ils pas les rois ?*

Dans cette salle des fêtes, au milieu des invités, son mépris perceptible se lisait sur ses lèvres pincées.

Rester trois heures à table avec ces ploucs !

Quel supplice !

Pour donner un peu de fantaisie à cette soirée lénifiante, elle se devait de faire, sans grand risque, ce qu'elle réussissait le mieux dans sa vie de grande bourgeoise aux activités stériles, s'amuser en se moquant de *ces culs terreux*.

Guy Bourelin ne savait plus où se mettre quand cette voisine de table, à l'allure altière, simulant de déchiffrer son nom sur le bristol agrafé à son revers de veste, lui demanda avec cette voix d'une acidité suffisante :

— *Alors ! Et vous monsieur … monsieur Bour…..rin c'est bien cela votre nom : BOURIN ? Vous ne m'en voudrez pas, si j'écorche un peu votre nom, mais j'ai du mal à le lire... Que vous inspire donc l'impressionnisme ?*

On sentait bien que la grande dame, au beau chignon, bien qu'intéressée par l'art, voulait surtout impressionner sa table et se moquer de ce Maire peu habitué à visiter les musées.

Si la situation avait été inversée, que Guy lui aurait demandé son avis, il était aisé d'anticiper sa réponse : elle aurait répondu d'un air suffisant avec l'intonation du mépris :

« Pourquoi mon avis vous intéresse ? ».

Guy n'osa pas faire rectifier son nom écorché. Il se trouvait si minable, si petit, pour reprendre cette dame qui attendait la réponse improbable. Elle se délectait de mettre ce maire un peu lourdaud en difficulté rien que pour son plaisir. Se distraire, se distraire à tout prix !

Faire rire l'assemblée, se la mettre dans la poche à peu de frais. Bourgeoise mais cabotine, il lui suffisait de mettre ce monsieur Bourdin en difficulté devant ses administrés.

Dans la tête de Guy, ça chauffait. Il chercha une réplique lapidaire, pour se dégager de cette situation et surtout sauver la face. *L'impressionnisme !* Le nom de peintres célèbres valsait dans sa tête. Il se souvint qu'avec sa Jeanne ils avaient bien visité le Louvre l'année d'avant sa mort. Mais elle lui disait toujours qu'il regardait sans voir.

En dix minutes, seul il aurait achevé la visite ! Les musées, ce n'était trop sa tasse de thé ! Mais, jouant son rôle de guide, Jeanne lui avait un peu dégrossi l'histoire de l'art. Elle avait débriefé la visite du musée ET Guy se souvint bien de ces tableaux ressemblant à des photos tellement les contours et détails représentés semblaient net. C'était confus dans sa tête : *Monet, Manet, Cézanne, Renoir...* Des tableaux défilaient aussi. Ah ! Oui, cela lui revenait maintenant. Devait-il lui parler des plus connus : *le déjeuner sur l'herbe, au bord de mer, la montagne ste Victoire ...?* Et s'il se trompait ?

« Allez, vas-y ! N'ai pas peur, cela va te sauver la face ?

Peut-être énoncer ces quelques grands peintres, deux ou trois tableaux ! »

Les invités attendaient comme au spectacle, ils épiaient, prêts à se moquer s'il trébuchait. Même s'ils avaient tous bien saisit la question, le suspense de voir leur maire s'écrabouiller leur donnait une certaine jouissance.

Ils avaient les yeux rivés sur sa pauvre personne avec un rictus au coin de la bouche, anticipant déjà la moquerie.

A cet instant, Guy vivait un grand moment de solitude. Qu'allait il pouvoir bien répondre de cohérent ?

L'*impressionisme* n'était pas sa préoccupation première !

Soudain, comme si une autre personne parlait à sa place, des mots se mirent à sortir de sa bouche. Des mots marquant à la fois une hésitation, mais aussi une forme de soulagement, cette précipitation souvent de mise pour les incultes. Plus la culture chez l'homme est indigente plus il étourdit les autres avec son domaine de prédilection.

Et c'est dans la précipitation et d'une voix forte qu'il débite des niaiseries, croyant éluder le principal : *la connerie.*

Mais une lueur venue d'ailleurs, peut-être de l'haut-delà, subitement se mit à éclairer Guy, premier surpris d'être inspiré au moment crucial :

—Personnellement, je pense que dans l'impressionnisme, ce qui domine dans cet art c'est la luminosité. Très proche de la réalité, parfois ces tableaux me font penser à des photos, épurées de toutes ombres, lignes. Oui on pourrait se méprendre parfois... Oui ! C'est d'une photo qu'une toile impressionniste se rapproche le plus... après vous savez l'art... c'est l'art, chacun ses gouts...

Et pour valider la fin de sa réponse il termina comme soulagé par :

— Voilà !

Ce *voilà* est souvent le mot ultime prononcé par les timides. Il clos cette douloureuse épreuve de s'exprimer en public.

Soulagé d'en avoir terminé avec l'impressionnisme, Guy avala d'un trait son verre de bourgogne.

Circonspecte, sa voisine visiblement agacée par cette réponse voulut clore ce sujet, laissant échapper un élément de langage dont elle avait l'habitude d'employer pour mettre fin à une conversation :

— Oui, en effet comme vous dites, chacun à ses gouts !

Semblant ne plus s'intéresser à ses voisins de table, elle termina son assiette délicatement. Tout en mangeant elle surveillait d'un œil agacé son mari à l'autre bout de la table. Facilement repérable avec sa belle crinière neigeuse, le préfet tout en majesté, semblait ne pas s'ennuyer et être en parfaite harmonie avec sa voisine, une jeune femme blonde, conseillère municipale et adjointe à la culture, dont le petit tailleur rouge étriqué avait beaucoup de difficultés pour loger ce corps voluptueux aux de formes si généreuses. Trop éloignée pour entendre la conversation, la dame au chignon s'agaçait d'entendre les aigus de ces rires fuser non loin d'elle. Des rires qui démontraient sans nul doute la complicité ostentatoire de son fringuant mari avec cette blondasse boudinée dans ce tailleur qui n'en pouvait plus. Rageuse, elle se dit que cela faisait longtemps que Monsieur le préfet ne la faisait plus rire.

Elle connaissait la marotte de son mari. Lui, son plaisir ce n'était pas de venir humilier un élu de province qui le faisait vibrer, mais plutôt séduire les belles jeunes femmes blondes à la peau laiteuse, cela l'émoustillait.

Madame se méfiait, même si elle savait que la peur n'évite pas le danger !

La soirée fut longue, le repas interminable, mais Guy Bourelin pensa que ce soir il pouvait être fier de lui. Il avait échappé au pire et au final, il n'avait pas été comme cette grande dame aurait bien voulu qu'il soit *« le bourrin de service »*. Il regrettait de ne pas avoir sa moitié près de lui. C'était peut être elle, *Jeanne* qui de là haut lui avait trouvé cette réponse. Jeanne, elle l'aurait *mouchée* la *bourgeoise de service.*

Déjà, chuchotant à l'oreille de Guy une de ces tirades qui les faisaient s'esclaffer dans une complicité perfide, elle se serait mise à fredonner :

« *Les bourgeois, c'est comme les cochons plus ça devient vieux plus ça….* »

Il rit intérieurement, c'est ça qu'elle lui aurait susurré sa Jeanne.

Et là, les invités se seraient agacés en les voyant rire à gorges déployées. Peut-être même, la femme du préfet curieuse et frustrée de ne pas en être, elle aurait demandé qu'on lui fasse partager cet instant d'hilarité. Un peu de distraction ne nuit point après tout !

Jeanne aurait jubilé, elle s'en serait sorti avec une pirouette dont elle maitrisait les secrets :

— *Vous savez, nous les gens de la campagne un rien nous fait rire.*

Nous sommes simples et gais de nature, mais cet humour rural, je ne suis pas sure que cela vous amuse ! Mais je compte bien initier Guy à un humour plus raffiné. Pour cela, il nous faudrait rencontrer de belles personnes, cultivées et facétieuses, mais aujourd'hui, ici ça se fait rare, vous savez les belles personnes !

Et là, la grande bourgeoise elle aurait été bien *cassée*, pour paraphraser le parlé d'jeune.

Quand Jeanne avait été emportée par cette sale maladie, il s'était retrouvé comme un orphelin, un enfant perdu.

Il ne restait jamais longtemps dans cette grande maison où tous ses souvenirs semblaient revenir en boucle, l'étouffant, pour l'enserrer, le happer. Pour oublier, il voulait partir, partir sans but précis avec sa petite Renault sillonner le village. Faire l'élu. Faire le maire !

C'était ça sa vie. S'étourdir. Boire encore, mais boire accompagné. Faire le beau. Enfin façon de parler.

Il voulait entendre des : « *Bonjour monsieur le maire !* ».

Il se remettrait en ligne, comme au début de sa carrière d'élu. Il s'arrêterait plusieurs fois, toucherait des mains, prendrait note d'une réclamation : une ornière, un chien errant, un voisin belliqueux, un mur trop haut, un panneau arraché, une voiture accidentée dans un fossé... Cette famille de *Roms* qui étendaient son linge tout le long de leurs maisons, *ça faisait sale. On n'est pas chez les manouches !*

Ah ! C'est sûr qu'avec toute leur smala, ils n'ont pas besoin de travailler, ça y va les alloc ! Et qui est- ce qui paie tout ça ? Toujours les mêmes !

Il s'en sortirait en prenant un ton débonnaire, semblant comprendre les peurs de ces administrés, mais ne rentrant pas dans une polémique malsaine. « *Ah ! Vous savez toute cette misère, un jour il fallait bien que ça nous approche !* » Il prendrait son air bonhomme et tenterait de détendre l'atmosphère, puis comme à chaque visite il entendrait cette petite phrase :

— *Bon, mais c'est pas tout ça ! Vous boirez bien un coup, monsieur le maire ?*

L'après-midi rejoindrait vite la soirée. Le café avec la goutte du début d'après-midi laisserait place très vite à la bière puis en fin de journée se serait le pastis ou l'apéritif artisanal du coin.

— *Ça ne vous fera pas de mal, c'est naturel, du fait maison !*

Tous ces gens, tout cet alcool, tous ces carnets pleins de doléances, de promesses, toutes ces postures, ces sourires factices, ces empathies sournoises... Cette complicité de façade, c'était sa vie à Guy. Côté pile une belle vie, mais la face cachée, il la connaissait, lui, cette autre face.

Il se souvenait qu'au début il y avait vraiment cru.

Mais aujourd'hui, il pensait que tout cela n'était que comédie, la mécanique était usée, son hygiène de vie le rattrapait. Parfois un peu trop fatigué, il ne pouvait plus faire l'acteur.

Il ressentait parfois du mépris pour ces gens simples, certains obséquieux, respectueux de sa position dans l'échelle sociale, tout cela lui tournait la tête.

Il ressemblait à ces bonimenteurs de foire. Ces escrocs qui font le spectacle sur la place du marché en vendant chers des produits miracles made in Taiwan, se changent après avoir joué leur pièce, montent dans leur voiture et disparaissent laissant, orphelins, leurs admirateurs d'un jour avec leurs produits miracles, mirage d'un jour.

Incrédules, les braves gens croyaient en lui. Il se laissait prendre au jeu parfois.

Il rentrait dans son personnage.

D'être reconnu, de se sentir important, de voir ces gens boire ses paroles, ça vous change un homme. Un pauvre type qui devient quelqu'un.

Mais qu'était-il donc devenu, lui aujourd'hui ?

Tant de discours creux, tant de paroles données, de verres éclusés, de petits fours ingurgités, de repas partagés tout au long de son mandat ?

Il allait en crever.

Son médecin l'avait alerté à plusieurs reprises. S'il ne se calmait pas, il courrait à la catastrophe.

L'alcool, la bonne chair et l'oisiveté provoquerait sa chute.

Il n'avait plus rien à envier aux foies gras des canards du Gers.

Les journées passaient ainsi, toujours dans le même rituel.

Puis entre chien et loup, il lui fallait reprendre le chemin du retour, le ventre plein, désaltéré, juste assez pour s'embrumer le cerveau. Il repartait repu, les joues rougies, le cœur rempli par toutes ces marques d'affection, de reconnaissance, par ces gens qui lui avait encore une fois fait croire qu'il était important.

Qu'il était l'élu !

Le ventre plein certes, mais d'autres parties de son corps allaient demander à s'alléger !

La petite Renault semblait connaître la route. Dans la nuit, il lui fallait rentrer à la maison sans se laisser distraire. Cela devenait une lutte de chaque instant.

Dans sa pauvre tête, le vin aidant, il pensait encore à d'autres compagnies, à ces envies, ces terribles envies qui font tourner la tête aux hommes, qui les rendent fous. Cette quête infinie d'affection. La recherche d'un mot doux, d'un geste tendre, d'une caresse. La recherche de l'amour. Mais était ce vraiment de l'amour qu'il cherchait, Guy ?

Les images les plus folles se bousculèrent dans sa tête. Il lui fallait être vigilent maintenant. Jeanne n'était plus à ses côtés pour l'aider. Celle qui avait tout accepté de lui. Elle n'était plus là pour l'empêcher de sombrer dans le précipice.

Il se ressaisit soudain en revoyant Jeanne le retenant par le col, le repêchant pour qu'il sorte la tête de l'eau, pour qu'il ne se noie pas, qu'il ne sombre pas dans ses plus vils travers.

Elle n'était plus là, mais il avait toujours ses démons aux trousses. Jusqu'à quand pourrait-il résister ?

Les démons sont plus forts, ils savent nous prendre par où nous avons péché. Personne ne peut résister.

Jeanne, elle savait s'opposer aux démons.

Mais aujourd'hui Guy se sentait bien seul.

Plus personne pour le sauver, plus personne pour lui dire stop !

Il baissa sa vitre, respira de l'air frais, et petit à petit semblait retrouver ses esprits.

Depuis peu, Guy ne voyageait plus seul, mais il ne le savait pas.

Trop engoncé dans son désespoir, il ne voyait pas cette voiture qui le suivait depuis peu. Cette ombre noire qui se profilait derrière un volant.

Il semblait insensible aux mauvaises ondes qui l'irradiaient dans ces périples nocturnes, perclus par sa névrose et anesthésié par le trop plein d'alcool.

Guy ne pensait pas que ce compagnon invisible pouvait le rapprocher de celle qui lui était si chère. Celle qui lui manquait tant.

Monsieur le Maire pensait à son rendez-vous de demain avec Charlotte, cette belle jeune fille aux cheveux clairs. Quelle misère de savoir qu'elle vivait au milieu de ces dégénérés. Une fille sérieuse, travailleuse, fraiche et belle comme un soleil. Et si jeune !

Le conseil municipal envisageait de l'aider pour ses études. Une subvention serait débloquée pour aider cette jeune étudiante méritante. Elle pourrait aller à la FAC en septembre.

Dans sa pauvre tête engourdie par l'alcool, des pensées confuses, indécentes, l'accompagnèrent sur le chemin du retour.

C'était à chaque fois une lutte incessante pour monsieur le maire de ne pas arrêter le ronronnement de sa petite

Renault. La lutte pour ne pas sombrer dans le sordide. Ne pas basculer.

Non, il ne s'arrêterait pas chez le *gros Jean-Marie !*

Il ne fallait plus !

Il passa devant la boucherie au pas. Il vit une voiture stationnée devant, une voiture qu'il ne connaissait pas.

Il accéléra, comme pour éviter de succomber à la tentation. Il devait lutter. La lutte contre la solitude, cette solitude qui vous ronge la moelle. Il avait ses bouffées d'angoisse qui le reprenaient. Il ouvrit la vitre et mis sa tête dehors. L'air frais lui fit du bien. Maintenant, il lui fallait rentrer chez lui, dans cette maison vide, ce noir, cette solitude. L'ombre de Jeanne qui apparait, là, sur ce mur ou sur le carreau de la fenêtre. Il entendait sa voix. Pas de reproche, pas de jugement. Non, juste une remarque teintée d'humour, insidieuse, fine, et qui faisait mouche. Quand elle le voyait entreprendre quelques administrées à la fin d'un repas trop arrosé. Jeanne se penchait sur l'oreille de sa voisine :

« *Moi je m'en fiche, plus il sera excité, plus j'aurais ses faveurs en rentrant !* »

Non, Guy ne voulait pas rentrer tout de suite. Il voulait faire reculer cet instant, comme chaque jour.

Il se devait de rentrer au bercail vide. Il devait rentrer, pour sentir encore ce parfum qui s'était incrusté dans les plus infimes pores des murs de cette maison transformée en véritable mausolée. Non, ce soir encore, il ne pourrait échapper à l'odeur de Jeanne. Sa Jeanne, présente dans chaque pièce. Une âme planerait ce soir encore montrant sa présence dématérialisée. Il se coucherait dans ce grand lit froid, comme chaque soir, la tête malade, enivré par le mauvais vin et le chagrin, conscient qu'un combat l'attendait : chasser des idées noires dans sa nuit presque blanche. Il se coucherait comme chaque soir, quittant le soir pour entrer dans sa nuit. Mais pour Guy, tous les jours, c'était la nuit. Le maire de tous les vices, voilà ce qu'il était devenu.

CHAPITRE 4

Les positions du missionnaire

Victor Leccia avait quitté Paris peu avant midi. II n'aimait pas voyager en train, mais le TGV avait un côté pratique pour travailler sur un dossier. Pendant cette heure et demie de trajet Victor en avait profité pour relire les notes concoctées à son attention par les conseillers du cabinet noir. Sa mission semblait en apparence simple. Il devait s'implanter dans cette circonscription de l'Aube. Empêcher la victoire d'un second couteau de la droite et pousser dehors le candidat de gauche transformé en frondeur dont le premier ministre voulait la tête. Il n'avait pas apprécié qu'il s'oppose au gouvernement en formant ce groupe de pseudos *frondeurs. Des frondeurs, n'importe quoi !* Le chef du gouvernement avait été contraint d'utiliser à plusieurs reprises l'article 49.3. L'opposition, toujours friande de psychodrames médiocres, l'avait raillé.

Les médias laissaient entendre que, malgré sa verve et son allant, le premier ministre n'était qu'un colosse aux pieds d'argile. Orgueilleux, Il voulait corriger et *nettoyer les écuries d'Augias* les infidèles. Lui, il visait la fonction suprême. Il fallait que la route soit dégagée.

Les pauvres *frondeurs* ne le savaient pas encore, mais ils allaient avoir une notoriété éphémère. Ils allaient surtout regretter d'avoir voulu humilier un *futur* président.

On entendait raisonner ses éclats de voix à travers les murs de Matignon.

Il allait *personnellement s'occuper d'eux !*

Dans cette circonscription de l'Aube, comme partout en France, les députés élus dans le tourbillon de la vague rose des dernières élections présidentielles n'en menaient pas large. Ils savaient que le prochain scrutin allait être une vraie boucherie.

Claude Pernin, le candidat travesti en *frondeur* local, n'avait rien pour lui : opportuniste, politicard jusqu'à la caricature. Ce n'étaient pas ses convictions politiques qui lui posaient des problèmes de conscience. Ce n'était pas un marin, mais il savait naviguer. Pendant plusieurs années à droite, puis chez les centristes, il avait même tenté de se faire élire sous l'étiquette *Radical de gauche* après son entrisme dans la franc-maçonnerie.

Une rumeur récurrente laissait entendre qu'il aurait hérité dans des conditions troubles d'un manoir prés de la forêt d'orient, cette magnifique forêt située à une demi- heure de Troyes.

Un grand bourgeois, comme le parti socialiste savait en engendrer depuis quelques années. Un argument pour le FN qui se régalait d'estampiller les frères ennemis se ressemblant tant et gérant en alternance le pays depuis plus de 40 ans : l'UMPS et plus tard l'appellation très classe : L'Herpès.

« RPS » R, pour républicains, PS, pour les socialistes. Toujours pour ne pas être décalés de ses troupes, et tenter d'atteindre le sommet dans l'insulte et le crétinisme pour ce parti populiste à la frontière de la République.

Victor Leccia approchait la cinquantaine. Il avait ce physique des vieux guerriers revenus de tout, mais qui cachaient mal des cicatrices séchées par le temps. Il avait tutoyé la peur, il avait connu des histoires compliquées. Son job était un peu un particulier. Conseiller de l'ombre, Victor était celui sur lequel on comptait pour des missions délicates et complexes. Aller là où c'est difficile, où c'est compliqué.

Lui le transgressif, le mercenaire de la politique allait une fois de plus se battre et tenter de remporter une victoire des plus improbable. Déloger un baron de la gauche, battre le candidat de droite, et être devant le candidat FN au deuxième tour. Autant dire une broutille !

Autodidacte, une jeunesse « sans ballons rouges », il n'avait pas fréquenté les grandes écoles comme ses collègues qui le regardaient souvent avec suffisance, souvent comme un extra terrestre. Ce monde de l'entre soi dégageait toujours beaucoup de mépris pour celui qui n'était pas issu de leur rang, donc illégitime.

Lui, c'était l'homme de terrain. Beaucoup de ses anciens amis avaient choisi le confort de la haute fonction publique. D'autres avaient opté pour l'action politique. Le choix cornélien entre le confort d'enfoncer ses semelles dans les moquettes épaisses de l'administration en manigançant sous les ors de la République ou de fouler la glaise en faisant campagne sur le terrain avec citoyens.

Victor Leccia partait en mission, pour *réorganiser.*

Carte blanche et secret d'état. On ne voulait pas savoir ce qu'il faisait, comment il le faisait. Tous les moyens logistiques et financiers suivraient. Seul l'objectif de la mission comptait.

Victor faisait partie de ces hommes qui intriguaient par son allure. Peut-être son côté mystérieux. Présent sans être présent, mais dont on sentait l'existence.

Cette impression de regarder les autres d'un air détaché, les laissant se vautrer dans leur médiocrité, leur travers orgueilleux. Une seule phrase, un seul mot les mettait à terre.

Etre là simplement, ne pas trop marquer sa condescendance, constater l'insignifiance des fanfarons, des prêts à tout.

Les mots ne sont parfois pas nécessaires pour se faire comprendre, une posture, un simple regard suffit à inspirer le respect, à en imposer. Il ne pouvait dissimuler ses origines méridionales. Son teint mat et ses yeux très noirs et perçants accentuaient le côté sombre et intrigant du personnage. Ses cheveux gominés ramenés en arrière et son costume anthracite aux fines rayures ton sur ton auraient pu le faire passer pour un mafioso égaré dans ce trou perdu au milieu de la France profonde.

Il descendit en gare de Troyes. Il trouva rapidement un taxi stationné sur l'avenue Maréchal Joffre toute proche.

Le chauffeur, comme beaucoup dans sa corporation, ne pouvait dissimuler cette frustration de ne pas avoir été appelé pour diriger les plus hautes instances politiques du pays. Raccord avec sa caricature, il voulut se lancer dans une logorrhée politico financière.

Encore un grand économiste non reconnu ! pensa Victor en souriant.

Il fallait le calmer toute de suite, sinon il allait le saouler tout le trajet.

Le chauffeur voulut faire son curieux, mais il fut vite découragé par le mutisme froid de son passager le nez penché sur son dossier.

Une demi-heure plus tard, les premières habitations de Beurnier lui apparurent. De loin on aurait cru voir dans ces maisons aux toits rouges et aux murs blancs celles d'un *Monopoly*. Elles formaient un hameau compact, où seul le clocher de l'église dominait, majestueux, montrant avec fierté sa pointe érigée vers le ciel.

Toujours plus haut pour que Dieu reconnaisse les siens et ne les oublie pas.

Le taxi le déposa prés de l'entrée du Grand Hôtel du Parc.

Victor prit possession de sa chambre, très banale, mais lumineuse et épurée.

Les chambres d'hôtel se ressemblaient toutes. Des endroits de solitude, sans âme.

Victor ne prêtait plus guère attention à ses états d'âme. Il n'était pas du genre à se sentir en effraction dans ces lieux de transit où des histoires de draps froissés, d'oreillers imprégnés du parfum de femmes, pouvaient évoquer l'ADN du romanesque. Ici, des gens s'étaient parfois aimés, ignorés, peut être quittés. Une chambre d'hôtel, c'était tout à la fois : la chambre de tout le monde, mais aussi la chambre de personne.

La baie vitrée donnait sur un grand parc arboré. Au loin on distinguait un lac où paressaient quelques cygnes tout en majesté, le plumage blanc, la tête altière.

Il rangea sommairement ses affaires, puis il descendit à la réception.

Il hésita… partir à la recherche d'un restaurant en ville ou dîner sur place.

Il jeta un œil rapide sur le menu proposé par le restaurant occupant la majeure partie du rez-de-chaussée de l'hôtel.

Victor opta pour diner sur place. Cela ne l'enchantait pas de chercher un restaurant. En restant à l'hôtel, il ne perdrait pas de temps et pourrait remonter dans sa chambre plus tôt pour travailler sur son dossier.

Une ardoise accrochée à la porte annonçait le plat du jour. Ce soir c'était de la *« blanquette de veau »*.

Victor s'amusa en voyant apparaitre ce fleuron un peu désuet mais toujours apprécié de notre gastronomie. Il pensa au personnage mythique du commissaire Maigret. Il revoyait cette scène récurrente où l'épouse du célèbre commissaire bougon lui annonçait au téléphone, d'une voix maternante, qu'elle lui avait mitonné une blanquette. Frustré, l'imposant commissaire à la pipe allait devoir prendre sur lui. Il ne pourrait déguster son plat préféré ce soir. En effet, l'enquête l'obligeait encore une fois à rester plus longtemps que prévu.

Victor Leccia n'était pas Maigret. Il commanda un filet de bar grillé avec des pommes vapeur. Pour accompagner son poisson il s'offrit un Pessac Léognan blanc qu'il s'empressa de goutter en attendant le service.

Il reposa son verre, satisfait d'avoir retrouvé cette élégante palette d'arômes d'agrumes confites, et ces subtiles notes de vanille et de buis.

Il se devait d'appeler Bérengère pour convenir d'un rendez-vous. Il saisit son Smartphone...

Ils avaient convenu de se retrouver le lendemain, pour faire connaissance et parler de sa mission.

Bérengère Belmont était la candidate *putative* des écologistes aubois.

La stratégie mise au point à Paris par les conseillers du premier ministre, était de proposer un deal à Bérengère Belmont pour anéantir *le frondeur* et faire un exemple.

Faire l'union dès le premier tour afin de pouvoir assurer la qualification pour le second, et donc, qu'elle renonce à se présenter.

Mais il lui fallait une contre partie.

Elle pesait près de 18 % dans la région. Cette réserve ne serait pas de trop pour devancer le candidat dissident de gauche s'il s'obstinait à maintenir sa candidature.

Pour renvoyer l'ascenseur à la candidate écologiste, elle aurait l'investiture du parti pour les municipales où elle mènerait une liste d'union.

Pour elle, c'était une chance à saisir. Maire d'une ville de 12 000 habitants et conseillère régionale, plutôt pas mal pour une écologiste de 35 ans.

Voilà, sur le papier cela paraissait simple.

Victor Leccia ne connaissait pas cette égérie verte. Il savait juste qu'elle enseignait le français dans un lycée professionnel à Troyes. Elle avait été élue conseillère régionale lors des dernières élections.

Elle possédait une forte implantation locale et avait de bonnes chances de décrocher le poste de première magistrate de cette ville de Beurnier.

Il composa le numéro. Une voix empreinte de fraicheur cordiale lui parvint presque aussitôt :

— Oui, Bérengère Belmont ! Bonjour.

— Bonjour Bérengère, Victor Leccia, comme convenu je suis arrivé dans votre belle région.

Son interlocutrice s'exprimait d'une voix conviviale mais avec des intonations qui laissaient entendre qu'elle savait affirmer sa personnalité :

— Bonjour Victor ! Ne vous moquer pas, c'est en effet une belle région ! Vous avez fait bon voyage ?

On se voit quand ?

Victor regarda sa montre : 21 h 46.

— Pas ce soir..., il est un peu tard. Demain si cela vous convient, je vous invite à déjeuner... vers 12H30, ça vous va ?

— Ok, demain... plutôt 13 heures, cela m'arrangerait, je finis mes cours à midi, le temps de venir. Si cela vous convient, nous pourrions nous retrouver dans une brasserie sympa.

— Attendez je réfléchis... Ah ! Oui, je vous propose :

« *L'origine du monde* » ce sera facile à trouver c'est en face de la mairie !

Victor voulut faire un trait d'esprit en évoquant le fameux tableau, mais il se retint, ne voulant pas crisper sa virtuelle associée, refusant de se vautrer dans un humour pouvant être mal interprété.

— Ok, va pour « *l'origine du monde* », vers 13 heures.

Bérengère Belmont, pas dupe, avait bien compris où Victor avait fixé ses pensées. Elle le reprit, en souriant et en appuyant sur le pluriel :

— « *L'origine* **du monde** », bonne soirée Victor, à demain.

— Merci, bonne soirée Bérengère !

Victor se demandait bien qui se cachait derrière cette voix cristalline.

En attendant d'être servi, il jeta un œil sur le journal local abandonné sur la table voisine. A l'intérieur du journal un supplément magazine titré : « bruit de verts cassés » le fit sourire.

Les journalistes s'en donnaient à cœur joie pour commenter le résultat des dernières élections locales, mettant l'accent sur la redistribution des cartes dans l'échiquier politique. Une nouvelle donne bousculait notre vieille république. Après plus de quarante années de bipolarisation, en France, aujourd'hui c'était la tripolarisation.

En première page du quotidien, un encart de quelques lignes annonçait que dans l'horrible affaire du meurtre de la jeune étudiante Lou, la police avait arrêté un suspect déjà impliqué dans une affaire de viol...

Victor intrigué par ce fait divers sordide se promis de se renseigner sur cette affaire qui avait dû faire l'actu dans la région.

Le serveur arriva, il déposa au centre de la table un plat couvert d'une cloche en métal argenté. D'un geste au cérémonial professionnel, il souleva le couvercle en présentant d'une voix récitée et chantante :

— Nous avons là un bar cuit à l'unilatéral accompagné de pommes pont neuf.

Victor attaqua son filet de bar et en pressant consciencieusement le citron sur la chair grillée. Il repensa à son rendez-vous du lendemain et à cette drôle de reconfiguration politique du pays.

Doté très jeune d'une conscience sociale forte, Victor avait construit toute sa culture politique sur ce combat contre l'intolérance. Humaniste et fier d'une France respectée dans le monde entier pour sa culture et ses valeurs. Il constatait à regret, que notre modèle social s'effritait, que le regard de nos voisins ne brillait plus avec la même intensité.

Blanchi sous le harnais, Victor Leccia possédait une bonne connaissance de ce petit monde politique avec ses chausses trappes mais aussi le sentiment d'œuvrer pour offrir une société plus juste.

Sa grande frustration, c'était ce sentiment d'avoir été berné comme beaucoup de sa génération.

A 20 ans, c'est le manichéisme qui nous aide à clarifier notre idéologie. L'humanisme de gauche contre le rouleau compresseur de la droite obsédée par le profit. Mais après quelques années, la manipulation se trouvait à chaque coin de rue. Le monde des idéaux craquèle de partout.

Dans sa tête, Victor voyait défiler le bal des hypocrites. Un univers clos où le vernis cache la vraie nature. Des personnages saisissant d'imposture s'étaient illustrés dernièrement. Comment ne pas être saisit par une Anne Saint Clair icône de la télévision des années 80. Belle, respectée, intouchable, incarnant une gauche morale. Aujourd'hui pourtant, on tombait de sa chaise en la voyant faire très gros chèque pour que son mari – patron du FMI et candidat vénéré à la présidentielle – ne croupisse pas en prison suite à son assaut libidineux sur une femme de ménage noire dans un hôtel de New York. Et ce *french doctor* apparaissant sous le feu des caméras, un sac de riz sur le dos, entouré de biafrais décharnés. Lui aussi nous a surpris par sa pathétique reconversion. Ce bon docteur, figure médiatique de la gauche humaniste, au top des hits parade des personnalités préférées des français, s'était retrouvé ministre humilié sous la *schlague* d'un petit président de droite. Victor tenta de repousser toute une farandole pathétique d'imposteurs qui lui arrivait maintenant par grappe, comme les raisins pourris de la vigne après les vendanges. Comme ce chef d'entreprise décomplexé, ministre de la ville sous Mitterrand, patron d'un grand club de football, emprisonné pour avoir enterré 7 500 euros dans un jardin, suite à un match truqué. Puis quelques années plus tard, on le voyait percevoir 403 millions, suite à un procès retentissant contre le Crédit Lyonnais, lors d'un arbitrage douteux réalisé sous ce même petit président de droite très nerveux. Arbitrage ? Ou petits arrangements entre amis ? Toujours est-il que l'affaire fût rejugée. Notre *Nanard national devait rendre le magot !*

Gauche caviar jusqu'à l'indigestion. Toutes les valeurs humanistes souillées par ces escrocs.

Tout un petit monde de l'entre soi, habitué à faire le grand écart, sans se faire de déchirure musculaire. Du grand art !

Toute une série de *socialistes en peau de lapin* ont dégoûté, à jamais, les électeurs déjà bien frileux de voter à gauche. Comment ne pas être révulsé en constatant ce marigot

Putride ! Haro sur les Cahuzac, et son compte caché en Suisse, ministre des finances pourfendeur de l'évasion fiscale. Thevenou, le phobique administratif, Ministre du budget oubliant de faire ses déclarations d'impôts. Besson le félon déguisé en pourchasseur d'immigrés, Guérini ni de gauche, ni de droite, juste dans le milieu et tant d'autres... et tant d'autres ! Trop.

« Que restait-il aujourd'hui des vraies valeurs de la gauche ? » Victor pesta en repensant à ces tristes sires.

Il avait aussi appris à pratiquer les écolos. Il les connaissait trop bien : une secte, véritable mosaïque de courants qui se détestent entre eux, une armée mexicaine sectaire, et surtout des « *enculeurs de mouche* ».

Ce micro parti toxique qui avait réussit à se faire réserver 30 circonscriptions gagnables par les instances du PS lors des dernières législatives. Sa candidate, elle, avait réuni l'impressionnant score de **2 %** *aux présidentielles.*

Il feuilleta sommairement le magazine qui développait la nouvelle donne politique du pays.

Victor sentit sa tension monter. Dépité, il pensait : *Comment en sommes nous arrivés là !*

En effet, un nouveau cancer dans ce petit monde nauséeux *avait infecté notre patrie* des droits de l'homme. Les métastases autrefois cantonnés dans le sud du pays étaient remontés maintenant un peu partout. Un ramassis d'incultes, de beaufs réacs, d'anciens nostalgiques de l'Algérie Française ou du vieux Maréchal, des homophobes, racistes, antisémites. Pour tout programme : remettre le franc, fermer les frontières, remettre en service la guillotine remisée en 1981 et instiller surtout, dans le subliminale de ses électeurs, la chasse à l'immigré responsable désigné de tous nos malheurs. « Nos *juifs d'aujourd'hui.* » On parlait de *cinquième colonne, d'islamo fascistes.* Le coupable était là !

Pour l'habillage marketing : le vert de gris se cachait derrière le bleu marine. Certains ne voyaient pas encore la couleur et ne fleuraient pas encore l'odeur de ce mélange. Cette couleur choisit par la fille d'un vieux cyclope rompu au fascisme larvé depuis les années 50, habitué à faire des blagues de mauvais goût sur les fours crématoires ou autres jeux de mots nauséeux sur les juifs, les noirs et les homos.

Mais aujourd'hui, le menhir avait été poussé dehors par la déménageuse en tailleur et chemisier blanc. Celle ci voulant donner cette image de respectabilité nécessaire pour mieux gruger les électeurs. Une belle vitrine bien propre avec toutes les horreurs cachées au fond du magasin. Elle au nord et la petite fille au sud ! Le sandwich frontiste.

Pour accomplir son pouvoir de nuisance et se venger de sa fille qui l'avait éloigné des projecteurs, le vieux lion récidivait régulièrement, soit en faisant sa *femen* en parka rouge au milieu d'un meeting, soit racontant des énormités banalisées par la classe politique et les médias. Ces médias opportunistes et lâches. Aujourd'hui, il l'invitait à l'audimat. Celui-ci montait. *« C'est tellement énorme ce qu'il raconte, il ne passera jamais ! »* Tous riaient. Ils pleureront dans quelques années pour avoir servi la soupe à l'effronté sénile et désinhibé et à sa progéniture. Quand tous ces pleutres entendront le bruit des coups de marteaux résonnant dans la nuit, préfigurant le montage de cet instrument barbare qui trancha la tête à tant d'innocents. Ils pleureront, ils auront honte, mais ce sera trop tard. Ils verront le traitement abject, le traitement réservé à démocratie, le traitement réservé à tous ces pauvres diables qui se déchirent les mains sur les barbelés aux frontières ou qui s'agrippent aux rebords des embarquements de fortune chaque jour pour entrevoir la lumière de l'occident.

Comme à chaque fois, ils diront : « *On voulait juste qu'ils partent, mais on ne voulait pas leur faire du mal !* »

Ils s'indigneront trente secondes, puis comme à chaque fois, ils tourneront la tête ! « *On ne peut pas s'occuper de toute la misère du monde !* »

Eux, les fachos en bas de soie, ils s'en occupaient, c'était leur fond de commerce !

La fille trompait bien son monde. Blonde et propre sur elle, des allures de déménageur en tailleur noir et chemisier blanc. Elle avait même réussi, telle Dalida en son temps, à devenir l'icône des homos branchés parisiens.

Elle était adulée des couches populaires, avec pour tout programme, un comble : celui copié-collé, le plus démagogique de l'extrême gauche. Ces admirateurs étaient le plus souvent des crétins incultes, des pauvres types engoncés dans leurs HLM qui ne savaient pas que leur *madone* allait danser la valse brune avec les fachos de Burschenchaften au WKR bal en Autriche[1].

Sa mission : Enrôler ceux qui n'ont pas de mémoire, les déchus, les ignorants, ceux qui ne savent pas que, sous ces crânes bien propres, ont disparu les tatouages croix gammées. Sous ses crânes se cachent les pensées les plus pourries de la nature humaine : la vermine fasciste.

Le paradoxe, c'était de voir ces français qui larmoyaient devant leur écran en découvrant l'horreur de ce que fut la guerre de 39/45 par des reportages, des films, et des séries télé diffusés par les chaines publiques. Cette litanie mémorielle relatait souvent le martyre enduré par les juifs pendant cette période. C'étaient ces mêmes français qui allaient voter le dimanche pour ce parti. On marchait sur la tête !

Victor dépité reposa le journal, d'un air circonspect.

Comme pour se détendre un peu, il s'amusa à parier que cette écologiste ne dérogerait pas à la règle. Il sourit en l'imaginant apparaitre en jean, pull et basket. Elle aurait oublié de mettre de l'ordre dans ses cheveux, et du crayon noir sur ses yeux... Caricature quand tu nous tiens ! Pour accompagner sa salade bio de touffu, elle commanderait une carafe d'eau, pas de bouteille d'eau minérale en plastique.

---

[1]Chaque année les nostalgiques du 3ème Reich, une corporation estudiantine autrichienne organise le fameux bal : le WKR-ball, le 8 janvier de chaque année dans le palais de Hofburg à Vienne ; c'est un rassemblement de 4 000 personnes, considéré comme le vivier des hauts cadres de l'extrême droite Autrichienne. Les responsables des partis d'extrême droite des pays voisins sont conviés à ces festivités où sont uniquement exclus les femmes et les juifs.

L'emballage détruit le fond de nos rivières, le marketing multiplie par 200 le prix de l'eau, les trusts de l'industrie se gavent sur notre soif. Bientôt, après l'eau, ils vont nous vendre l'air.

Pendant tout le repas, elle rentrerait dans la polémique, exaspérante à souhait, titillant sur chaque point, chaque mot.

Il s'en voulut un peu de faire ce procès d'intention.

Mais, même s'il souriait au fond de lui, il savait qu'il n'était pas éloigné du réel, que souvent il avait eu envie de renverser la table au sens propre comme au sens figuré.

Il devrait se contenir, tenter de la détendre, réussir sa mission : qu'elle accepte le *deal*.

Mais le pire n'est jamais certain.

Il repensa à ce terrible fait divers, cette jeune fille violée et assassinée. Puis son esprit retourna à « *l'origine du monde* » en finissant de déguster son verre de Pessac Léognan.

Il s'imaginait Bérengère devant son tableau noir. Puis il laissa son esprit flotter un instant vers d'autres desseins.

Il était tard, il lui fallait réviser sa leçon.

CHAPITRE 5

Les illusions perdues !

La fameuse brasserie s'imposait sur tout un angle de rue, en bordure de la place de l'hôtel de ville. Nous étions au cœur de la cité, la circulation était dense. Un immense parking occupait la place devant la mairie de Beurnier.

« *L'origine du monde* » était un bel établissement *design* aux boiseries couleur taupe. De hauts murs ton pierre, un intérieur cosy. La réplique des grandes brasseries parisiennes qui excellent dans les beaux quartiers de la capitale.

Victor arriva le premier peu avant 13 heures.

Il demanda une table un peu en retrait. Une jeune serveuse souriante en chemisier blanc et jupe grise l'installa à une table dans un box au fond de la salle. Il déclina son nom et précisa qu'une dame devait le rejoindre. En attendant son invitée, il prit connaissance de la carte. Il découvrit une grande diversité de plats exotiques : on passait des spécialités nippones à celles du moyen orient, et même quelques plats nordiques venaient agrémenter l'offre déjà très éclectique. Le nom de cet établissement n'était pas galvaudé. Assis confortablement sur des banquettes en molesquine noire, on pouvait faire en effet le tour du monde. Pour nous mettre l'eau à la bouche, les parfums de cette cuisine exotique venaient sans autre forme de pudeur, vous enlacer.

A l'entrée du restaurant une jeune femme fit son apparition. Une belle femme brune, les cheveux noirs mi-longs, elle portait un tailleur bleu foncé et un chemisier rouge. Elle regardait un peu partout cherchant visiblement quelqu'un. La jeune serveuse vint à son secours, puis l'accompagna jusqu'à la table de Victor.

Victor se leva, dans un élan chaleureux. Ils se serrèrent la main :

— Je suis très content de vous connaitre.

C'était une Bérengère d'allure très solaire ne portant ni de jean, ni de baskets, mais un chic tailleur et des chaussures à talons. Son style working girl était très éloigné du cliché de l'écolo baba cool dont Victor se moquait la veille.

On pouvait voir que sa belle crinière noire passait régulièrement entre les doigts experts d'un bon coiffeur pour mettre de l'ordre dans ses cheveux. Son teint cuivré laissait penser que Bérengère avait des origines méditerranéennes. Victor avait perdu son pari d'hier, c'était une évidence.

— Moi aussi, je suis heureuse de mettre un visage sur ce Victor Leccia dont on m'a souvent parlé.

Quand elle parlait, son regard noir s'éclairait. L'épaisseur de ses lèvres ne pouvait cacher une générosité naturelle de sensualité. Elle dévoilait ce charme des femmes du sud, une touche exotique avec cette douceur féline.

Victor, surpris par le physique déstabilisant de Bérengère, luttait pour ne pas montrer son trouble et ne pas sombrer maladroitement dans la séduction.

— Voulez- vous prendre un rafraichissement ?

Ils commandèrent une bouteille d'eau pétillante et du rosé frais. Bérengère opta pour un *tataki* de thon aux graines de sésame noir avec sa vinaigrette japonaise et accompagné de fenouil braisé. Victor, lui ne put résister à la spécialité maison à l'intitulé intriguant : *le tigre qui pleure*. Sous cette drôle d'appellation se cachaient en réalité d'épaisses lanières de filet de bœuf marinées dans une sauce d'huître, juste saisies pour garder sa belle couleur rouge. Cette spécialité Thaï était servie avec des pluches de coriandre fraiche et un riz blanc.

Le dialogue fut d'un naturel facile. Ils évoquèrent bien sur la situation politique nationale puis locale. Bérengère convint que la division était mortifère. Mais l'insignifiance de ce gouvernement n'arrangeait rien. Pour ce qui concernait le *deal*, elle fut un peu surprise et voulut plus de précisions. Elle ne voulait pas s'embarquer dans une aventure improbable.

— Ils le détestent tant que ça notre *frondeur* local à Paris ?

Victor sentait bien que Bérengère n'appréciait guère ces manigances instillées par les instances parisiennes. On était loin du fonctionnement de son parti qui débattait et votait à tout bout de champs sur n'importe quel sujet. Une différence de taille entre les partis qui ont les mains dans le cambouis et les opposants carrément méchants jamais contents, éloignés des responsabilités du pouvoir.

Il voulait calmer la situation et prendre du recul en restant clair sur sa position, et sans cacher ses sentiments.

— Vous savez Bérengère chez nous, c'est un peu comme chez vous !

Non, peut être pas quand même. Il éclata de rire en évoquant cette dernière phrase puis reprit d'un ton plus sérieux, cherchant à trouver une relation complice :

— Les égos, les susceptibilités sont parfois lourdes pour l'entourage.

Mais, vous vous êtes bien rendu compte quand même, que quinze à vingt députés ont squatté les médias pendant plusieurs mois, en critiquant le gouvernement, et en laissant entendre qu'ils ne voteraient pas la loi sur la modernisation de l'économie.

Le gouvernement a été contraint d'user du 49.3 pour faire passer une loi déjà passablement vidée de sa substance par la toxicité des amendements.

Il est difficile pour la direction de laisser se morceler le parti dans la période critique que nous traversons.

Pensez-vous qu'une entreprise accepterait que son encadrement conteste en permanence la politique de l'entreprise qui, de surcroit, le nourrit grassement ?

Bérengère écoutait mais ne répondait pas. Elle terminait son assiette tranquillement.

Elle regardait les mains fines de Victor, des mains toujours en mouvement lorsqu'il s'exprimait.

Il saisit la bouteille de rosé et fit le service.

Le tigre ne pleurerait plus, il s'était fait manger. Bérengère portait à sa bouche son verre. Elle appréciait la fraicheur et les arômes d'agrumes de ce rosé qui atténuaient, avec subtilité, le feu des épices du thon aux saveurs relevées. Elle scruta le dos de l'étiquette pour en déchiffrer l'origine.

Victor la charia :

— Ce n'est pas un bio ! Vous êtes très courageuse de boire ce vin avec tous ces pesticides !

Bérengère ne se laissa pas brocarder sur son domaine de prédilection :

— Vous riez, mais nous en avalons des saloperies et ce sont les viticulteurs exposés en permanence, les premières victimes de ce poison.

Victor ne voulant pas rentrer dans la polémique lui confia son sentiment.

— Oui je sais, et il n'y a pas que le vin. On doit nourrir la planète et faire de l'intensif ! Nous allons être 10 milliards bientôt !!!

Là aussi, l'injustice fera que tout le monde n'aura pas du bio et du charolais sans hormone sur sa table tous les jours !

Le paradoxe, Bérengère, vous le connaissez ! D'un côté la médecine fait des progrès phénoménaux pour prolonger la vie, en remplaçant tel le garagiste les organes défectueux, et de l'autre on s'empoisonne avec tous ces produits chimiques déversés sur les cultures.

Les cancers prolifèrent, et les gouvernements se réunissent pour sauver la planète. Mais c'est toujours le business qui a le dernier mot.

Victor lui sourit. Il avala une gorgée de rosé puis lui lança :

— Vous savez, Bérengère, des firmes comme Monsanto seront reconnu un jour coupable de génocide contre l'humanité. Jusqu'à aujourd'hui encore, tout le monde baissait la tête, refusant de voir. Mais notre société change. Les gens veulent savoir. Hier, j'ai un de mes collègues de la région de Bordeaux qui me disait qu'à Preignac, une commune où l'on produit le fameux Sauternes, donc soumis aux sulfatages intensifs. Les cancers pouvant être liés aux pesticides ont été multipliés par 6 depuis une dizaine d'années. Ils en sont à 10 cas sur 2589 enfants détectés. La moyenne nationale étant de 0.7.

Bérengère laissa tomber en souriant :

— On recrute chez les écolos... Dans un congrès des verts vous ne seriez pas ridicule !

Victor eut un sourire complice et désirant clore le débat sur une note d'humour, il laissa tomber cette prédiction :

— De toute façon, la triste perspective pour notre alimentation dans les 10 ans à venir, c'est une assiette d'insectes grillés pleins de vitamines. Cela va être difficile de mettre des étoiles aux grandes tables !

La pendule du restaurant indiquait 14 heures 13.

La brasserie se vidait petit à petit, les clients retournaient travailler.

Pendant qu'un collègue ou un conjoint patientait pour régler l'addition, certains en profitaient pour en *griller une,* rejoignant le petit attroupement de fumeurs groupé sur le trottoir à l'entrée du restaurant.

La fameuse cigarette après un bon repas.

Pour un peu s'éloigner de leurs tractations politiciennes, et redonner un peu d'oxygène à leur discussion, Victor changea de sujet. Il demanda des précisions sur cette étudiante assassinée la semaine passée.

— J'ai vu dans le journal qu'une sale affaire avait eu lieu. Avez-vous des infos sur cette jeune fille retrouvée violée et tuée de je ne sais plus combien de coups de couteaux ? Quelle horreur ! On a du mal à s'imaginer une chose pareil !

Bérengère avala un verre d'eau puis s'essuya la bouche avec sa serviette.

L'évocation de cette affaire lui assombrit le regard :

— Ah ! Quelle histoire. Dans notre région ! Vous vous doutez bien que cela a provoqué un vrai tremblement de terre. Lou Gasnier était une jeune étudiante de 20 ans. Elle faisait son jogging le matin vers 7 heures près du bois d'Ormont, à la sortie du village, quand un cinglé l'a violée et tuée en lui assénant 67 coups de couteaux. Ce psychopathe a terminé son crime en amputant la main de sa victime de trois doigts qu'il a emmené. 67 coups de couteaux… vous vous rendez compte ?

Victor se rendait surtout compte de l'horreur de ce geste fou.

— Et l'enquête ? interrogea Victor.

Bérengère désigna du menton le journal laissé par un client sur la table voisine :

— Ils auraient arrêté un suspect : un pauvre type au passé judiciaire aussi chargé qu'un ciel breton, qui habite depuis peu le village... Mais d'après la policière croisée hier, en réalité ils n'ont pas grand-chose. Pas de traces d'ADN sur la victime, pas de témoins. Ils tournent en rond.

Victor fit signe à la serveuse et commanda deux cafés.

— Vous la connaissiez un peu cette jeune fille ?

— Bof ...! Comme ça, je l'ai rencontrée avec sa mère quand je faisais campagne pour les régionales. En ville, peut-être deux ou trois fois à la librairie. C'était une bosseuse, elle voulait faire médecine, je crois. Sa pauvre mère est anéantie. Elle n'avait qu'elle comme enfant. Elle l'élevait seule. C'est un vrai cauchemar pour cette femme.

Victor termina son café. L'heure tournait. Bérengère n'avait pas formellement accepté sa proposition, mais implicitement, sa décision ne faisait pas beaucoup de doute. Elle faisait partie de ces écolos qui agissent quand d'autres gémissent.

Pour tester son engagement implicite, mais non révélé, Victor lui demanda :

— Voulez-vous venir avec moi rendre visite à votre maire Guy Bourelin ? Il est en mairie vers 15 heures. J'ai pris rendez-vous ce matin avec lui.

Bérengère acquiesça de la tête en reposant sa tasse.

— Vous allez voir, c'est un personnage, notre maire.

— Vous devez le côtoyer souvent… Vous êtes conseillère municipale ?

— En effet oui, Je suis adjointe à l'environnement et à l'accessibilité handicap depuis 3 ans.

Ils échangèrent quelques banalités, mais l'heure tournait, Victor consulta sa montre :

— Bon ! Je crois qu'il faut y aller, nous sommes en retard.

Dès qu'ils sortirent du restaurant ils furent éblouis par un joli soleil qui plastronnait dans un ciel toilé bleu.

Ils traversèrent la place en suivant l'allée centrale gravillonnée. De chaque côté les parkings étaient encombrés de voitures en stationnement.

Ils montèrent les quelques marches pour pénétrer dans la Mairie. Victor, avec un sourire narquois, lança à Bérengère :

— La municipalité n'est pas trop préoccupée par l'accès aux personnes handicapées on dirait.

— C'est programmé pour la fin de l'année, rétorqua Bérengère. Vous savez, c'est un budget conséquent, la mise en conformité. Vous allez voir quand la loi va obliger les commerçants à faire les travaux pour respecter la nouvelle loi sur l'accessibilité des commerces… Ça va tousser !

Arrivés dans le hall d'entrée, ils furent accueillis par une dame assez forte, approchant l'âge de la retraite. Une chevelure neigeuse assumée. La secrétaire fit part à ses visiteurs de son inquiétude :

— Monsieur le Maire n'est pas arrivé, c'est bizarre ! Il m'avait pourtant assuré qu'il passerait vers 14 heures…

Elle téléphona à son domicile. Pas de réponse. Elle tenta sa chance sur le portable. Rien, hormis la messagerie laconique du répondeur.

Le visage de la secrétaire grincheuse se figea :

— C'est bizarre !

Victor se voulant rassurant ironisa :

— Il fait peut être la sieste !

Bérengère, habituée à combler positivement les créneaux provisoirement libres, proposa à Victor de se rendre en marchant tranquillement chez monsieur le Maire. Mais avant, profitant de ce petit contre temps, elle se proposait de lui faire découvrir un peu la ville :

— *Une bonne marche, ça fait du bien ! A moins de 4 000 pas journaliers, nous sommes sédentarisés.*

Victor pensa : « *Ah ! Ces écolos, ils connaissent même le nombre de pas qu'il faut faire pour rester en forme !* »

Avant de repartir, Bérengère demanda au secrétariat de la prévenir sur son portable au cas où Guy Bourelin resurgirait en leur absence.

Beurnier ne faisait pas exception aux autres villes de notre pays. L'urbicide avait commencé ses basses œuvres. Là aussi, pour paraphraser les économistes ironisant sur *la France qui tombe,* on se rendait compte que la ville *avait déjà un genou à terre.* L'économie locale souffrait.

Une nouvelle enseigne avait pris le pas sur les autres. Les panneaux « *A louer ou à vendre* » des agences immobilières étaient devenues une signalétique majoritaire.

Quelques boutiques résistaient, mais l'offre restait indigente. La restauration de rue, comme maintenant dans tout le pays, avait fait son apparition. Moins les gens étaient actifs, plus ils voulaient gagner du temps. Le portable greffé à la main, ne voulant pas manquer des appels importants, ils n'avaient plus une minute à perdre. Les consommateurs, si pressés de manger debout, avaient l'embarras du choix entre les *Paninis ou les burgers.* Mais un nouveau venu, star du moyen orient, leur mangeait la laine sur le dos. Partout, les Kebab avec leurs étranges toupies avaient fleuri à tous les coins de rue, laissant flotter des odeurs de viande grillée. Les passants ne s'étonnaient plus de voir la rotation lente de ces drôles de machine à rôtir d'improbables amas de chair brunâtre. Pas besoin de fléchages pour se rendre à ces échoppes. Les mouches, pourtant plus habituées à fréquenter d'autres lieux moins nobles, virevoltaient avec brio autour de ces manèges carnés. Les restos chinois, arrivés en force dans les années 90 et constatant le déclin de leur business, avaient presque tous disparus. Quelques survivants plus fourbes s'étaient travestis en japonais. Seul Dieu saura reconnaître les siens ! Les pizzerias, en monopole pendant la décennie précédente, avaient quant à elles, fermé boutique. Seul subsistait un camion devant la place de la Mairie, qui recueillait les derniers amateurs de la fameuse spécialité italienne. Etait-ce vraiment encore des spécialités italiennes qui sortaient de ces fours électriques ?

Plus on approchait de l'hôtel de ville, plus le centre bourg était densifié. Le cœur de la ville faisait penser à un *mikado* avec cet enchevêtrement de boutiques. Prédateurs et charognards, à l'affût des opportunités foncières, les banques et les compagnies d'assurances se voulaient rassurantes.

Des agences rutilantes remplaçaient les commerces défaillants, presque simultanément. Leurs immeubles imposants en pierre grattée, les huisseries alu dernier cri et leurs toits recouverts d'ardoises plates en imposaient. Fières au milieu de toutes les tempêtes, derrière leurs épaisses vitres fumées, elles semblaient défier les guerres, ignorer les crises, snober les cracs boursiers, en érigeant leurs beaux immeubles cossus, insensibles aux sirènes des *déclinologues*. Elles savaient se tenir. Pour capturer notre argent, ces établissements prédateurs *avaient revêtu leurs belles robes de mariée.*

Etait-ce l'effet du rabot sur les dotations versées par l'état pour les collectivités territoriales… Ou l'été qui continuait comme chaque année d'être assassin avec la nature… Mais on pouvait constater que les espaces verts n'étaient plus très verts. Les bosquets souffraient de neurasthénie et les pelouses élimées avaient revêtu la couleur préférée des cheveux des actrices américaines.

Victor se laissait guider, tel un touriste. Bérengère s'arrêtait serrer des mains toutes les deux minutes. Elle faisait parfois la bise aux commerçantes, elle trouvait toujours un petit mot affectueux pour rendre convivial son passage. Elle tutoyait la fleuriste, chuchotait à l'oreille de l'esthéticienne, piquait un fou rire avec la coiffeuse.

Pour la charrier un peu, Victor lui lança :

— Bel entraînement pour la campagne, Bérengère !

Ils revenaient sur leurs pas, se dirigeant vers la Mairie. Ils passèrent devant ce qui devait être l'EHPAD. Le bâtiment récent ressemblait à une résidence hôtelière avec son architecture moderne. Ces affreuses bâtisses aux toits verdâtres et aux murs marron, mêlant le bois et le ciment, mais répondant aux nouvelles normes pour les déperditions thermiques. Dans le parc, des personnages cacochymes profitaient de la légèreté de l'été, accompagnés de soignants en blouses rayées bleu pâle. D'autres, plus statiques, s'étaient posés sur les bancs installés tout le long de l'allée centrale et regardaient fixement un point à l'horizon.

Bérengère informa son compagnon de promenade en passant devant l'établissement :

— C'est ici que travaille la mère de Lou !

Les deux marcheurs avaient sillonné les principales rues commerçantes de Beurnier et de retour sur la place centrale, Bérengère désigna de la main un paysage arboré, situé à l'arrière de l'hôtel de ville :

— Là bas, nous avons un joli parc aménagé avec des airs de jeux pour les enfants : balançoires, tourniquets, structures de jeux en bois... On peut y piqueniquer ou plus simplement, se promener. La municipalité a bien équipé cet endroit. Dernièrement nous avons aménagé des tables avec des bancs, au milieu des massifs de fleurs et des bassins entourés de rocaille. C'est vraiment agréable pour profiter de la belle saison. Un petit ruisseau traverse le parc en diagonale. Les promeneurs peuvent se détendre en écoutant la cascade et le chant des oiseaux. C'est super ce petit parc !

Mais si nous voulons aller voir le Maire, il nous faudra le visiter un autre jour.

Un soleil doux et amical les accompagnait.

Ils se dirigèrent vers la sortie du bourg, les habitations commençaient à se clairsemer. Puis ils longèrent un champ de tournesol. La récolte allait être bonne. Les têtes ressemblaient à de larges soleils jaunes, et là, ils ne cachaient guère leur générosité.

Au loin on apercevait des exploitations agricoles entourées d'immenses cultures de céréales. La ferme de Guy Bourelin apparaissait plus proche, avec en bordure de route, sa maison d'habitation, une lourde bâtisse en pierre. Elle semblait imposante, un peu excentrée de son exploitation.

Victor ne voulait pas se plaindre, mais peu habitué à marcher, Il commençait à avoir les muscles des jambes dures. Il ne regrettait pas d'avoir troqué son costume pour un pantalon en toile légère et une chemisette en coton.

Bérengère s'était délestée de sa veste qu'elle portait sur l'épaule, son chemisier rouge laissait entrevoir de belles auréoles de transpiration sous les bras. Elle reconnut au loin la petite Renault de Guy Bourelin et lança avec humour :

— Ah ! Il n'est pas loin monsieur le Maire, je vois sa Ferrari...

On lui demandera de nous ramener en rentrant à la mairie, j'ai voulu faire la maligne, mais j'en peux plus !

Victor ne répondit pas, mais priait le bon dieu pour que monsieur le Maire soit chez lui.

Ils marchèrent encore un peu en suivant une allée de graviers roses. Le petit chemin menant à la maison de monsieur le maire était bordée avec élégance de lauriers fleurs taillés avec soin.

Arrivée devant l'entrée, Bérengère constata que la porte était restée entrouverte.

Le propriétaire ne devait pas être loin. Elle frappa à la porte. Pas de réponse.

Bérengère ne voulant pas pousser la porte appela en frappant encore à la porte :

— Monsieur le maire ! Hé ho ! Vous êtes là ?

Rien, pas de réponse.

Les regards dubitatifs se croisèrent .Ils firent le tour de la maison, mais monsieur le maire semblait aux abonnés absents.

Victor, un peu désappointé, jeta un œil par la fenêtre donnant sur le salon en se hissant sur la pointe des pieds pour mieux voir :

Et là, en découvrant le spectacle, ce fut le choc !

Son visage se mit à blêmir. Il enserra le bras de Bérengère qui se tenait à ses côtés. Victor inspira fort et c'est d'une voix blanche qu'il lui annonça :

— Il est là ! Le maire, mais... mais il est mort... je crois bien qu'il est mort !

Bérengère prostrée eut un instant de flottement. Devenue soudain toute blanche, elle se souleva sur la pointe des pieds et regarda à son tour à travers la vitre donnant sur le salon.

Elle découvrit à son tour le triste spectacle. Guy Bourelin était affalé de tout son long sur le carrelage devant la cheminée, il baignait dans une mare de sang.

Ils poussèrent la porte et pénétrèrent dans la pièce.

Figés par la stupeur, les visiteurs restèrent quelques instants immobiles et interdits devant cette scène macabre.

Le corps de Guy Bourelin était allongé sur le carrelage devant la cheminée. Il portait de multiples plaies d'où s'échappait un liquide brunâtre et gluant alimentant une énorme flaque de sang qui s'élargissait petit à petit autour de lui. Mais dans cette horrible découverte un détail sordide intrigua les visiteurs : le chiffre 2 avait été écrit grossièrement avec du sang sur toute la largeur du front et un doigt avait été posé sous l'inscription.

Ce doigt long et fin, cela ne faisait pas de doute c'était un doigt féminin.

Abasourdis par ce spectacle, Victor et Bérengère regardaient partout autour d'eux, désemparés et impuissants devant ce drame.

Victor voulant éviter, tant soit peut, de piétiner la flaque de sang répandue sur le sol, s'approcha du corps inerte. Il se baissa pour constater de plus près : pas de doute Guy Bourelin était bien mort.

Il se releva, regarda Bérengère. Ils demeurèrent un instant sans voix.

Ils croyaient vivre un cauchemar.

Ils ne parlaient pas, ils avaient vu la même chose, ils étaient tous les deux dans la plus grande expectative, anéantis, horrifiés.

Victor se répéta à lui-même :

— *Quelle histoire !*

Ils sortirent pour respirer de l'air pur, et alerter les policiers de leur terrible découverte. C'est Victor qui s'en chargea.

Bérengère, tel un automate voulant s'étourdir pour évacuer le stress, fit chauffer son portable en débitant sans arrêt cette phrase d'une voix haletante et nerveuse à chacun de ses interlocuteurs :

— C'est une histoire de cinglés ! Ils ont tué le Maire... Tu n'imagines pas, il baigne dans son sang... Il a reçu des dizaines de coups de couteaux... oui à l'instant... On venait le voir... Ben là, on va attendre la police, les pompiers...

Bérengère avait du mal à s'exprimer clairement, elle voulait dire tant de choses. Mais l'émotion et la stupeur prenaient le dessus :

— Et le truc de fou : le maire se retrouve avec un doigt de femme sur son front. Le tueur y a peint avec du sang le chiffre 2. Un truc de malade ! C'est une horreur !

Victor bût à même le robinet extérieur et s'aspergea d'eau le visage avec ses mains.

Cette sensation de fraicheur lui fit du bien.

A cet instant il aurait plongé dans un fleuve sibérien.

Au loin, il aperçut les voitures des policiers qui se dirigeaient vers la ferme toutes sirènes hurlantes.

CHAPITRE 6

Stupeur et tremblements !

Depuis quelques jours l'ombre d'Amélie Nothomb semblait planer sur le commissariat.

En effet ici c'était : *stupeur et tremblements*. Florence Vernier n'avait jamais vu une histoire pareille. L'Aube n'avait pas attiré la horde sauvage des médias depuis longtemps.

Il fallait remonter à 1976 avec l'affaire Patrick Henry qui avait tué un garçonnet de 8 ans.

Une jeune fille violée et tuée, et maintenant le Maire assassiné dans des conditions dignes d'un rite satanique : des doigts coupés, retrouvés sur le front de la victime, ce mystérieux chiffre 2 écrit avec du sang, ces corps truffés de coups de couteaux. Pour le meurtre de la jeune Lou, il s'avérait, d'après la profondeur des plaies de plus de 10 centimètres et d'une largeur de 4 centimètres, que l'arme devait être un couteau à dent utilisé par les cuisiniers ou autres professions travaillant la viande.

La jeune joggeuse avait du être surprise dans sa course et n'avait pu se défendre. Le médecin légiste n'avait pas trouvé de trace sur ces poignets, pas d'ADN retrouvé non plus sous ses ongles.

Un gros hématome sur la nuque donnait à penser que l'agresseur de la jeune Lou l'avait frappée par l'arrière et qu'elle était tombée ensuite. Une dizaine de coups de couteaux lui avaient été assénés dans le dos et elle était tombée dans le fossé. L'acharnement du violeur à continuer les perforations un peu au hasard sur le reste du corps de sa victime venaient d'une sorte de démence. Le viol aurait été commis après l'avalanche de coups ou après ceux portés dans le dos. Lou était déjà morte ou sans connaissance.

Les analyses pratiquées pour savoir à qui appartenait le sang trouvé sur le front de Guy Bourelin ne laissait aucun doute, c'était le sang de Lou. Tout comme le doigt posé sur le visage du Maire.

Les experts et techniciens s'accordaient pour confirmer que l'assassin de Lou avait conservé les doigts sectionnés et un échantillon de sang de la jeune étudiante en congélation. Le tueur s'en servait pour numéroter ses victimes.

Mais était-il vraiment le même ?

Florence aurait mis sa main à couper que d'autres doigts allaient malheureusement être déposés bientôt sur d'autres fronts.

Une question turlupinait les enquêteurs :

Ce 2 inscrit sur le front : pourquoi ce chiffre ?

Dans la logique, il manquait le 1 ! Pourquoi commencer par le 2 ?

Un autre meurtre avait peut être eu lieu et n'était pas encore découvert ?

Une autre question que les enquêteurs se posait : quel lien entre les deux crimes ?

L'histoire paraissait compliquée. Peut être voulait-on la compliquer.

Le traçage du portable de Guy Bourelin les baladait un peu partout dans La ville. Normal, un élu ça bouge !

Florence avait décidé de suivre cette piste. C'était un véritable périple fastidieux que monsieur le Maire faisait chaque jour. Mais quoi de plus normal pour un maire d'être mobile.

Un détail surprit la policière :

Hormis la veille du meurtre, Guy Bourelin s'arrêtait toujours en fin de circuit chez ce Jean-Marie, le boucher qui habitait dans le village voisin. Ils devaient être très liés d'amitié pour se voir chaque soir.

Elle décida d'aller rendre visite à ce Jean-Marie Legros dès cet après-midi.

Dans le village on l'appelait familièrement : Le *gros Jean-Marie.*

Mais son vrai nom c'était pour l'état civil : Jean-Marie Legros. Elle consulta le fichier.

Son pédigrée apparut : pas de quoi fouetter un chat ! Connu pour des délits mineurs : En 1998, une garde à vue suite à une bagarre dans un bar de Troyes. Legros est condamné à payer les huit jours d'arrêt de travail à sa victime. Puis l'année dernière : Une admonestation du substitut du procureur de la république pour une affaire d'attouchements sur la fille d'une cliente lors de sa tournée : une jeune fille de 22 ans, un peu faible d'esprit. Le boucher avait prétendu chahuter ! L'affaire avait été classée il y a 3 ans. Donc rien de grave.

Les plaintes des gens simples sont rares ou vite classées.

Peu importe que cette banalisation dans ces comportements rustiques – pour employer le terme du substitut –soit en partie responsable de délits plus graves.

« Le gros Jean-Marie ». C'était un personnage important !

Important par son volume. Il devait peser au moins 120 kg. Son métier devait y être pour beaucoup. *Jean-Marie avait* du gras sur la viande, beaucoup de gras.

Il était connu pour son côté bon vivant. Gros mangeur et gros buveur. Un peu rustique avec les dames, mais, dans le village, son pâté de tête avait bonne réputation.

Alcide était toujours en garde à vue. Mais il allait certainement être libéré dans la journée. Le pauvre bougre, il ne comprenait rien à ce qu'il lui arrivait.

Très angoissé d'être à nouveau dans les filets de la police, Alcide pensa immédiatement à ces drôles de soirées chez le boucher. Il ne voulait pas retourner en prison. Ah non !

Aussi en attendant son avocat commis d'office, il savait que le silence était encore son meilleur allié.

Les policiers voulaient savoir où se trouvait le suspect, ce fameux jeudi matin à 7 heures, le jour du meurtre. Alcide avait répondu d'une phrase lapidaire mais d'un ton marquant l'évidence :

— Ben, j'étais chez moi.

Le matin à 7 heures, Alcide était toujours chez lui, comme l'avait confirmé le père Boucard qui avait bien vu la mobylette bleue appuyée contre le mur de la grange où dormait son locataire.

Le père Boucard avait conservé ce rituel paysan : se lever tôt même en retraite. Il partait au village chaque matin vers 7 heures et quart pour acheter le pain et le journal, forcément il passait devant la tanière d'Alcide.

Pour le reste de l'interrogatoire, Alcide, très craintif, s'était emmuré dans le mutisme. Il revivait des souvenirs douloureux. Lors de ses dernières arrestations, cela avait débuté comme un scénario qu'il ne souhaitait plus revivre. Un mauvais souvenir.

C'est une bête traquée que son avocat commis d'office crut découvrir quand il lui rendit visite dans son box au commissariat. Malgré la faible rémunération pour son déplacement à moins de 100 euros, son défenseur donnait cette impression qu'il courait après le temps, mais avec cet empressement convivial, cet esprit de synthèse policé propre à la fonction. Il avait rapidement pris connaissance du dossier et il se montrait confiant, il avait rassuré Alcide par ces propos :

« *C'est bien Alcide ! Ça va aller !*

Quand on ne parle pas, on ne ment pas, et surtout, on *ne répond pas à des questions que l'on ne vous pose pas !*

Ils n'ont rien ! A 7 heures vous étiez chez vous, votre propriétaire va témoigner.

Ils ne vont pas vous mettre à chaque fois sur le dos tous les viols et les meurtres perpétrés dans la région ! »

Il ne resterait pas longtemps en garde à vue, il pourrait retrouver sa tanière.

Peut-être serait-il de retour à temps pour regarder à la télé, juste avant le journal, ses fiancées virtuelles !

Il voulait y croire.

Florence Vernier avait réuni son équipe dans la grande salle pour le *briefing*. Tous étaient dans le plus profond brouillard.

Ils avaient visionné à de multiples reprises le film des obsèques. Chaque photo avait été examinée, mais ils n'avaient rien trouvé de probant. Si ! Un seul personnage avait attiré leur attention Un homme vêtu de noir, que personne ne connaissait dans la ville et qui apparaissait sur le film des obsèques. La foule compacte et dense, les parapluies ouverts, l'orage et la pluie empêchaient d'identifier clairement cet intrus. Pas de photos bien nettes. Les policiers s'étaient déployés en ville pour se faire aider des Beurninois, savoir s'ils connaissaient cet homme.

Mais personne n'avait vu cet homme au visage énigmatique, à la silhouette floue. La famille avait été, bien sûr, mise à contribution.

Rien ! Mais Florence Vernier avait eu un espoir quand la mère de Lou avait marqué un temps d'arrêt devant le cliché que lui montrait la police.

Le visage de Sophie Gasnier s'était soudain crispé. Un sentiment de malaise dans son regard avait alerté les policiers. C'est sûr, il se passait quelque chose.

La photo lui rappelait une personne qu'elle aurait pu connaître. Mais cette personne, c'était comme si elle ne voulait pas s'avouer à elle-même qu'elle la connaissait. Comme si cela était ridicule, impossible ! Elle ne pouvait pas la reconnaitre. Comme si on fracturait le coffre où elle avait enfoui les secrets de toute sa vie. Sophie avait vécu toute ces années en éludant cette histoire, niant presque cette aventure fugace.

Aujourd'hui, ces policiers lui jetaient son passé en pâture, sans précaution. Ils lui demandaient de reconnaître un homme qu'elle avait passé plus de vingt ans à vouloir oublier.

Sur cette photo, ce visage avait changé, vieilli. Ce n'était pas la même personne. Mais non ce ne pouvait être lui.

Elle ne voulait pas remettre ces souvenirs enfouis depuis tant d'années à la surface. Hier encore, avec Lou elles vivaient sereinement, dans une quiétude parfaite. Au prix, certes de souffrances, de frustrations, qu'elle seule assumait.

Pourquoi remuer tout ça, aujourd'hui, elle avait assez à gérer avec la disparition de sa fille, sans en rajouter. Elle ne voulait plus être assimilée à cette société cruelle, indigne, accroc au compassionnel émollient. Une société tellement formelle.

Stop ! Elle avait eu sa dose.

Les policiers avaient refermé le dossier, Sophie s'était murée dans le silence, elle ne parlerait plus. Avec ces policiers venus lui remettre sous les yeux son passé douloureux, elle s'était sentie salie, déshonorée. Personne ne pouvait l'obliger à retirer ce drap qui cachait ses souvenirs si longtemps enfouis au plus profond d'elle-même. Les policiers avaient fait choux blanc, et Sophie avait ouvert en grand et très vite une seule chose : la porte pour qu'ils partent, qu'ils quittent cette maison où avec Lou, elle avait passé les plus belles années de sa vie. Aujourd'hui personne ne devait souiller cet endroit, ce sanctuaire. Dehors !

Elle se sentait immunisée comme ces gens qui ont trop souffert, ces gens qui ont abandonné tout espoir en l'avenir. Ces gens qui se ferment comme s'ils se sentaient forts, parce qu'ils sont déjà morts.

Sophie, elle aussi avait déjà quitté le monde des vivants.

CHAPITRE 7

Le cochon pendu

Florence Vanier, accompagnée de Franck Larieux, son collègue, quitta le commissariat en fin d'après midi pour se diriger vers Germeuil. Elle voulait faire la connaissance de ce Jean-Marie le boucher.

Le village touchait presque Beurnier, à peine deux kilomètres séparaient les deux communes. Germeuil semblait avoir été fendu en deux par la route nationale. Ce village ressemblait à ces villes frontalières du sud, dépourvu de centre, étalant sur les côtés de la route leurs boutiques aux vitrines criardes, étapes pour touristes pressés et captifs.

Le souffle puissant des camions, rugissant à chaque instant, faisait vibrer les devantures. Ces engins bruyants et crachant noir voulaient rattraper la capitale avant la nuit. La boucherie, portant l'enseigne : *le cochon sans rancune,* était coincée entre le Bar-tabac-pmu et un salon de coiffure.

Les policiers ne trouvant pas de vraies places de parking, montèrent à même le trottoir, devant le café.

Ils ne voulaient pas déroger à la règle : *les vrais policiers ne mettent pas la ceinture et se garent où bon leur semble. Ces petits privilèges liés à l'uniforme qui contribuent à se faire discréditer par la population.*

Ils poussèrent la porte du magasin. Ils furent accueillis par une vendeuse d'une cinquantaine d'années. Elle portait un tablier grenat où l'effigie de sa boutique apparaissait brodé en blanc : « *au cochon sans rancune* ». Sanguine et de nature robuste, l'employée semblait avoir montré beaucoup d'appétence pour les produits de sa maison. Malgré son sourire courtois, son regard ne pouvait trahir un soupçon de surprise en voyant des policiers investir le magasin. Elle avait aperçu leur véhicule de service stationné devant le bar d'à côté, mais elle n'avait pas imaginé que les forces de l'ordre venaient ici.

Le syndrome du citoyen toujours inquiet devant les autorités !

Pour paraphraser Coluche *« plus les gens voient des flics autour d'eux plus ils ont peur ! »* La vendeuse demanda d'un ton chantonnant, bien rodé commercialement :

— Et pour ces messieurs dames, qu'est ce que je peux faire ?

Une palette aromatique d'odeurs sympathiques de volailles rôties, d'oignon frit, d'épices, de fumets de charcuterie fine envahissaient l'échoppe.

Florence, dont la barre aux céréales à midi était déjà loin, en voyant cet étalage et en sentant ses odeurs alléchantes, vivait un véritable calvaire. Elle aurait bien dégusté quelques tranches de saucisson. Cette rosette de Lyon par exemple, avec sa belle couleur rouge légèrement tachetée de blanc qui la narguait derrière sa vitrine réfrigérée entourée de terrines de lapin en gelée et de rillettes maisons à la texture pleine de promesses.

La policière voulant se défaire de cette frustration, se détourna légèrement vers l'employée :

— Bonjour madame, nous voudrions voir votre patron, Monsieur Legros !

La vendeuse se frotta machinalement les mains sur le plastron de son tablier élimé à cet endroit.

Les yeux levés vers le plafond, elle indiqua :

— Monsieur Legros ? Ben ! Il doit être là haut.

Elle prit un balai posé derrière la caisse, et d'un geste qui semblait coutumier, elle cogna avec le manche sur le plafond plusieurs fois. Cet endroit stratégique avait déjà subit des mauvais traitements, la plaque de plâtre subissant les coups récurrents était toute fissurée.

— C'est notre code, assura la vendeuse qui ressemblait à une sorcière avec son balai, en souriant aux deux policiers qui regardaient d'un air dubitatif, les yeux rivés vers le coin du plafond. Tous attendaient, guettant le moindre bruit en signe de réponse. Mais c'était le silence qui envahissait la boutique. Florence n'y tenant plus demanda si elle pouvait goutter à la rosette. Elle se justifia en s'excusant d'un sourire puéril, mais elle avait vraiment très faim. Elle se proposa poliment de régler son achat.

La vendeuse mis la rosette sur la trancheuse. Elle débita quelques tranches qu'elle lui présenta d'un air complice sur une soucoupe. Florence n'enleva même pas la peau et dévora les tranches de saucisson sous l'œil goguenard de son collègue. Franck Larieux avait apporté une fin de non recevoir à la proposition sympathique de la vendeuse, celle-ci était pourtant décidée à se faire bien voir de la police en offrant à ces visiteurs ces quelques tranches de saucissons tant convoitées.

Dans la boutique, hormis une cliente venue chercher son rôti de porc commandé la veille, pas de nouvelle du patron.

Florence composa le numéro du domicile privé sur le fixe, mais aucune réponse.

C'est agacée qu'elle lança :

— Bon, Allez ! On va aller voir là haut ! Et s'adressant à la vendeuse en montrant du menton l'escalier.

— C'est par là ?

La vendeuse circonspecte, leur montra le chemin. Ils la suivirent en grimpant l'escalier à la queue leu-leu. Celui-ci craquait par endroit sous les pas des visiteurs.

La maison sentait le vieux. Les tapisseries défraichies, très chargées d'arabesques dans les tons orangés, étaient par endroit décollées.

Arrivés sur le palier du premier étage, l'employée, gênée par sa corpulence trop plantureuse, arriva passablement essoufflée. Elle reprit son souffle avant d'annoncer aux policiers en désignant la porte d'entrée de l'appartement de son patron :

— Voilà, c'est ici !

Elle appela d'une voix forte :

— Monsieur Legros ! Vous êtes là ?

Puis elle cogna à la porte avec son poing en continuant d'appeler :

— Monsieur Legros !

Rien. Aucun son, aucune réponse.

Franck regarda Florence. Celle-ci lui fit signe du menton d'ouvrir la porte.

Le policier tourna le loquet et ils entrèrent. Un petit couloir sombre les menait au salon attenant à la salle à manger.

Des ondes négatives s'invitaient immédiatement en passant de pièces en pièces.

Sur la gauche, la cuisine avec ses meubles en formica bleu pâle délavé et le sol recouvert de petits carreaux beige mouchetés de gris nous ramenait aux années 70. Le parquet aux lattes en bois foncé craquait sous les pas.

Le salon attenant à la salle à manger était étriqué, un canapé beige en velours côtelé élimé par endroit et ses deux fauteuils fatigués entouraient un téléviseur à la surface imposante. Cet écran plasma noir récent jurait au milieu du mobilier désuet. Plaqués contre des murs recouverts d'une tapisserie aux motifs ringards, les meubles en chênes foncés accentuaient l'atmosphère triste de ce lieu au décor poussiéreux et désuet. La seule chambre de cet appartement sinistre ne dénotait pas des autres pièces. Ça sentait l'humidité, le renfermé, des vêtements étaient amassés un peu partout sur les chaises. Un lit ouvert sur des draps de couleur bleu gris mais pas très nets trônait au centre de la pièce.

Le boucher n'était pas là.

Florence, se tournant vers la vendeuse qui assistait à la visite des lieux, les bras ballants, lui demanda :

— Vous l'avez vu monter votre patron ?

Le visage porcin de la bouchère s'empourpra un peu en haut des joues :

— Bah...! Oui vers 3 heures 30, comme tous les jours Monsieur Legros... Il fait sa sieste.

Florence se tourna vers Franck, septique. Celui-ci regardait un peu partout. Il s'approcha de la fenêtre donnant sur la cour et demanda, en voyant une sorte de petit entrepôt :

— Et ça, c'est quoi ?

La vendeuse s'avança près de la fenêtre puis fixant le policier elle indiqua :

— Ça ! Là bas, c'est le labo.

Le patron y va soit de l'appartement en passant par l'escalier qui descend au sous sol... Ou par la cour en bas !

— Si vous voulez me suivre ?

Elle se dirigea vers l'entrée et ouvrit une petite porte de service qui débouchait sur un escalier étroit en face la cuisine.

Tous le monde descendit. Ils se retrouvèrent dans la petite cour devant l'entrepôt servant de laboratoire au boucher. On entendait la soufflerie de la climatisation qui expulsait un ronflement puissant et régulier.

Florence tourna la poignée métallique de la porte et le trio pénétra dans le laboratoire.

Le contraste de température avec l'extérieur était saisissant.

Le thermomètre devait être juste au dessus de zéro.

Accrochés à une barre par des esses, quelques quartiers de bœuf pendouillaient sanguinolents, suspendus en rang d'oignons. Des trainées blanches de graisse persillaient par endroits ces blocs de chairs rouges.

Plus loin des porcs et des volailles avaient subit le même traitement.

Sur la gauche un large évier en inox munie dune douchette côtoyait un plan de travail en bois brut tâché de sang séché. C'est là que le boucher devait débiter ses pièces de viande. A portée de main, il pouvait disposer de ses outils rangés méthodiquement. Les scies et autres serpettes étaient accrochées prêtes à l'emploi. On pouvait voir l'acier brillant des lames tranchantes. Différents couteaux au manche en bakélite noire étaient tous alignés par ordre croissant sur le côté du billot. Le feu du rasoir des lames semblait nous narguer en nous envoyant des clins d'œil scintillants.

Franck regardait un peu partout : Pas âme qui vive !

Il se mit à ouvrir les portes en bois clair des armoires frigorifiques où reposaient les viandes transformées en rôtis, gigots, chairs broyées. Bien au frais dans des bacs en plastique, des abats et autres divers morceaux ou préparations attendaient d'être mis en exposition en vitrine.

Il ne restait plus qu'un frigo à ouvrir. Il semblait plus haut. Sa porte, contrairement aux autres, était en métal gris. C'est Florence qui s'en chargea, pressée d'en finir, afin de retrouver une atmosphère plus confortable. Et quitter aussi ce décor lunaire. Elle avait froid au milieu de cette barbaque sanguinolente. La porte grinça.

Franck et la vendeuse figés par le froid, firent quelques pas en avant. Ils tendirent le cou pour découvrir de concert le contenu de ce dernier frigo. Et là, tous furent glacés d'effroi !

Florence blêmit en découvrit ce spectacle macabre.

Jean-Marie Legros une chaine rouillée autour du cou était pendu à un crochet de boucher, nu comme un vers, un doigt de femme piqué avec une broche en fer au dessus des sourcils. Plus haut, sur son front on pouvait voir le chiffre 3 peint avec du sang.

Franck s'approcha, constata que le boucher était décédé, strangulé.

La vendeuse, restée en retrait, avait la bouche grande ouverte. Elle regardait, hébétée, son patron suspendu. Le plus triste, c'est qu'il ne dénotait pas trop dans ce décor où la vision des carcasses alignées apportait une drôle d'atmosphère macabre. Elle s'en voulut de cette confusion d'images en découvrant son patron. Il pendait dans le vide, les yeux révulsés, la bouche ouverte, son corps aux reliefs porcins nu marbré de zones violacées. La perforation du front par le pique à brochette avait recouvert d'une traînée de sang le visage du boucher ajoutant à ce décor morbide une touche encore plus glauque.

Florence regarda son collègue avec une moue qui laissait entendre que cette affaire sordide, décidemment, allait être compliquée.

Tout le monde fut soulagé de retrouver l'air pourtant tiède du dehors. Florence sortit son portable : elle composa le numéro de l'identification criminelle.

CHAPITRE 8

Hier encore, j'avais 20 ans...

Tony Barcello, très affecté par le meurtre de Lou, et de surcroit dans des conditions horribles, n'avait qu'une seule idée en tête : Venger sa fille. Il avait assisté à l'enterrement. Mais à peine la rose blanche jetée dans la tombe, il avait dû s'éclipser, la rage au ventre.

Lou c'était sa fille, mais ici personne ne le connaissait. Celui qui avait commis cet horrible meurtre allait le payer.

Tony avait loué un studio dans le centre ville de Troyes, bien décidé à s'occuper du meurtrier de sa fille.

Il hésitait, depuis l'enterrement, à rendre visite à son ami Alcide « *tête de chou* » comme le surnommaient ses compagnons de cellule. Avec lui, il connaissait les moindres faits et gestes de ce petit monde *de pointeurs*, leurs rituels sordides, un vivier pour démasquer le monstre.

Les confidences d'Alcide au parloir de la prison l'éclairaient sur les manigances de la bande de pervers. L'union improbable de ces personnages si différents par leurs classes sociales rendait encore plus complexe les soupçons des enquêteurs.

A sa libération, Tony n'avait qu'un objectif : trouver et punir le salaud qui avait tué sa fille. En dinant avec son ancien colocataire de Fleury, Alcide lui avait fait part de ses craintes concernant ses drôles d'amis.

Le boucher et le maire buvaient souvent plus que de raison et après ils l'entrainaient dans leurs exactions. Alcide avait peur de ces saloperies qu'ils faisaient avec Monique et d'autres filles du même acabit. Plus inquiétant maintenant, cette bande de vieux dégueulasses parlaient de trouver des proies plus jeunes, plus fraiches. Sur internet, ils avaient capturé des étudiantes qui se prostituaient occasionnellement pour financer leurs études. Mais l'autre soir, cherchant de futures proies dans le vivier local, ils avaient évoqué le prénom de plusieurs jeunes filles du village. Charlotte, la jeune sœur de Monique, ainsi que Lou cette étudiante qui arrivait en bus chaque soir du lycée, parmi quelques autres, avaient été citée. Tony avait vu rouge en écoutant Alcide déflorer les plans sordides de cette bande de salopards. Quand le prénom de Lou fut prononcé, il devint blanc et ferma son poing si violemment que les jointures craquèrent.

Alcide continua son récit. Un petit nouveau s'était joint à la bande depuis quelques temps. Un personnage inquiétant. Il travaillait comme apprenti cuisinier dans un bel établissement du centre ville. Il servait de rabatteur. Il avait déjà eu maille à partie avec la justice pour des affaires d'agressions sexuelles. *Un coupeur de doigts.* Voilà, comment le surnommaient Guy Bournin et le gros Jean-Marie.

Hier, Tony s'était rendu à Beurnier, mais au dernier moment il avait rebroussé chemin. Les policiers ratissaient la ville depuis le crime horrible de cette jeune Lou. Pour Beurnier, ex taulard, sorti depuis trois mois de prison, c'était là que tout avait commencé pourtant vingt ans auparavant !

En cellule, les confessions intimes sont courantes. Alcide avait partagé le quotidien carcéral avec ce drôle de prisonnier, les derniers mois de sa peine. Avec lui, il était tranquille. Tony savait se faire respecter. Les autres pensionnaires se tenaient à carreaux.

Il faisait parti de ces hommes qui portent leur passé sur leur visage. Un lourd passé. Tony possédait ce regard laconique et dur des hommes qui ont vécu des histoires de vie compliquées. La cinquantaine, d'allure sportive, le cheveu noir et la peau cuivrée. Une fine balafre sous son œil gauche accentuait l'impression étrange du personnage.

Il aurait découragé le plus optimiste des hommes à lui taper sur l'épaule.

En prison avec lui ça filait droit. Les gardiens évitaient de le froisser et les codétenus savaient qu'il ne fallait pas le chatouiller.

Tony avait donné ce conseil à *tête de chou* : « c'est le premier jour qu'il faut se faire respecter, il faut frapper fort au début, après tu es tranquille. »

En effet, un jour Alcide fut témoin d'un drôle d'évènement. Tony s'était occupé à sa façon d'un nouveau détenu voulant prendre l'ascendant sur les autres. Jouant le fanfaron, il laissait entendre depuis son arrivée, que dans son quartier à Marseille il était le caïd. Donc, ici, on devait le considérer à sa juste valeur. Etre déférent, lui offrir des paquets de cigarettes, *cantiner* pour lui, obtenir des services à sa demande dus à son rang.

Tony avait dû faire preuve de pédagogie. Un jour, le marseillais orgueilleux, le grand caïd des quartiers nord n'avait pas encore saisit la nuance des mots « *dominant et dominé* ». C'est en croisant Tony qu'il allait se l'approprier.

Toujours est-il qu'Alcide avait retrouvé le caïd de la canebière en allant aux toilettes, la tête dans la cuvette, le nez écrasé et les cheveux dégoulinant d'excréments.

Tony n'aimait pas passer trop de temps dans des polémiques fastidieuses. Après cet incident, le marseillais se fondait dans la masse, il devenait transparent.

Tony et Alcide vivaient chacun leur vie de détenu, sans empiéter sur la vie de l'autre. Le soir, couchés dans leurs lits avant de trouver un sommeil long à venir, ils se confiaient un peu, brassant quelques souvenirs.

Avec Alcide, il appréciait ce côté homme des cavernes, taiseux, et pudique dans l'endurance de sa peine. C'est Tony qui lui avait parlé de cette région de l'Aube et de sa relation éphémère, vingt ans plus tôt, avec Sophie Gasnier. Tony l'avait rencontrée au bal du 14 juillet à Beurnier, il avait 28 ans et elle venait d'en avoir 22. Il travaillait dans le bâtiment à cette époque, à la construction du lycée Paul Verlaine, à la sortie de Beurnier. Un gros chantier de plusieurs mois. Ce jour de fête nationale tombant cette année-là, un mercredi, il n'était pas rentré chez lui à Bondy dans la région parisienne, préférant profiter des festivités. Un repas champêtre et un bal populaire étaient programmés le soir à Beurnier, comme chaque année.

C'est là qu'il rencontra cette jeune fille timide. Elle ne cachait point son intérêt pour cet homme intrigant et ombrageux, aux origines calabraises.

C'était peut-être cette façon de s'exprimer avec ces mains, de se montrer insoumis, ce côté sûr de lui, dans sa démarche. C'est aussi peut être ce côté voyou qui l'attira.

Sophie faisait partie de ces jeunes filles simples, prudes, pas compliquées. Elle travaillait comme aide soignante à la maison de retraite de Beurnier et habitait encore avec ses parents.

Petite brunette, mince et friande de découvrir la vie, elle ne parlait pas beaucoup. Elle vivait sans histoire. Elle se laissait guider par cet amoureux au visage bronzé et aux cheveux de gai. C'était son premier flirt. Elle le trouvait un peu trop beau pour elle, mais son cœur battait si fort quand il l'étreignait. Elle vivait l'instant présent comme si c'était un rêve. Combien de fois, jeune adolescente, avait-elle imaginé cette scène ?

Aujourd'hui elle la vivait. Le virtuel était devenu réalité. Pour une fois, cela la chavirait et ses amies l'enviaient. Elle qui n'avait pas eu d'histoires sentimentales à raconter. Même pas un début de flirt au lycée, ou lors se ses sorties avec les copines *au rancho* la seule boite de nuit de la région. Rien, le désert.

Là, elle s'était sentie importante.

Déjà à cette époque, on devinait que le fringuant Tony n'allait pas se contenter de monter les murs des maisons toute sa vie.

Leur relation dura le temps que dura le chantier.

A ce jour, Sophie n'avait eu qu'un seul homme dans sa vie. Mais cet homme lui avait laissé en prime, en souvenir de ses six mois de romance amoureuse, cet enfant, sa fille : Lou. L'amour de sa vie !

Tony ne sût que très tard, par son ancien employeur, qu'une fille était née sept mois après son départ de Beurnier.

Lou avait déjà 13 ans.

Tony n'avait pas fait carrière dans le bâtiment. Il avait délaissé la poudre grise du ciment pour une plus blanche et surtout plus rémunératrice. Un travail moins pénible, mais beaucoup plus risqué !

Un peu comme les stars du show business, il connut des hauts, et des bas. Le plus bas fut cette rixe avec ce Mario Baretti, un rival, lors d'une livraison qui tourna mal. La cour d'assises des Yvelines le condamna à 12 ans de prison pour le meurtre de Baretti retrouvé criblé de plusieurs coups de couteau sur le parking d'une HLM des Mureaux.

Tony retrouva la liberté huit ans plus tard. Mais, il fallait bien vivre.

Alors il se remit au travail : quelques casses, et des trafics juteux.

Quelques séjours au cachot, la vie d'un malfrat autiste, englué dans sa bulle.

Tony recevait la visite de son ancien compagnon de cellule, une fois par mois. Alcide lui donnait des nouvelles de Beurnier, il croisait Lou parfois dans le village. Il l'avait pris en photo à son insu, les clichés couvraient le mur de la cellule de son ancien codétenu. Alcide l'avait informé aussi des turpitudes du maire et du gros Jean-Marie.

Plus tard quand il sortit de prison, Tony aménagea dans un studio à Troyes.

Il pensait souvent à sa fille. Après tout, c'était son enfant !

Entre deux séjours en prison il se rendait parfois à Beurnier.

Plusieurs fois, il avait attendu devant le lycée pour entrevoir cette petite fille, sa petite fille.

Mais comment prendre contact ?

Treize ans après, arriver devant sa fille et lui dire : « coucou, je suis ton père ! ». Tu sais, je n'ai pas pu venir plus tôt, je séjourne le plus souvent en prison. »

Non, il ne voulait pas se griller pour l'avenir, il pourrait peut être un jour la retrouver. Il ne voulait pas tout bousculer dans le quotidien de cette fillette. Il ne voulait pas salir sa vie d'adolescente en voyant un père fantomatique surgir de nulle part dans sa vie. Il ne se sentait pas le droit de faire ça.

Peut-être a-t-il eu peur tout simplement qu'elle le rejette !

Elle semblait équilibrée, elle semblait heureuse, elle riait avec ses copines devant ce lycée, elle travaillait dur en classe, elle était belle.

Il avait dans sa vie quelqu'un à aimer, quelqu'un à qui penser. Cela lui faisait du bien.

L'homme au cœur sec, le baroudeur, le paria. Le soir seul dans sa cellule, il rêvait comme tous les hommes privés de liberté. Ces hommes à qui il ne reste plus que ça pour ne pas perdre la raison, pour ne pas se flinguer, le rêve. Ce rêve salvateur, ce rêve que même les plus dures dictatures ne peuvent ôter à ceux privés de liberté, affamés, martyrisés. Quand ils n'ont plus rien, seul le rêve les maintient dans l'espoir. Pendant sa détention, Tony, comme chaque soir avant de sombrer dans ce sommeil hachuré, laissait son cerveau voguer avec légèreté. Il voulait voir apparaître de belles choses. Chaque soir, c'était une jeune fille riant aux éclats qui apparaissait. Elle portait des longs cheveux dorés. Ils tournoyaient éclairés par les rayons dorés du soleil. Elle partait en dansant sur un chemin de cailloux blancs. Elle était si légère que ses pas ne semblaient pas toucher le sol. Parfois, Tony se levait les yeux rougis, il se passait de l'eau sur le visage. Pour se justifier auprès de son compagnon de cellule, il pestait contre cette chaleur. L'eau du robinet pouvait effacer les premières larmes, mais il savait que toute l'eau coulant sur la terre ne pourrait empêcher la nostalgie de ses rêves de se transformer en cauchemars.

Aujourd'hui, ce n'était pas de belles images douces et romantiques auxquelles Tony pensait avant de s'endormir. Aujourd'hui il pensait à la vengeance, à détruire le monstre qui lui avait enlevé la seule personne pour qui son cœur battait.

CHAPITRE 9

Des doigts trop blancs !

« *L'origine du monde* n'allait pas tarder à baisser son rideau. *La journée avait été bonne : 89 couverts ce soir et 192 à* midi. La vieille pendule plaquée au mur des cuisines affichait minuit seize. Une nuit claire était tombée sur la ville. Jérôme Minot le cuistot rangeait ses derniers outils. Il allait pouvoir rentrer enfin chez lui, épuisé par sa longue journée de travail. Stress du service, piétinement, chaleur éprouvante des fourneaux... Les employés en bavaient en cuisine surtout l'été. Jérôme ressemblait à un indien. Ses collègues ne l'avaient-ils pas surnommé *Géronimo.* Peut être pour ce physique spécial, mais surtout pour ce caractère taciturne et mystérieux. Même présent, il se fondait dans le décor. Sa lourde tignasse brune tombant sur ses épaules étroites lui donnait une allure androgyne. Peu sociable, il pouvait passer la journée entière sans décrocher une parole. Le patron, malgré les réticences de sa femme, avait voulu tenter un contrat en réinsertion.

Géronimo avait eu quelques soucis avec la justice. Des histoires de violences sur une camarade de lycée à qui il avait entaillé les doigts, puis deux ans plus tard cette prostituée, retrouvée attachée dans son lit dans un piteux état.

Le corps lacéré, et la main amputée de deux doigts, tout cela n'avait pas laissé de doutes aux enquêteurs sur les sévices infligés. C'est la voisine intriguée par les cris de la suppliciée qui avait appelé la police et qui lui avait certainement sauvé la vie. Elle en avait réchappé, mais Jérôme, 17 ans à l'époque avait été interné deux ans dans un centre fermé pour mineur. Cette fascination pour les couteaux, des beaux couteaux bien aiguisés à la lame effilée lui avait coûté cher. Il était en outre suivi sur le plan psychiatrique depuis trois ans. Pour trouver les motivations de Jérôme à s'acharner sur ces femmes jeunes aux doigts blancs, le thérapeute avait ramé. Jérôme avait fini par dévoiler le secret de sa névrose. Quand il avait à peine 5 ans, son père avait refait sa vie avec une jeune femme qui aimait les hommes mais pas leurs enfants. Elle le battait souvent. Il revoyait ses mains blanches s'abattre sur lui. A chaque gifle sa tête résonnait. Parfois il tombait sous les coups, ou il était propulsé contre un mur. C'était un enfant très nerveux, traumatisé par le départ de sa mère. Cette marâtre ne lui faisait pas de cadeaux. Son père absent, pris par son travail d'architecte, voyageait beaucoup et il laissait carte blanche à sa nouvelle et jolie compagne pour éduquer sa progéniture. Elle ne s'y connaissait pas trop en éducation, mais elle s'était *fait la main* sur Jérôme. Le psychiatre comprenait pourquoi Jérôme en était arrivé là. Ces années terribles l'avaient dégoutté des femmes. Voulant se venger de ces gifles reçues à répétition et autres sévices, il aurait voulu couper les doigts de toutes les femmes aux mains fines et blanches. Il passa sept longues années à ruminer cette idée. Il venait d'avoir 12 ans quand sa mère vint le chercher, c'était déjà trop tard. La jeune marâtre tortionnaire avait changé ses plans et quitté son architecte pour rejoindre le numéro 2 d'une grande banque. Jérôme avait enduré, le traumatisme semblait irréversible.

La vengeance allait l'habiter pour longtemps.

De ces années terribles, il avait gardé un tic nerveux : à chaque fois qu'un collègue de travail ou une autre personne passait près de lui il se protégeait la tête avec son bras levé. Peur de se prendre une gifle ou un coup !

Après quelques mois en foyer, il progressait dans sa sociabilité. Les éducateurs s'entendaient pour vanter les bienfaits de cette reprise en main. Les tests et le comportement de Jérôme l'attestaient. Jérôme s'en était sorti. Bien décidé à laisser derrière lui ces vieux démons, il ambitionnait même de devenir cuisinier et pourquoi pas plus tard ouvrir son propre restaurant ?

Il s'était remis aux études pour passer son CAP de cuisinier. Ah ! Il revivait. Retrouver ces couteaux ! Ne jamais quitter trop longtemps ces fameux couteaux !

Il venait de terminer sa première année d'apprentissage à « *L'origine du monde* ».

Les serveurs et les cuisiniers avaient plié leurs tabliers.

Les relations avec ses collègues étaient un peu compliquées. Il ne tenait pas trop à les fréquenter en dehors du travail, et eux non plus.

Avec le patron ça allait, mais avec sa femme, cette rouquine incendiaire, il lui aurait bien fait passer ce petit air suffisant, ce petit rictus qu'elle montrait au coin des lèvres en le regardant, comme pour lui dire qu'elle savait qui il était. Qu'elle n'était pas dupe ! Que si cela ne tenait qu'à elle il n'aurait jamais mis un pied dans ce restaurant.

Il regardait ces doigts, ils étaient blancs et fins mais ces tâches rouille lui déplaisaient.

Jérôme partait le dernier, c'était à lui de mettre l'alarme et de baisser le rideau de fer du restaurant.

Les rues étaient désertes, il rentrait à pied, son studio était à peine à dix minutes de son travail.

Derrière lui, il entendait les pas d'un homme qui le suivait. Des frissons lui parcouraient le corps. Il accéléra le pas. Derrière lui il entendait le claquement des semelles sur le trottoir suivre le même rythme. Il accéléra encore.

Jérôme avait peur, depuis quelques jours il se passait de drôles d'évènements. Des choses très étranges. Cet homme en noir qui le suivait, ne l'avait-il pas vu sortir de chez lui l'autre jour ?

Son studio avait été visité le jour même.

Mais il ne pouvait pas porter plainte. Il ne se voyait pas dire aux policiers que son congélateur avait été visité. Qu'il manquait la poche de sang et le sachet contenant l'un des trois doigts de Lou.

Depuis cette infraction il ne vivait plus.

Il se savait en sursis, mais en sursis de quoi ?

Géronimo se dirigea sur la gauche au carrefour, il aurait voulu se retourner pour voir son suiveur, mais il n'en avait pas le courage. Il frissonnait de peur.

Il pressa le pas, une lueur d'espoir s'anima dans son regard en apercevant au loin son immeuble. Il parut un peu soulagé, il n'entendait plus les pas. Il était presque arrivé.

Peut-être s'était-il monté la tête ? Il pensa qu'il devenait parano. Il entendait sa propre respiration. Son cœur cognait fort dans sa poitrine.

Il se retourna avant de pousser la porte d'entrée : personne !

Son visage livide reprenait un peu de couleur.

Il monta les marches en vitesse et s'engouffra dans son studio, il fit deux tours de clé. Essoufflé, il ne put s'empêcher de regarder par la fenêtre. Mais c'était la nuit qui habitait la rue. Difficile de voir quelque chose, quelqu'un.

Il se laissa tomber sur son lit. Son cœur battait fort. D'entendre son propre souffle l'affolait.

Bien qu'il soit arrivé chez lui, Géronimo avait peur, il avait un pressentiment, un mauvais pressentiment. Fébrilement, il chercha son paquet de cigarettes. D'une main tremblante il en alluma une, puis se précipita sur le commutateur et éteignit la lumière. Il n'était pas tranquille, il fuma prés de la fenêtre entr'ouverte, le regard rivé sur le trottoir d'en bas.

Son regard affolé tournait dans la pièce, il tendait l'oreille, ses yeux se posèrent soudain sur le frigo. C'était là, en haut dans la case freezer que Jérôme avait conservé les doigts et le sang de Lou.

Pour brouiller les pistes, il avait mis en scène les meurtres du Maire et du boucher. Ces numéros écrits avec le sang de la jeune Lou, et ce doigt posé sur le front. Sa signature, c'était ces multiples coups de couteaux.

La police devait piétiner. Des doigts coupés, ces numéros, et il manquait le 1. Pour sophistiquer l'intrigue, il avait pensé à mettre les chiffres 2 puis 3. Les pauvres policiers, ils devaient patauger.

Mais Jérôme ne pouvait prendre de risques. Ces *compagnons de dépravation* auraient pu livrer aux policiers des secrets compromettants. Il savait que sous l'effet des stupéfiants et de l'alcool, ça parlait le soir chez le gros Jean-Marie.

Jérôme repensa à ces meurtres. S'il n'avait pas été sous l'emprise de la coke, jamais il n'aurait pu se livrer à une telle barbarie. A jeun, il n'y croyait pas. Il se faisait peur parfois. Comment pouvait-il se dédoubler et recourir à ces atrocités ?

Son ancien copain de centre fermé, Mourad, l'avait bien aidé. Il revoyait la scène, tout excité, avec son couteau. Le gros porc de Jean-Marie n'avait pu se défendre longtemps.

Mourad Bouhassoun lui, c'était le spécialiste du fil de fer très fin qui strangule en quelques secondes. Même les plus grosses gorges ne peuvent résister. Motivé par l'enveloppe de 3 000 euros reçue à la fin de sa mission, Mourad avait soigné le travail, il devait préparer le terrain pour Jérôme.

Le cuisinier avait été surpris la première fois, quand un vieil homme aux cheveux argentés s'était déplacé pour le voir à « *l'origine...* » *Un vieux bourge en costume bleu-nuit avec une grosse Mercedes noire. Un connard de politicien.*

Il lui avait demandé s'il voulait gagner un peu d'argent.

Juste des enfantillages. Pas de quoi fouetter un chat !

Faire peur au Maire pour l'empêcher de se représenter. Jérôme n'avait pas voulu en savoir plus. Il lui avait demandé *« pourquoi moi ? »*. C'était le procureur de la république, rencontré dans un vernissage, qui lui avait parlé de lui.

De son affaire avec la prostituée violentée 5 ans auparavant. Le procureur de passage dans la région avait été surpris de le voir travailler au restaurant de Beurnier. Et il l'avait raconté à Pernin en lui parlant de ses antécédents. Il lui avait même dit qu'il ne croyait pas une seule seconde à la réinsertion de ce Jérôme. Le *Jansénisme* laisse des traces dans les esprits de leurs anciens disciples.

Jérôme s'était saisit de l'aubaine pour se débarrasser de ses anciens copains très encombrants. Il faisait d'une pierre deux coups !

Faire peur à ce Maire dangereux pour les prochaines élections. Ça c'est sure qu'il allait lui faire peur ! Il savait faire. A cette évocation il avait déjà sorti son sachet de coke et sa carte bleue. Il s'était fait un rail. Après il avait éclusé le reste de la bouteille de vodka.

Les 10 000 euros que ce vieux bourgeois lui avait remis l'avait excité. Réinvestis dans l'achat de *cristal,* il allait être tranquille pour un bon moment. Pas de regret. Ces copains pervers l'auraient même surement dénoncé. Donc si en plus il empochait un bon paquet de fric, c'était tout bénef ! Embrouiller les policiers et écarter le risque d'être balancé par ses anciens amis, il n'avait pas à hésiter à finir le travail.

C'était donc très motivées que les deux petites frappes réunies à nouveau avaient pris le chemin de chez monsieur le maire.

Mourad trop chargé le jour de l'expédition avait pété les plombs. Après, il n'avait pu contrôler son ami.

Depuis ces meurtres, la vie de Jérôme avait changé.

Dans l'euphorie de l'action, sous l'effet des stupéfiants, il avait passé le cap. Mais avec le recul, rien n'allait plus.

Il pensait sans cesse à son méfait. Dès qu'il croisait une voiture de police, il croyait que c'était pour lui.

Au restaurant, Jérôme avait du mal à s'intégrer. Il se sentait vivre à côté des autres, comme s'il avait une vie d'acteur et après son spectacle, il rentrait chez lui faire sa deuxième vie.

Il devait aussi finir son travail, le commanditaire l'avait payé, mais il s'était montré très en colère sur la qualité du travail. Le meurtre n'était pas prévu et lui, le notable, risquait d'être inquiété pour complicité de meurtre. Il lui avait fait signer des documents pour se couvrir, au cas où Jérôme se ferait arrêter. Le contrat, c'était de faire peur et non de tuer.

Le vieux était très en colère. En compensation, et pour ne pas le dénoncer à la police, il fit un deal avec Jérôme : je double la mise mais vous vous occupez de Victor Leccia.

Les instructions étaient claires : *« ne le tuez pas ! Mais faites lui peur, qu'il parte... faites en sorte qu'il ne veuille plus revenir ici !*

Cassez sa voiture, sa véranda, tirez quelques coups de feu... Suivez-le, faites-lui peur !

Voilà ses coordonnées : adresse, voiture, ses numéros de fixe, portable… »

Il toucherait 10 000 euros en plus de ceux déjà versés, mais quand la mission serait accomplie.

Le commanditaire attendit que Jérôme recopie les infos, puis il récupéra la feuille où les coordonnées de Victor Leccia étaient consignées.

Le vieux bourge aux cheveux argentés était reparti, fixant rendez-vous à Jérôme dans 10 jours, même heure même endroit.

Jérôme avait peur. L'affaire était trop grosse pour lui. Il s'était laissé entrainer trop loin. Tuer des filles aux doigts blancs, ça il pouvait le faire. Il savait pourquoi. Faire croire aux enquêteurs à un crime de psychopathe en maquillant les meurtres du Maire et de Jean-Marie le boucher, ça aussi. Mais maintenant, à froid, il ne voulait plus se mouiller.

Il ne vivait plus, il avait peur.

Mais 10 000 euros c'était tentant. Avec 10 000 euros il pourrait s'en acheter, de la *merde.*

Seule solution, mettre son ami Mourad sur le coup. Il lui verserait 4 000 euros quand il aurait fini le travail.

« Ne le tue pas, mais défonce-le….tiens voilà son adresse dans les Yvelines…..débrouille-toi... je ne veux pas en entendre parler... Moi je suis mort, ici... Je ne peux pas bouger le petit doigt... Je suis même peut-être sur écoute. Et tue la ferme... ok ? Pas de sms, pas d'appel... ».
Ils se voyaient toujours au même endroit devant le kiosque sur la place de la comédie.

Il se savait traqué. Le meurtre de Lou avait marqué les esprits à Beurnier.

Pourquoi aussi cette jeune fille avait elle les doigts si blancs, si fins... ? Pourquoi ?

Toutes ces questions le propulsaient très loin dans le temps. Les images des coups reçus, petits, par cette femme revenaient en boucle. Il aurait voulu être grand à cette époque, il aurait voulu se défendre, la tuer, lui enfoncer des milliers de coups de couteau, voir son sang gicler, la voir pisser de son corps, la détruire à jamais, lui couper les doigts, les mains, lui arracher les bras.

Faire un grand feu de cette maison maudite.

Jérôme très agité transpirait. Il était rouge, il transpirait, il tremblait maintenant, comme à chaque fois que ces souvenirs revenaient.

Une question le tarabustait depuis quelques jours.

Qui était entré chez lui ? Qui savait ?

Jérôme depuis deux jours ne vivait plus. Il n'arrivait plus à trouver le sommeil. Il était toujours sur le qui vive.

Il vivait un cauchemar. Il jeta le mégot sur la rue puis referma la fenêtre. Il cru entendre un craquement dans le couloir.

Son cœur s'affola. Il sentait la tension monter dans son corps. Il transpirait, la sueur coulait de son front, puis descendit un peu plus le long de son visage lui brulaient les yeux. Il se releva brusquement, se dirigea dans la cuisine.

Il s'aspergea d'eau fraiche, puis laissa couler dans sa bouche sèche le jet du robinet.

Il ne dormirait pas encore cette nuit.

Jérôme s'approcha de la porte, l'oreille collée au battant, il s'était saisit d'un couteau, il le serrait fort dans sa main. Mais même ce couteau à la lame longue et tranchante qui brillait dans la pénombre avait du mal à le rassurer.

Pourtant, les couteaux… cela aurait dû le détendre, il les pratiquait, c'était sa marotte !

Une porte claquait, un bruit lointain, incertain. Jérôme se mentit et pensa que c'était sans doute un locataire qui rentrait chez lui, ou un visiteur qui arrivait.

CHAPITRE 10

Délivre-nous du mal !

Tout était encore calme à « *l'origine du monde* ». Les premiers clients allaient s'engouffrer comme chaque jour dans la brasserie d'ici une bonne demi-heure.

Majoritairement, ils seraient pressés comme toujours. Certains n'auraient qu'une heure à peine pour déjeuner, stressés par le temps ou par mimétisme ambiant. Ils prendraient majoritairement le plat du jour et une carafe d'eau, peut être certains s'offriraient-ils un verre de rosé mais pas deux : *« Ah ! Ben non je conduis ! »*

D'autres seraient en repas d'affaires, peu préoccupés par la pendule, moins par les limitations alcooliques : *« J'ai droit à deux verres, mais vu ma corpulence trois ça passe !* »

Parfois, en fin de repas après le café, c'était la poire William ou un autre alcool blanc qui pouvait faire basculer le dosage.

Quelques couples occuperaient ces fameuses micro-tables pour deux, couples légitimes ou amoureux en herbe. On n'y voyait forcément le classique duo, le boss avec sa secrétaire, mais aussi deux collègues de travail en position de rapprochement, et comme toujours, les amants d'un jour ou d'une vie. Parfois pour manger à la maison et entendre les mouches voler, les anciens amants, devenus des mariés convenus, venaient se restaurer. Ils pestaient souvent contre les serveurs qui n'en finissaient pas de servir les autres. A une autre table, les amoureux se regardaient dans les yeux, parlaient d'une voix feutrée et douce. Un éclat de rire ponctuait souvent une phrase. Contrairement aux vieux couples qui se servaient du décor pour s'occuper en attendant les plats, les amoureux, eux, ne regardaient qu'eux. Ils se regardaient dans les yeux. Ils avaient fait le vide autour d'eux. Ils avaient su créer leur bulle.

Pas besoin de beaucoup de place pour se dire des mots bleus, les mots des amoureux et pour trinquer avec une coupe de champagne aux fines bulles en se regardant droit dans les yeux déjà voilés par l'émotion.

Peut-être un bon présage de leur effervescence.

Ils se toucheraient la main, en parlant bas d'une mimique complice. La serveuse professionnelle se ferait discrète, elle verrait vite qu'elle à faire à des amoureux.

Les tables étaient dressées, recouvertes de nappes bordeaux et de serviettes couleur ivoire bien roulées dans le verre. Les cuisiniers, tels des coureurs de formule 1 avant le départ, étaient au taquet. Les serveurs eux aussi prêt à prendre leur service chahutaient dans le vestiaire. Le téléphone sonnait avec de plus en plus d'insistance pour les réservations. Véronique Shermann, la patronne du restaurant, tapait nerveusement avec ses ongles vernis rouge sang sur le comptoir tout en prenant les réservations au téléphone et en écoutant son mari lui exposer son inquiétude :

— Jérôme n'est pas là, c'est embêtant, Véro !

A midi, nous ne sommes que 2 en cuisine aujourd'hui. Son appart n'est pas loin, vas voir ce qui se passe ! J'ai tenté plusieurs fois de l'appeler, je tombe à chaque fois sur la messagerie...

Agacée, la belle quadra sémillante, en enfilant son blouson de cuir rouge, en contraste parfait avec sa robe noire à maille moulante, répondit tout à trac :

— Il a encore oublié de se réveiller, je veux bien y passer, mais il va se prendre une bonne soufflante le Jérôme !

Tu vois, je t'avais dis que ce n'était pas le bon plan de le prendre. Tu te souviens ?

Marc, ne voulant pas entrer dans la polémique avec son épouse avant le coup de feu calma le jeu :

— Oui, ça c'est sûr, là... j'ai fais une erreur !

Armée de ses talons hauts et de sa lourde crinière rousse qui oscillait à chaque mouvement de tête, elle poussa la porte en verre et se dirigea d'un pas décidé sur le trottoir où le claquement aigu des talons ne laissait aucun doute sur sa colère et sa détermination à admonester l'arpette.

Exaspérée par ce Jérôme, c'est d'une allure énergique qu'elle marchait en grognant :

— *Quel branleur ce Jérôme !*

En chemin pour évacuer son courroux, elle repensa à sa soirée d'hier où elle avait rencontré un homme qui l'avait un peu émoustillée. Ce nouvel adhérent de la salle de sport venait de s'inscrire. Elle fouilla dans son sac tout en avançant et sortit la carte de visite que Victor Leccia lui avait remise. Véronique répéta, en souriant, ce nom : Victor Leccia !

Quel beau mec ce Victor ! Dommage que je ne sois pas libre.

Mais non, il ne fallait pas qu'elle pense à ça.

Il voulait juste la revoir pour boire un verre à la sortie de son prochain cours de fitness. Après tout, cela ne l'engageait à rien. Mais elle se connaissait, il lui fallait rester prudente. Ne pas tout casser ! Son couple allait à peine mieux. Le restaurant marchait bien et son mari lui, l'aimait. Il avait pardonné son écart, enfin c'était plus qu'un écart. C'était une passion amoureuse ! Une vraie.

Quitte à faire les choses, il vaut mieux les faire en grand !

Avec ce prof de gym, cette histoire avait duré presqu'un an.

Mais les hommes sont lâches. Comme souvent, ils n'ont pas le courage de trancher. Lui non plus n'avait pas voulu quitter sa femme. Il avait demandé une mutation à l'autre bout de la France. Courage fuyons !

Elle était rentrée au bercail, elle avait retrouvé son mari. Le retour vers la normale, selon cette expression idiote consacrée.

Le retour vers la normale ! Ça donnerait la gerbe parfois pensa-t-elle en haussant les épaules.

« Le retour à la vie normale », n'importe quoi!

A 42 ans, avec ce physique qui attirait la convoitise dans le regard des hommes, ce mariage usé par l'habitude, l'érosion du temps, cet enfant perdu, ces fantômes pleins les placards, cet avenir incertain… Puisque le normal n'avait pas été possible, elle serait bien retournée « à l'anormale » une fois encore, Véronique.

Ses copines la charriaient lors de leur sortie entre filles où chacune rivalisait en racontant les récits épiques de leurs aventures amoureuses ou autres épisodes de leur quotidien. Jalouses, peut-être inconsciemment de cette liberté que Véronique dégageait. Pour la titiller, elles employaient le mot de *chaudasse !*

Elle rit intérieurement en évoquant ce qualificatif, mais c'est avec ironie qu'elle fit mine de s'en offusquer. Quand même pas très classe, *chaudasse !*

Parfois elle regardait son mari. Il ne ressemblait plus à rien, surtout plus du tout à celui qu'elle avait connu à 19 ans. Le temps est assassin. Dans sa marche indubitablement ravageuse, il flétrit, ternit, désagrège. Il vide les cœurs.

Elle revoyait défiler sa vie. Elle ne voulait pas assombrir son esprit plus longtemps.

Véronique cherchait une pensée positive. Ce n'était pas le genre à chouiner, son slogan c'était plutôt : Hauts les cœurs et droit devant !

Elle repensa à ce Victor. Elle sourit en pensant à sa venue au restaurant, l'autre jour avec cette femme politique. Comment s'appelait-elle déjà ?

Ah oui ! l'écolo dont tout le monde parlait en ville : Bérengère Belmont.

— Savait-il, le beau Victor, que Bérengère, il n'était pas près de la mettre dans son lit. En effet d'après la *volaille beurniroise*, c'était *une brouteuse de gazons* comme disaient ses copines. Ces copines qui se plaisaient à colporter les ragots entendus dans la semaine le, soir, quand les effets des cocktails commençaient à faire leurs basses œuvres. L'écologiste vivait une liaison depuis 2 ans avec une prof d'histoire...

Une rivale en moins soupira t'elle en souriant !

Elle arriva en face l'immeuble où logeait le fameux Jérôme.

Elle fut cueillit par une agitation inhabituelle. C'était chaud dans le quartier !

Un accident ?

Les passants attirés par les sirènes des pompiers et de la police, regardaient le spectacle qui se déroulait sous leurs yeux. Des estafettes de police et une ambulance étaient sur place.

Les pompiers étaient stationnés devant la porte. A son arrivée, prés de l'immeuble où habitait Jérôme, Véronique constata que les pompiers enfournaient une civière dans leur camion où les gyrophares stroboscopiques aux lumières bleues tournaient sous l'œil étonné des habitants du quartier tentant de comprendre tout ce charivari.

Elle s'approcha du fourgon rouge.

Elle tenta de s'informer sur les raisons de cette agitation auprès d'une dame, spectatrice des événements, bénéficiant de sa position privilégiée aux premières loges.

Le témoin de la scène, d'un ton laconique, lui expliqua :

— Ils ont trouvé un jeune homme qui aurait été agressé dans son appartement... Ils l'emmènent... Je crois bien qu'il est mort !

Tout en parlant, la vieille dame montrait avec son doigt maigre et ridé un appartement au premier étage. Véronique, effarée, constata que c'était l'appartement où Jérôme habitait.

Elle écoutait, béate, le témoin du drame qui continuait son récit :

— D'après une voisine, il aurait reçu plusieurs coups de couteaux.

Elle s'arrêta comme pour reprendre son souffle et se prépara à annoncer quelque chose d'étrange :

— Quand ils ont mis la civière dans le camion des pompiers, à un moment la couverture a glissé et j'ai vu qu'il avait sur le front un drôle de truc, je crois que c'était un chiffre... Oui un chiffre, il était peint en rouge, comme si c'était du sang. Je crois avoir vu un trait ou, peut-être, était-ce même le chiffre 1...

Quelle horreur !

Véronique ne savait plus que faire. Elle demanda à un policier en uniforme si ce jeune homme embarqué sur la civière par les pompiers était bien Jérôme Minot, le jeune homme. Mais le policier peu convivial et agacé, l'éconduisit sans ménagement. Il ne voulait pas lui répondre. Elle dût se présenter comme sa patronne pour avoir confirmation. C'est le lieutenant de police Florence Vanier qui lui prouva l'identité de ce jeune homme assassiné dans des conditions particulières.

En effet c'était bien lui : Jérôme !

Les policiers passeraient d'ailleurs cet après midi au restaurant pour recueillir d'autres renseignements complémentaires concernant son apprenti. Maintenant, l'ex-apprenti.

C'est complètement sonnée que Véronique repris le chemin du retour. Tout en marchant, elle avait du mal à valider ce nouveau drame. Mais que se passait- il dans cette ville ?

Elle s'en voulait presque d'avoir affublé ce pauvre Jérôme de tous les noms d'oiseaux. Puis elle se dit qu'il ne devait pas être très clair quand même ce garçon !

Demain, les Beurnirois allaient avoir de quoi commenter !

CHAPITRE 11

La marche noire

Beurnier vivait un véritable cauchemar. La psychose était entretenue soigneusement par les médias et les partis politiques sachant instiller le populisme. Jamais dans cette région on n'avait connu autant d'agitation. Tous les médias avaient investi la ville. Quatre meurtres en trois semaines. Ces histoires de doigts coupés, de numéros écrits avec du sang humain, ces meurtres aux rituels dignes d'un psychopathe ou d'un membre d'une secte aux rituels effrayants. Les beurnirois ne parlaient plus que de ça, les journaux locaux titraient chaque jour sur ces crimes étranges. Les policiers, eux, pataugeaient dur. Des renforts étaient même attendus de Paris.

Pour le lieutenant de police, Florence Vanier, il ne faisait pas de doute sur un point : il y avait bien deux meurtriers. Le tueur de la jeune Lou, et celui qui l'avait vengée. Mais pourquoi tuer le boucher et le Maire ?

Pourquoi venger cette jeune fille en tuant 3 personnes ?

Qui était cet homme flouté sur la photo prise lors des obsèques de la jeune fille assassinée ? Cet homme en noir, aperçu par le locataire du rez-de-chaussée montant l'escalier de l'immeuble de Géronimo, juste quelques minutes avant le crime de l'apprenti.

La policière avait étalé devant elle, sur son bureau, les photos des trois hommes assassinés. Elle avait déplacé les portraits en respectant l'ordre chronologique des homicides.

Les fronts maculés de sang apparaissaient sur des clichés pris en gros plans.

Seule à son bureau, tout en sirotant sa bière, elle marmonnait :

— Bon, on n'est bien d'accord. Le numéro 2 c'était le Maire, le numéro 3 c'est bien le boucher, et enfin le numéro 1 l'apprenti cuistot : Jérôme Minot.

L'identification judiciaire avait retrouvé *un cocktail* de traces de sang sur le joint de la porte du congélateur chez l'apprenti cuisinier, ce sang appartenait bien à Lou.

Florence Vanier se demanda pourquoi la poche de sang et les doigts n'étaient plus dans le freezer ? Qui les avait bougés ?

Mais elle crut comprendre que Jérôme pouvait être le tueur du Maire et du gros Jean-Marie. Pour brouiller les pistes ? La peur d'être dénoncé ? Il s'était occupé de ces deux « amis » et par contre c'était un autre tueur, un tueur motivé, très motivé qui s'était chargé de lui.

Ce tueur, motivé pour se venger de Jérôme, avait forcément un rapport très étroit, un lien affectif, voire, pourquoi pas, filiale avec Lou.

Un lien filial ? A l'état civil, c'était clair. Sophie était le seul parent déclaré de la jeune Lou, *née de père inconnu !*

Cela ne voulait rien dire. Un enfant a toujours un père. Même si celui-ci nie cette paternité. Vingt ans après, pas facile de reconnecter tous les fils de cette histoire. Florence y croyait. Pour elle, l'hypothèse la plus crédible était celle-ci : le père était revenu pour venger sa fille !

Sophie ne l'aidait pas beaucoup. Florence aussi se disait qu'à sa place, elle aurait certainement fait pareil.

Son ex amoureux qui trucide le meurtrier de sa fille ! De leur fille... Après tout, si l'on se place trente secondes dans la peau d'une mère, ça soulage ! Elle n'allait pas le dénoncer.

Donc c'était bien à la police de le trouver, mais toute seule.

Maintenant comment trouver cet homme qui semblait avoir terminé sa mission : tuer le meurtrier de Lou.

Mais le Maire et le boucher, qu'avaient-ils à voir là-dedans ?

Tout cela était encore très nébuleux.

Seule, l'arrestation de ce tueur mystérieux pourrait éclairer sa lanterne.

Florence regarda sa montre, 15 heures 08 !

Elle devait se rendre à la marche blanche organisée par un comité de soutien à la famille de Lou.

Le rassemblement était prévu à 15 heures 30 place de la mairie.

Elle arpenta le couloir de la PJ, prit au passage Franck Larieux dans son bureau. Ils se dirigèrent à pied vers le centre ville.

Tout en marchant, les deux policiers tentaient d'évaluer les suites de cette affaire.

Franck Larieux se demandait pourquoi un homme avait décidé, comme ça d'un seul coup, d'aller tuer ce cuistot, pour venger une jeune fille. Il y avait forcément un lien entre le tueur et Lou. Et le policier était persuadé qu'il fallait même un sacré lien pour se livrer à un tel acte !

De surcroît cela ne pouvait pas être un citoyen lambda.

On peut tuer un homme sous l'impulsion de la colère, mais à froid, avec ce rituel... non ! Ce n'était pas un être humain normal !

C'était là qu'il fallait creuser. Rechercher des êtres humains déviants ! Le lien avec Lou et le profil du tueur.

Florence repensa à l'attitude troublée de la mère de Lou quand elle lui avait montré la photo de l'homme en noir au cimetière.

Une piste sérieuse ? Comment retrouver cet homme ?

La clé du mystère était peut être sur cette photo.

Quand ils arrivèrent sur la place, la marche blanche s'organisait. Une foule très dense couvrait entièrement la place de la Mairie. Les voitures des chaines de télés et des radios étaient présentes, on les voyait de loin avec leurs couleurs flashy. Au premier rang, les étudiants avaient revêtu des tee-shirts blancs. Ils encerclaient la famille. Tous avaient une rose blanche à la main, d'autres tenaient un cierge allumé. Sur les tee-shirts on pouvait voir ce slogan imprimé en noir :

« Justice pour Lou ».

Des banderoles étaient tendues, écrites aux feutres noirs : ***Plus jamais ça*** !

Des associations proches de l'extrême-droite brandissaient des pancartes aux slogans incisifs :

« La peine de mort pour les meurtriers d'enfants ! »

Sophie, la mère de Lou semblait dépassée par ce qui se déroulait. Elle avait tellement pleuré ces derniers jours que maintenant, c'est comme s'il ne lui restait plus une seule larme à verser. Elle avait faillit ne pas venir.

Depuis une semaine, elle ne dormait que très peu. Elle avait des vertiges. A tel point qu'elle avait peur de se lever. Peur de tomber. Telle une aveugle comme pour anticiper les obstacles domestiques, elle mettait ses bras tendus devant elle en se déplaçant dans sa maison. L'autre jour pourtant, amaigrie, elle n'avait pas voulu sortir faire son ravitaillement de peur de tomber. Ces problèmes de sommeil et son alimentation carencée avait fait d'elle un zombie. Heureusement qu'à l'hôpital, on lui avait donné ce traitement pour ne pas sombrer.

Tel le couperet de la guillotine, les passants entendaient le bruit métallique des rideaux des magasins qui finissaient de tomber tous, maintenant, à l'unisson. Dans quelques minutes, le cortège allait pouvoir s'ébranler dans la ville, tous les Beurnirois étaient là. Ils avaient rejoint le défilé.

Deux jeunes filles au premier rang portaient, les bras levés, un portrait géant de Lou. Des gros cœurs rouges aux coins de la photo avaient été dessinés avec ce slogan couché au bas de celle-ci :

Justice pour Lou !

La foule passa dans l'artère principale et continua sa marche dans les rues adjacentes de la ville morte.

Au cœur du cortège, Véronique suivait le mouvement en compagnie de Marc, son mari. Elle aperçut deux rangs plus loin, Victor Leccia. Son cœur s'accéléra, elle s'en voulut de ne pas pouvoir gérer mieux ses émotions. Elle profita d'une bousculade pour avancer un peu. Elle fit une percée discrète dans les rangs devant elle, et arriva enfin au niveau de Victor, elle lui fit un petit coucou.

Il lui sourit :

— Triste circonstance... Mais je suis content de vous voir !

— Oui, c'est clair, répondit-t-elle d'un ton laconique.

Profitant de la gêne affichée de la belle restauratrice, il enchaîna :

— Demain, n'oubliez pas ! Nous nous voyons pour boire
Un verre après le sport. Comme promis...

Très déstructurée dans son attitude, ne voyant plus Marc, elle fit mine de regarder un peu partout levant la tête, agitée. Soudain :

— Ah oui demain ! Feinta-t-elle de se souvenir.

— Ok, oui... Oui, oui à demain !

Et comme désorientée par cette rencontre, c'est fuyante et le cou dressé qu'elle lança :

— Excusez-moi, je crois que j'ai perdu mon mari.

Victor n'osa pas lui répondre : « ah ! Ben ça, ce serait plutôt une bonne nouvelle ! »

Le cortège, disloqué un moment, repris sa marche normale.

Après ce cafouillage, les rangs se reformèrent et Véronique avait même retrouvé son époux égaré. Tout était peut-être rentré dans l'ordre !

CHAPITRE 12

Danser la nuit en dormant !

Sophie Gasnier n'avait pas voulu s'attarder après la marche blanche. Ce spectacle au cérémonial plein de bons sentiments, la gavait un peu. Depuis quelques jours, elle avait eu sa dose. La nature humaine était friande de ces rassemblements où le chagrin et la souffrance servaient de catalyseur. Cette foule semblait être en osmose dans cette procession. Sophie voulait retrouver le calme, seule dans sa maison. Reprendre ses forces, reprendre sa raison. Se retrouver, loin de la cohue, loin des pleureuses compatissantes, loin de ces rassemblements à l'empathie émolliente. Que restera t-il de ce barnum dégoulinant d'émotions factices dans quelques mois ?

Elle, par contre, il faudra qu'elle fasse face. Elle, par contre, il lui faudra continuer son chemin, mais toute seule. Sophie se fit un café. Les yeux dans le vague, hébétée. Elle avait du mal à reprendre le dessus, à réaliser ce carnage. Elle tournait machinalement sa cuillère dans son meug, son café allait refroidir mais elle était perdue dans son flottement. Elle tournait sa cuillère sans vraiment prendre conscience de la réalité de son geste.

Sa vie était en train de défiler. C'était noir, très noir. Parfois, elle pensait à sa mort. Elle se reprit, elle savait qu'il lui faudrait du temps pour voir un jour repousser toutes ces fleurs fanées sur les décombres de sa vie. Il faudrait beaucoup de temps. Les souvenirs de Lou lui revenaient en vrac.

Elle la revoyait le soir pendant le dîner, la main rivée sur son portable, envoyant ces SMS pendant tout le repas. Malgré son pianotage, elle jouait de dextérité en continuant de lui parler et arrivait même à manger. Sophie se revoyait lui faire les gros yeux pour qu'elle lâche quelques instant cet appareil diabolique. Cette troisième main qui, telle une drogue, vampirisait les ados. Vouloir qu'elle lâche ce petit appareil maléfique était peine perdue. Lou devait avoir des choses très importantes à traiter. Sophie revoyait ses longs cheveux noirs qui lui arrivaient au bas du dos. Elle ne voulait jamais les couper. A chaque fois, c'était des disputes pour ses cheveux. Sophie, en repensant à ces détails, s'en voulait, même si cela n'était pas grave. Elle aurait voulu la chérir encore plus, lui dire surtout qu'elle l'aimait. Lui en avait- elle dit assez ?

A revoir ce visage, à repenser à ces petits détails, Sophie ne pouvait retenir ses larmes.

Anéantie, elle soupira.

Ah ! Si seulement je pouvais dormir. Dormir, dormir !

Elle avait maigrie. Des cernes noirs s'étaient invités sous ses petits yeux, des petits yeux semblables à des boutons de bottines.

Elle avait dépassé de peu la quarantaine, mais aujourd'hui on lui en aurait donné plutôt cinquante. Sophie était passée à côté de sa vie.

La vie d'une femme esseulée. La vie d'une mère vivant avec sa fille, sans relief, sans fantaisie. Le vide. Le néant. Cette existence terne refoulait l'épanouissement. Son apparence épousait parfaitement sa vie. Elle avait un physique sans aspérité. De nature fluette, sans extravagance vestimentaire. C'était le genre de femme que l'on ne remarquait pas. Cette discrétion des gens simples la rendait encore plus transparente. Et depuis une semaine, elle avait senti la terre se défiler sous ses pieds quand ce drame était survenu : Perdre ce qu'elle avait de plus cher, sa fille chérie, toute sa raison de vivre.

Son destin avait basculé. Elle repensa, par flashs, à ces derniers jours. La terrible nouvelle, le choc !

Puis les obsèques, cette cérémonie obligée. Tous ces gens, toute cette douleur rebrassée des milliers de fois. Cette empathie presque gênante à gérer. Ces pleureuses inconnues dans la posture qui se collaient, s'infiltraient, surjouaient. Tous ces conseils pleins de bons sentiments. Les ambiances émollientes et l'acharnement de ces médias carnassiers et survoltés voulant faire de son malheur un spectacle.

Rien ne lui avait été épargné !

Elle revoyait un peu tout en vrac, un mélange des genres : la préparation des obsèques, le choix de pierre tombale, la couleur du cercueil, les charognards, la presse hystérique, l'enquête, les policiers impuissants devant l'horreur d'un crime effroyable. Retrouver l'ignoble salaud qui avait fait l'indicible. Même sur cette faible consolation, elle ne se faisait pas d'illusion.

Et soudain, elle ressentit son pauvre cerveau malade et fatigué se figer sur une image. Elle revoyait ce morceau de carton glacé, elle revoyait cette photo présentée par les policiers. Elle la revoyait là, sous ses yeux. Ce portrait flou, un portrait où un homme pixellisé par la pluie semblait défait par la douleur. Un homme qui lui rappelait quelqu'un.

Cette fameuse photo qui faisait *buger* sa mémoire. Elle se refusait à y croire. Si elle ne pouvait se faire à l'idée de reconnaitre cet homme flou et sombre, son cœur cognant comme un fou dans sa poitrine semblait lui dire, que lui, il ne pouvait se tromper, et il lui envoyait ce message :

Moi, je l'ai bien reconnu !

Sophie s'en voulait de se mentir. Elle était lasse, elle sentait son esprit dériver. Elle avait la tête qui tournait. Tout arrivait fort et trop vite. Perdre sa petite Lou et revoir surgir l'homme qui lui avait tant manqué pendant toutes ces années… cela faisait un peu trop pour elle. Elle s'allongea sur son divan, les paupières lourdes, très lourdes. Elle luttait mais ne pouvait empêcher ses yeux de se fermer. Elle était bien, elle était sereine, elle sentait son corps devenir léger, il semblait flotter, flotter, flotter... Mais d'où lui arrivaient ces images lointaines, un peu brouillées de bal populaire, de musiques douces ?

D'où arrivait ce parfum d'homme aux muscs sauvages, ces mots bleus chuchotés à l'oreille, ces gestes tendres ?

Et cette musique obsédante, cette musique qui semblait flotter au-dessus des danseurs.

Pourquoi ce manège de poupées de porcelaines semblait tourner indéfiniment dans son rêve ?

Mais c'était elle qu'elle voyait sur ce manège.

…elle avait vingt ans, sa petite robe blanche virevoltait dans la nuit, sous le ciel étoilé. Elle dansait sur les cailloux d'un parking de fête foraine un soir d'été. Elle entendait une ritournelle entêtante. Elle dansait avec un homme en noir, son visage était flou. Il était beau. Sa joue blanche se collait sur la peau brulante et cuivrée de son cavalier au visage glabre, son souffle chaud semblait rentrer dans chaque pore de sa peau... Elle dansait dans la nuit, sa chevelure lourde se soulevait à chaque mouvement. Le vent tiède s'engouffrait sous sa robe, la faisant tourner dans le rythme de cette mélodie enivrante. Les cailloux crissaient sous ses talons. Elle se sentait légère, elle se sentait belle, elle se sentait reine dans son palais. Elle dansait, dansait… la nuit était claire, c'était une belle nuit d'été. Ces nuits douces qui transforment la vie en rêve. Elle aurait voulut que ce tourbillon, ces instants magiques ne s'arrêtent jamais... elle dormait...

Sophie dormait...

CHAPITRE 13

Revenu du diable vauvert !

Tony savourait sa bière belge à la terrasse du café des sports. Ce bar incontournable dans la ville faisait face au marché. En matinée, cet estaminet jouissait d'une belle animation. Les habitués faisaient leur ravitaillement en sélectionnant des produits frais. Ça sentait l'iode au banc des poissonniers. L'œil du bar et du colin brillait. La crevette se tenait raide dans son joli corset rose. C'était ici que l'on pouvait encore découvrir des fraises et des tomates bien rouges qui avaient touché terre.

Même les poulets aux cuisses dodues avaient parcouru plus d'un mètre dans leur vie. Ils étaient jaunes, les cuisses fermes habituées à gambader dans l'herbe. Ils n'avaient pas connu le confinement des infâmes cages de ces entrepôts concentrationnaires dignes de l'usine *Tricatel* évoqué dans le célèbre film *: « l'aile ou la cuisse »*. A cette époque tout le monde riait de ces caricatures, dénonçant le futur de l'agroalimentaire. Aujourd'hui tous rient jaune.

La fiction cocasse de l'époque, aujourd'hui dépassée par la pathétique réalité.

Sur ce marché, les gens semblaient heureux. Ils parlaient entre eux, entreprenaient des dialogues chaleureux avec les petits maraîchers. Les paysans du coin étaient fiers de leur récolte exposée sur un étal de fortune. Certains faisaient leur cabotin en se donnant en spectacle pour vendre des chapelets de boudins noirs ou des casseroles miracles.

C'était ça le vrai spectacle, cette excitation du bonimenteur débitant des vannes éculées pour attirer le client écoutant, amusé, l'artiste, sans être dupe sur ses filouteries. Quelques uns se faisaient gruger, pensant que tout ce qui brille est d'or. Cela donnait une ambiance festive, cela faisait partie du folklore. Ca fleurait bon la diversité devant et derrière les étales.

Parfois on aurait pu penser que l'on tournait dans la région une nouvelle adaptation de Belphégor. Ou peut être une épidémie d'oreillon sévissait-elle soudain sur l'Aube ! En effet, sur ce marché, il n'était pas rare de voir des musulmanes très prudes en habit noir croiser des gauloises aux regards incrédules. Ostentation provocatrice ou réel désir de respecter les rites de sa religion. Cachez ces objets de convoitise ! Les fantômes traversaient le marché, faisant fi de la polémique sur l'assimilation, le remplacement. Faire croire pour choquer, ou croire plus fort que les autres, au prix d'y noyer sa vie, de nier sa propre identité de femme, sa propre vie d'être humain. Un stand de mauvaises copies de CD et de cassettes déversait la chanson de Souchon : *« et si le ciel était vide !.... »* En l'espace de 100 mètres le paradoxe des cultures sautait au visage.

Tony avait commencé à faire sa valise et à réunir ses quelques affaires personnelles.

Le départ était imminent. Le journal local déplié sur la table laissait entendre que les policiers cherchaient toujours ce mystérieux homme en noir aperçu aux obsèques, puis reconnu par un témoin dans l'escalier de l'immeuble où, Jérôme Minot avait été assassiné, selon le même rituel du Maire de la ville et du boucher du village voisin.

Qui était donc cet homme ?

Au cours de sa détention, Tony s'était lié d'amitié avec un ancien détenu. Fred le belge.

Celui-ci avait décidé d'entreprendre. Sortit depuis trois mois de prison, il vivait en Hollande où il se refaisait une nouvelle vie. Il avait investi dans une maison de retraite haut de gamme. Tous les services liés à ce concept raffiné attendaient les séniors aisés. Restaurants, piscine, sauna, hammam, coiffeurs, salles de sport, terrain de golf, et à proximité tout le staff de spécialistes de santé : kiné, dentistes, cardiologues, installés autour de cette résidence.

Ces résidents séniors aisés se retrouvaient pourtant esseulés. La famille avait quelque peu déserté. Ils étaient le plus souvent en manque de tendresse et d'affection. L'ingratitude de ses enfants pourtant gavés, chéris, protégés, les faisait souffrir.

Mais il fallait qu'ils se fassent une raison : les visites et les marques d'affection de leurs descendants perdaient de leur superbe, proportionnellement à la baisse des avoirs patrimoniaux. Ceux-ci s'érodaient avec le temps.

Ah ! Ca c'était une grande misère pour eux !

Le confort de cette résidence pour séniors haut de gamme colmatait un peu leur frustration. Ici ils étaient cocoonés.

Ils ne voulaient pas entendre parler de maison de retraite. Non c'était une résidence pour séniors avec ses petits appartements : de simples studios pour les résidents célibataires ou veufs, et des logements plus spacieux pour les couples.

Ils pouvaient bénéficier du service restauration, ou manger chez eux.

Cet ancien compagnon de captivité avait proposé à Tony de le rejoindre pour le seconder dans sa nouvelle activité au pays des illustres Van Gogh et Rembrandt et consort.

Il s'occuperait de la sécurité. Les personnes âgées ont souvent ce genre de phobie. L'insécurité !

Difficile de leur faire valider cette idée incongrue et paradoxale : Détenir parfois plusieurs centaines de milliers d'euros à la banque et avoir peur de se faire voler son radio réveil à 8 euros.

Tony serait logé, nourri, et percevrait un bon salaire.

Son ami lui avait demandé s'il pouvait s'occuper du recrutement d'un cadre chargé de former et de manager les agents de propreté et de la conciergerie.

En effet les résidents partaient faire leurs courses accompagnés par un auxiliaire de vie. Achat d'une simple baguette de pain ou pour le ravitaillement, ils ne partaient jamais seul.

Tony n'avait pas hésité longtemps. Il pensait se ranger des voitures depuis quelques temps. Repoussé par ce terrible événement, il pouvait maintenant s'atteler à sa nouvelle vie.

Après tout, il n'allait pas continuer à faire *le monte en l'air* toute sa vie. Les rhumatismes allaient freiner ses ardeurs.

Respirer l'ai pur de la liberté !

Il se sentait soulagé d'avoir pu retrouver le salopard qui avait tué sa fille. Avec l'aide d'Alcide cela n'avait été trop compliqué. Les fréquentations malheureuses de ce pauvre Alcide lui auraient tôt ou tard attiré des gros ennuis.

Tony ne voulait pas voir son compagnon de cellule retourner en prison pour viols en réunion, actes de barbarie, ou autres délits de cette nature.

Ce qui avait fortement chagriné Tony c'est de savoir qu'aucun des salopards de la bande n'avait empêché ce cinglé de Jérôme de tuer sa fille.

Aujourd'hui ils avaient payé et ils ne séviraient plus.

Et d'après Alcide, d'autres jeunes filles de la région auraient pu être inquiétées par ce trio pervers.

La jeune sœur de Monique, Charlotte l'avait échappé belle.

Tony n'était pas embarrassé par le repentir, la contrition ou autres problèmes d'éthique. Il était fier pour lui, fier d'avoir mis hors d'état de nuire ce salopard.

Son grand regret c'était sa fille. Lou qu'il ne connaitrait jamais. Lou si belle, à qui il pensait chaque soir avant de dormir dans son cachot et aujourd'hui encore, libre. Cette liberté qui lui servait à quoi ?

CHAPITRE 14

Je ne fus pas toujours très sage !

Véronique passa rapidement sous la douche. Attention ! Ce soir ça ne rigolait pas, elle avait un rencard avec Victor. Elle se pressait de mettre de l'ordre dans ses cheveux. Puis à l'aide de son tube de crème magique, il lui faudrait cacher ses petits cernes. Un peu de rouge sur ses lèvres pulpeuses et voilà le tour était joué ! D'une bourrade complice, elle avait poussé sa copine Jessica qui prenait un peu trop son temps devant l'unique miroir des toilettes du club de gym. Tout en se maquillant, empressée mais méticuleuse, elle se confiait en démontrant une certaine frénésie.

Une frénésie digne du comportement d'ado, un samedi soir avant de partir sortir en boîte.

Jessica se moquait, mais elle était heureuse au fond d'elle. Voir son amie excitée comme une puce, cela faisait longtemps qu'elle n'avait pas vu cela !

Jessica son amie de plus de 20 ans n'avait jamais cru vraiment à ce retour au foyer de Véronique. Cette aventure avec ce prof de gym avait déjà marqué le pas. Elle savait que Véronique et Marc, c'était une histoire d'amour qui se terminait. Ils s'étaient connus très jeunes, et maintenant les sentiments s'étaient érodés avec le temps. Lui, pour ne pas voir sa belle papillonner, s'étourdissait avec son restaurant dans une activité débordante. Il subissait l'ensablement progressif du travail, se refusant de voir que son couple approchait de la phase terminale. Avoir cette belle femme auprès de lui, le valorisait. Véronique peut-être trop belle, trop sollicitée, voulait vivre sa vie de quadra. Peur de vieillir, peur de passer à côté de la vraie vie ? Véronique voulait sortir, danser, rire avec ses amis, et pourquoi pas, séduire ? Pourquoi se refuser à réentendre son cœur battre. Les deux amies venaient transpirer deux fois par semaine pour garder le ventre plat, les fesses bien fermes, et éliminer toutes ces toxines qui fatiguent l'organisme des femmes qui boivent un peu trop de champagne, se remplissent les poumons de cette délicieuse fumée des cigarettes blondes américaines et surtout elles venaient pour transformer ces kilos superflus en grammes invisibles.

Véronique faisait pourtant des efforts. Elle se nourrissait le plus souvent de salades. *La Caesar* était sa préférée, et de yaourts 0 %. Elle mettait des édulcorants dans son café, elle buvait chaque jour sa bouteille d'eau minérale d'un litre et demi. Mais c'est vrai qu'après tous ces efforts, elle avait cette manie de vider presque toute la bombe de chantilly sur ses fraises, de piquer régulièrement sur le comptoir du resto un pain au chocolat, bien doré avec doubles barres chocolatées ou un croissant encore chaud qui suintait le beurre.

Et là, c'était le drame !

Tous les efforts tombaient à l'eau en quelques instants. Mais Véronique était une teigneuse. Elle se remettait sérieusement à son régime. Elle fit claquer une bise virtuelle sur la joue de son amie, ne voulant pas détruire son maquillage si joliment posé.

Au dernier moment, alors qu'elle s'apprêtait à descendre l'escalier, pivotant sur elle-même, elle ne put s'empêcher de poser à Jessica cette question si rassurante pour les femmes avant d'être livrer à la vindicte populaire :

— Ça va, Jessy ! Qu'est ce que tu en penses ?

Son amie la rassura en levant son pouce et en secouant le poignet, tel un entraineur sur le banc de touche après qu'un joueur ait marqué un but d'anthologie.

— Tu déchires grave, Véro !

C'est vrai qu'elle était canon Véronique avec sa tunique tombant sur son pantalon, le tout en voile de coton blanc dernier cri. Un large ceinturon en croute de cuir noir ajouré lui enserrait sa taille de guêpe.

Sa chevelure en contraste avec le blanc rugissait comme un feu, se balançait au rythme de ses claquements de talons sur le béton brut de cet horrible escalier qui n'en finissait pas.

En bas, Victor attendait, appuyé sur la murette face à la sortie. Il semblait affairé avec son Smartphone. Les éclats de voix montraient que sa conversation avait pris une tonalité très vive.

Véronique vint le rejoindre. Son cœur s'accélérait en se rapprochant de Victor. Elle ne savait pas trop quoi dire de peur de montrer son émotion. Elle tenta de se raisonner : *arrête de t'énerver, c'est juste boire un verre !*

Victor lui sourit, et occultant avec sa main le micro du portable, il lui chuchota :

— Coucou ! Je termine... Je suis à vous dans une seconde.

En effet, la phrase qu'il prononça à son correspondant marquait bien la fin de l'entretien :

— *Basta ! On verra tout ça demain.*

Victor appuya d'un geste agacé sur le *off* sans dire au revoir à son interlocuteur. Il soupira comme pour évacuer une forte tension, puis retrouvant sa sérénité, il décrocha un sourire à Véronique :

— Désolé, tout ne se passe pas toujours comme on le souhaiterait !

Véronique voyait bien que Victor prenait sur lui. C'était un homme au tempérament bien trempé, mais séducteur. Même dans sa façon de s'habiller, il ne voulait pas être transparent. Véronique, peut-être plus dans le superficiel ne pouvait être insensible à sa façon décontractée mais classe de se vêtir. Ce soir il portait une chemise bleue nuit mouchetée de points noirs en coton tissé dont il avait retroussé les manches. Un jean anthracite de marque tombant sur des espadrilles de cuir blanc. Même cette belle ceinture à la boucle en métal poli mettait une touche finale à sa tenue vestimentaire.

Il lui tendit la main en plaisantant :

— On va le boire ce verre ? Il faut compenser toutes ces calories perdues là haut.

La chaleur étouffante de la journée commençait à s'estomper un peu. Le ciel conservait sa même nuance de bleu uni. Toute la journée, les rayons du soleil, pourtant très vifs, devenaient à présent plus paresseux, épuisés peut être d'avoir mis le feu sur le pays.

Véronique et Victor, après avoir parcouru quelques pas s'arrêtèrent dans un petit bar du centre ville, où une table semblait libre en terrasse.

Les clients un peu abasourdis par cette température estivale, semblaient retarder le moment de rentrer chez eux. Ils se prélassaient en partageant le plaisir de déguster un apéritif entre amis ou en éclusant de la bière fraiche dont la mousse généreuse augurait déjà le côté sympathique de cette boisson estivale. En cette fin d'après midi les habitués se retrouvaient ici. Souvent des couples ou des amis, dans un rituel convenu, se donnaient rendez-vous en sortant du bureau. On sentait bien que tous appréciaient ce moment de relâchement, assis à l'ombre en buvant frais après une journée chaude.

Ils voulaient profiter de la belle saison !

Cette ambiance légère était toutefois entachée par ce petit groupe de désœuvrés, des clochards irrespectueux qui s'embrouillaient en buvant ostensiblement des canettes de bière et en invectivant les passants. Aux terrasses, chacun tournait la tête ne voulant pas voir ce drôle de monde où il pouvait un jour pénétrer.

L'avenir peut se montrer parfois cruel !

Victor avait retrouvé son calme. Il ne pouvait ignorer le soin dont Véronique avait usé pour se mettre en valeur.

C'était vraiment une belle femme. Ces tâches de rousseur lui donnaient un petit côté puéril, un peu femme enfant. Elle dégageait cette sensation de timidité, avec un côté attendrissant. Pourtant, chez elle tout n'était que charme. Elle avait cette beauté cruelle pour les autres femmes. Elle était de celles qui captent la lumière, celles sur qui les hommes et même certaines femmes se retournent en la croisant dans la rue. Cette démesure dans l'esthétisme n'empêchait-il pas de pénétrer dans la sphère intime de la vraie Véronique ? Ce qui subjuguait en premier, c'étaient sans nul doute ses magnifiques yeux verts. Puis ce petit nez busqué tacheté de points de rouille, ces pommettes hautes et cette bouche pulpeuse. Une envie de la protéger venait, mais aussi surtout l'envie de la séduire. Tout chez elle n'était que tentation. Cette poitrine gorgée sous sa tunique tendue, ce visage parsemé de tâches de rousseur, cette chevelure lourde et flamboyante, cette silhouette éthérée. Tout son corps semblait avoir été sculpté pour créer le désir, la tentation. Il ne devait pas être aisé pour un homme honnête de la regarder droit dans les yeux.

Victor ne voulait pas faire son flagorneur mais il ne put s'empêcher de flatter son invitée sur sa tenue :

— Vous êtes très belle Véronique, cette tunique blanche a été dessinée pour vous ! Elle vous va à ravir !

Habituée aux regards des hommes, au *dragouillage,* Véronique n'était pas dupe. Elle savait ce que sa plastique et son charme dégageaient. Mais malgré tout, flattée, elle sentait la chaleur sur ses joues rosissantes sous le compliment :

— Merci ! En été, quel bonheur de s'habiller dans ces matières légères et le blanc. Franchement, c'est une couleur magique surtout à cette saison !

Espiègle, Victor laissa tomber cette drôle de phrase :

— Les femmes trop séduisantes, comme vous, ne produisent-elles pas une forme de castration pour leurs admirateurs ?

Véronique explosa de rire, gênée malgré tout par ce compliment :

— Merci ! Mais je n'ai pas 50 000 admirateurs... je ne vais pas me crever un œil pour m'enlaidir !

Le physique n'est pas tout, vous savez !

Heureusement ! Sinon, vous vous rendez compte le nombre de frustrés.

Elle éclata de rire. Tout son visage s'illumina. Elle était encore plus belle. Le bonheur lui allait bien. Le genre de femme que l'on aimait voir heureuse.

Puis, reprenant son sérieux, elle convint qu'en effet, parfois les hommes manquaient de hardiesse pour la regarder dans les yeux. Mais elle se consolait en pensant qu'il valait mieux avoir été doté d'un bon physique plutôt que l'inverse !

— *Vous savez, beaucoup de femmes ne s'aiment pas ! Même celles qui ont pourtant beaucoup d'atouts…*

Elle prenait conscience aussi que cette chance d'avoir reçu cette belle dotation plastique ne lui donnait pas forcément les clés du bonheur !

Même si elle ne voulait pas faire son ingrate, ses récents déboires lui avaient montrée qu'il ne s'agit pas d'être belle pour réussir sa vie.

L'important pour elle, aujourd'hui, c'était d'être heureuse.

Mais actuellement elle marchait sur des sables mouvants.

Le drame de sa vie, c'était cet horrible accident sur cette nationale, un dimanche soir, alors qu'elle rentrait avec Marc de chez ses parents, où toute la famille avait fêté l'anniversaire de son fils Grégory âgé de 2 ans.

Ce camion fou franchissant un stop et qui était venu arracher l'arrière de la voiture. Là où son *petit ange* dormait paisiblement dans son siège auto.

Quoi de pire dans la vie ?

Après cette tragédie, son couple avait perdu de sa superbe. Tout avait changé. Ce drame affreux les avait éloignés progressivement. Elle avait tenté de se reconstruire. Elle avait rencontré ce professeur de sport, mais il n'avait pas voulu quitter sa femme. Il avait profité d'elle pendant ces deux ans. Lui aussi lui disait qu'elle était belle, que c'était dieu qui l'avait mise sur sa route ! Et plein d'autres conneries de ce genre. Il s'était montré lâche, il l'avait quitté en oubliant de remercier Dieu pour sa bonté.

Maintenant à 41 ans elle savait qu'elle n'aurait plus d'enfant. *« Ou alors, il fallait se dépêcher ! »*

Elle eut un petit rire nerveux en prononçant ces derniers mots.

Victor, voulant changer de sujet fit signe au serveur :

— Une coupe de champagne bien frais, ça vous va ?

Véronique adorait le champagne. Victor s'assura auprès du serveur que la bouteille de champagne n'était pas ouverte depuis plusieurs jours. Les bulles parleraient. Attention, Victor était un puriste ;

Le couple échangea quelques banalités, puis très vite, les derniers évènements survenus dans la région furent abordés. Véronique avait été anéantie par ce tragique fait divers. Elle avait été surtout choquée de savoir qu'elle avait côtoyé pendant prés de 2 ans un meurtrier psychopathe. Même si elle ne sentait pas trop ce *Géronimo* depuis son embauche, jamais elle n'aurait pensé qu'il soit capable de commettre toutes ces horreurs.

— Nous sommes entourés de psychopathes, ça fait peur !

Le couple évoqua le chamboulement survenu à la mairie suite au décès du Maire.

Victor lui confia que c'était certainement Bérengère qui allait succéder à Guy Bourelin à la mairie de Beurnier, malgré le vindicatif député qui avait déjà jeté son dévolu sur ce mandat municipal.

C'était avec lui qu'il échangeait ces mots feutrés au téléphone, en l'attendant toute à l'heure à la sortie de la salle de sport.

Véronique ne faisait pas de politique, comme elle s'empressa de préciser, mais elle avait plutôt de bons échos de ses clients au resto, concernant l'écologiste Bérengère Belmont.

Elle venait souvent à *« l'origine »* et se montrait toujours curieuse de savoir comment ça se passait. Le chiffre d'affaires avait-il baissé lors des travaux de voierie ? Fallait-il prévoir peut-être une indemnisation par le conseil municipal ? Quelles animations devait-on mettre en place pour générer du trafic et booster les ventes ?

Les commerçants appréciaient son implication dans la vie locale.

Véronique avouait que cette écologiste, proche des gens, avait gommé le côté péjoratif des écolos trop engoncés dans leurs dogmes.

Par contre Claude Pernin, le député, lui ne brillait pas par sa présence sur le terrain.

A son évocation, Victor sentit sur le visage de Véronique une expression de rejet, un trouble. Elle laissa entendre que ce personnage n'était pas clair :

— Il court de drôles de rumeurs sur ce Pernin.

On le surnomme *l'héritier !*

Victor se montra curieux d'en savoir un peu plus.

Mais Véronique semblait vouloir aller plus loin, tout en freinant des quatre fers. Elle semblait embêtée par ses révélations.

C'est d'un ton hésitant qu'elle lança :

— Vous saviez que ce Pernin venait parfois prendre Jérôme à la débauche ?

Victor se raidit soudain et perplexe, lui demanda :

— Qu'est ce que c'est que cette histoire, Pernin avec Jérôme ?

Non, vous êtes sûre ?

Véronique n'était pas du genre à colporter des ragots, elle se fichait pas mal de ce vieux politicard. Mais elle-même s'était étonnée du rapprochement improbable de ces deux hommes pourtant très opposés.

— Marc les a surpris un soir vers minuit sur le parking, ils étaient en pleine conversation et il parait que c'était animé.

Moi, j'ai remarqué la voiture de Pernin devant les origines attendant que Jérôme débauche.

Victor n'en revenait pas de cette information.

C'était incroyable le vieux Pernin avec ce jeune cinglé.

« Qu'est-ce qu'ils pouvaient bien traficoter ? »

Il décida d'en informer, dès le lendemain, Florence Bannier chargée de l'enquête. Cela allait beaucoup l'intéresser.

Victor, un peu sonné par la nouvelle, n'insista pas, voulant conserver une atmosphère légère pour cette soirée. Il tenterait plus tard d'avoir des éléments sur ces rumeurs. Ils parlèrent des retombées de ces faits divers. Véronique entendait beaucoup de choses dans son resto Les commerçants sont souvent de bons informateurs, en prise directe avec les habitants. Ils récoltent des points de vue donnés dans un contexte convivial et ces critiques sont souvent plus objectives qu'un sondage froid. Le sentiment dévoilé sur le ton de la confidence se révèlera plus fiable.
Ils reprirent une coupe de champagne. Les fines bulles vives et rafraichissantes s'appréciaient en cette fin d'après-midi estivale. Victor était rassuré. La bouteille semblait avoir été ouverte pour eux.

Véronique commençait à être plus détendue. Elle avait laissé retomber la pression. Elle dialoguait d'un ton cool avec Victor. Il avait dû lutter pour faire progressivement abstraction d'être face à cette belle femme rousse, au regard enjôleur, et ne pas sombrer dans la séduction.

Il ne manquait pas d'humour. Au cours de leurs échanges, Véronique s'esclaffait souvent, légèrement euphorisée par le champagne et l'ambiance relâchée de cette fin de journée d'été.

Victor s'en serait voulut de la perdre si tôt, aussi il se devait d'agir :

— Votre mari ne va pas s'inquiéter ?

Haussant les épaules pour marquer l'incongruité de sa question, Véronique lâcha :

— Pourquoi voulez-vous qu'il soit inquiet ? Marc sait que le jeudi je vais avec mes copines à la gym, et souvent, après nous allons boire un verre ou manger quelque part en ville. Même parfois nous finissons en boîte !

Elle se mit à rire, une mimique espiègle traversa son regard :

— Alors vous voyez, j'ai un alibi !

Victor la regardait, il savait qu'elle jouait avec ce côté immature. Etait-elle provocatrice ? Ou manipulatrice ? Ou s'amusait- elle tout simplement. A ce jeu, c'était elle qui avait la main.

Elle ne risquait pas grand-chose, elle était belle et les hommes se pâmaient devant elle. Elle pouvait laissait croire que c'était possible, mais pas certain !

Mais pourquoi pas ? Elle s'en amusait.

Elle entrouvrait la porte, mais le petit espace ouvert pouvait se refermer rapidement à tout moment.

Pour entrer dans son jeu Victor se moqua :

— Donc, ce soir je remplace « vos copines » !

Véronique se mit à rire :

— Oui. Et comme vous remplacez mes copines, vous allez m'inviter au restaurant, et après nous irons….

Elle marqua un temps d'arrêt, et pour ménager le suspense, elle prit sa coupe et avala le reste de champagne, puis termina sa phrase en explosant de rire :

— Et après... Nous irons si ça vous dit... Nous irons en boite.

Victor s'amusa de voir avec quel brio elle naviguait dans son jeu de séductrice, maniant la dérision suggestive. Il rentra dans son jeu :

— Ah ! Vous m'avez fait peur, j'avais pensé à un tout autre dénouement pour notre soirée.

Faussement intriguée, Véronique pencha sa tête appuyant sa main contre sa joue, elle demanda en prenant la pose, perfide:

— Ah ! Oui... et quel était donc ce dénouement ?

Victor s'amusa en répondant d'un ton laconique :

— Je m'en veux d'avoir pensé à ça, je ne vous le dirais pas. Sinon, vous n'allez pas vouloir dîner avec moi. Faussement craintive, elle lança :

— Cela ne doit pas être trop joli, si vous ne voulez pas dire ce à quoi vous pensiez. J'hésite à diner avec un homme qui n'a pas la franchise de me dire où il comptait finir la soirée!

Victor souriait, il régla les consommations et en noyant son regard dans celui de Véronique, il lui lança avec une pointe d'humour, d'une voix chaude et faussement énigmatique :

— On va faire un deal, Véronique : Je vous invite à diner, et dès que nous sortirons du restaurant, vous connaitrez ce fameux dénouement que j'avais imaginé. Je vous le dirais dans le creux de l'oreille pour que personne n'entende.

Il fit « chut ! » en mettant son doigt sur sa bouche.

Ils quittèrent le bar en riant. Arrivés dehors, Véronique peu effrayée par ce petit jeu, conseilla un petit resto italien tenu par un couple d'amis. En marchant, elle continua de le narguer en anticipant insidieusement la suite.

« *Je serais plus rassurée, vous serez contraint d'être sage ! Marcella et Gino veilleront sur moi.* »

Victor serait sage, au moins jusqu'à la divulgation du fameux secret.

*****

Le bras gauche de Véronique pendait sur le côté du lit, le drap rejeté au pied découvrait une épaule et l'esquisse d'un sein. Tout son corps était constellé de tâches de rousseur, seule le bas de sa poitrine semblait épargné.

Ils étaient sortis du restaurant vers minuit, soit trois heures plus tôt, et comme promis Victor lui avait chuchoté au creux de l'oreille qu'il serait très heureux de l'emmener boire un dernier verre dans sa chambre pour lui dévoiler certaines secrets qui ne se disent qu'en aparté. Il lui confia aussi qu'il se languissait de ne pouvoir serrer cette belle femme rousse dans ses bras. Véronique n'avait pu lutter à tant d'attention et accepta de suivre Victor pour mettre fin à cette douloureuse frustration.

Victor était allongé près d'elle, il sentait la chaleur de sa cuisse toute proche. Elle semblait s'être assoupie. Il ne put résister de faufiler sa main dans cette crinière flamboyante courant sur sa nuque où perlaient quelques gouttes de sueur, puis sa main se posa un instant sur son visage, cherchant à irradier ses doigts par cette beauté magique. Son index effleura le contour de sa bouche sensuelle. Délicatement, Victor partit vers d'autres horizons en exploration tactile, excité par les petits grognements de Véronique qui luttait pour rester passive, savourant le calme après la tempête. Son corps sculptural avait donné le maximum de ses possibilités pendant ces heures. Elle serait bien restée la nuit entière à attendre d'être réveillée par les caresses douces du soleil. Ce soleil d'été qui entre chaque matin à l'aube par effraction dans les chambres, sans faire de bruit, passe subtilement à travers les persiennes, éclairant mais ne brûlant pas encore. Elle aurait voulut prolonger ces délicieux instants avec cet homme aux mains possédant tant de pouvoirs magiques. Ces mains qui recommençaient à embraser son corps, ce corps captif qui ne pourrait pas résister longtemps et qui allait s'offrir encore une fois, en s'abandonnant à l'irrépressible désir de l'amour.

CHAPITRE 15

Socialistes en peau de lapin !

A quelques kilomètres de Bar sur Aube, juché sur une colline offrant un fantastique panorama entre le lac de Der et la forêt d'orient, le superbe manoir classé du XVIIème siècle de Claude Pernin surplombait le parc naturel régional. Malgré ce bosquet qui obstruait un peu la vue, il était difficile de ne pas apercevoir de la route, cette demeure ostentatoire avec ses deux tourelles de pierres blanches grattées, recouvertes d'ardoise fièrement pointées vers le ciel.

Beaucoup de touristes sillonnaient les routes de cette région. Souvent pour découvrir cette magnifique réserve naturelle.

Là, pourtant, nous n'étions pas au zoo. Sur cette presqu'île de 89 hectares, des aurochs vivaient en parfaite harmonie avec les bisons, élans, tarpans. Les chevreuils, les cerfs ou les sangliers pouvaient gambader dans cette faune sans risque d'être inquiétés par des chasseurs prédateurs.

En autonomie presque totale, ces mammifères côtoyaient prés d'une centaine d'espèces d'oiseaux. Les oies, grues cendrées, milans, et autres hérons se nourrissaient dans les eaux riches en poissons des lacs de Champagne.

Le député, héritier de cette magnifique demeure semblant être accrochée en sur plomb, cultivait ce matin une humeur contrariée. Il n'avait pas apprécié son dialogue avec Victor Leccia.

Ce Leccia n'était-il pas venu de Paris pour lui casser les reins ?

Il ne fallait pas être grand clerc pour ne pas voir son manège !

Ils avaient rendez-vous ce matin à 11 heures à l'hôtel du lac. Claude Pernin pressentait que l'entretien allait être chaud. Très chaud !

Il en avait vu d'autres depuis quarante ans de vie publique.

« S'ils pensent, à Paris, que je vais me coucher devant eux, ils rêvent ! »

Le vieux routier de la politique avait fini de se raser en fulminant. Il tapota ses joues couperosées au bas des pommettes avec de l'aftershave. L'image que le miroir de la salle de bain lui renvoyait, c'était l'image d'un notable octogénaire, de grande taille, un peu replet, dont les yeux gris clairs malgré ces cernes disgracieux brillaient encore. Il pensa qu'il avait encore cette énergie pour combattre. Sa capillarité très blanche, uniforme trop pour être d'origine, affichait une belle flamboyance. Elle lui donnait cette apparence de grand bourgeois, installé. Dommage que ces vilains reflets rosés sur les tempes ternissaient un peu la pureté neigeuse de cette chevelure abondante.

Claude Pernin enfila sa veste de costume bleu nuit à fines rayures. Même s'il portait beau, son abdomen proéminent laissait penser que ce député avait dû profiter de la bonne chair toute sa vie. Mais cela rassure les gens modestes de savoir qu'ils nourrissent bien leurs représentants.

Comme dans un rituel familier, le vieux député déposa sa bouche sur le front de son épouse en grommelant un vague au revoir. Puis il s'engouffra dans sa grosse berline allemande. Il se sentait en sécurité, bien calé dans son fauteuil en cuir fauve. Il savait ce que symbolisait cette cocarde bleue-blanc-rouge plaquée sur le pare-brise. Rassuré par le ronronnement régulier du moteur, il mit la climatisation et alluma la radio pour écouter France Info d'une oreille distraite.

Arrivé au crépuscule de sa vie, il lui fallait encore tout cet affichage social pour se rassurer. Oui, il ne rêvait pas, tout cela était bien à lui !

Il se préparait pour son rendez vous, agacé mais volontaire pour se battre. Pour rattraper en contre bas de chez lui la nationale, il descendit un petit chemin recouvert de dalles de ciment rose et beige bordé de lauriers.

Dans sa tête, ça tournait dur !

Bien sûr qu'il aurait dû s'arrêter avant qu'on l'oblige à partir !

Il repassait sa carrière d'élu en revue. Combien de kilomètres parcourus, combien de nuits blanches, de discours, de réunions ? Toutes ces mains serrées, ces faux amis, ces amis trahis, ces aller retour à Paris, ces tractations avec des petits, puis des plus grands chefs.

Toutes ces batailles, ces maisons visitées une à une pour décrocher ces voix, ces inaugurations, ces médailles en chocolat, ce mousseux tiède servi dans ces gobelets de plastique, ces fêtes *à neuneu*. Tout cela pour gagner, mais aussi parfois pour perdre ! Et tout recommencer... Aujourd'hui il aurait fallu qu'il annihile tout ce travail ?

N'importe quoi !

Il allait se battre, se battre comme un chien, pour conserver son statut, pour conserver sa vie.

Il convenait qu'il n'avait pas toujours été très clair avec son parti. Mais comment se faire réélire en se réclamant de ce gouvernement dont plus des deux tiers des français aujourd'hui se moquaient ? S'il voulait sauver son siège, il devait s'en éloigner idéologiquement. Lui le notable à la crinière blanche, il lui fallait faire son frondeur !

Cogner, cogner, se démarquer !

Les électeurs se rendraient à l'évidence, leur député n'était pas toujours d'accord avec la nomenklatura !

Cet esprit de rébellion contre les instances parisiennes du parti lui conférerait un capital sympathie non négligeable pour sa réélection dans 2 ans.

Sauf miracle, à l'assemblée cela allait être un vrai carnage.

Pernin, lui, il voulait survivre à ce champ de ruines. Trop tard pour refaire le chemin à l'envers, repartir au centre, il en venait. A droite ! Il n'avait que des ennemis. L'époque bénie du bon vieux radical socialisme, elle était où ?

Aujourd'hui le monde avait changé. Plus de la moitié des gens ne votait plus. Place au populisme !

Place aux phrases lapidaires répétées en boucle. *« C'est l'Europe qui décide de tout ! »* ou *« Ils n'ont pas envie d'aller bosser avec le RSA, ils préfèrent rester au lit ! »*

C'est vrai qu'avec 500 euros, la vie est belle !

« La gauche, la droite, c'est pareille, c'est tous des menteurs et des voleurs ! »

Pas sûr que ce soit pareil ! Les français sont ils prêts à faire l'impasse sur leurs 5 semaines de congés payés, de remettre la guillotine en service, de renvoyer les enfants à l'usine dés 12 ans, interdire l'IVG (à part en cas de viol, comme ils disaient) ou ne plus autoriser les mariages avec deux personnes du même sexe (faudra-il démarier les couples homos ?)

« Il faudrait que Le Pen passe ! Pas longtemps juste de quoi faire le ménage ! »

Pas sûr qu'elle veuille repartir toute de suite ! Hitler aussi était un homme de ménage.

Les nouveaux électeurs incultes et souvent dégouttés de la politique, lorsqu'ils se trouvaient devant la table des bulletins de vote le jour de l'élection, devant faire un choix, ils faisaient souvent penser à *une poule aya*nt trou*vé un couteau.*

Naviguer à la gauche de la droite, ou à la droite du centre, ratisser large, profiter du désamour des français pour la politique pour se faufiler encore une fois.

Et cette presse qui commençait à reparler de cet héritage, ce manoir acquis dans de douteuses conditions.

Ah oui ! Pour paraphraser un ancien président en effet :
« Souvent, les merdes ça volaient bien en escadrille ! »

Tout le monde possédait un cadavre caché dans son placard, mais attention au jour où quelqu'un ouvre cette maudite porte !

*****

CHAPITRE 16

Entretien préalable

Au bar de l'hôtel du lac c'était un peu la léthargie ce matin.

Victor buvait son troisième café tout en lisant la presse du jour. Telle une flaque de plastique gris chromé, la pendule au dessus du comptoir s'étalait sur le mur indiquant 10 heures 48. Claude Pernin à cet instant poussa la porte du restaurant et se dirigea vers Victor d'un pas décidé et le regard froid.

Les deux hommes se serrèrent brièvement la main, Victor invitant l'arrivant à s'assoir et proposa, en faisant signe au serveur :

— Un café ?

Le vieux député refusa d'un mouvement de menton agacé. Un geste qui semblait dire « *je ne suis pas venu boire le café avec vous !* ».

Victor compris que l'agressivité allait prédominer l'entretien. Il enchaîna sans rien faire paraître. Il connaissait un moyen de remédier à cette stratégie belliqueuse.

Rester froid, ne pas mettre d'affect dans le dialogue. Dérouler son argumentation, être concis, clair, déterminé et pilonner. Pilonner sans se préoccuper des états d'âme de l'autre.

— Bien, monsieur Pernin, je vous ai fait venir pour faire le point sur les prochaines échéances électorales dans la région. Notre direction s'interroge, et elle se pose des questions sur vous et sur l'avenir de cette région. Alors, il nous faut mettre tout ça au clair. Je suis venu ici pour mettre tout à plat. Je tenais à vous en informer.

Les bonnes questions sont :

« Qui fait quoi et qui est qui ? »

Et laissant son interlocuteur un peu désemparé par ce préambule sans équivoque, Victor embraya :

— Comme vous savez, l'élection pour remplacer le maire assassiné la semaine dernière, a été fixée pour lundi prochain, et après concertation avec l'équipe municipale c'est la première adjointe Bérengère Belmont qui sera notre candidate, lors de ce conseil municipal.

Pernin avait croisé ses bras et écoutait Victor sans intervenir.

— En vertu de l'article du code électoral L 270, c'est en effet au cours d'un conseil municipal consacré à l'élection du nouveau Maire que sera organisé ce scrutin lundi soir.

Le vieux député décroisa les bras et lança d'un ton glaçant sa première salve :

— Autrement dit, vous vous arrangez entre vous !

Victor lui lança un air faussement étonné, mais sentant l'agressivité monter :

— Nous respectons la loi..., on ne va pas refaire une élection partielle ?

Puis il rajouta, pour bien montrer qu'il n'était pas dupe de l'état d'esprit du député :

— ...Pour vos beaux yeux !

Une drôle de lueur passa dans le regard de Claude Pernin. Victor continua d'un ton ferme mais serein :

— Comme vous avez dû l'apprendre, je suis venu ici pour remettre les pendules à l'heure !

Bon, c'est vrai que les derniers évènements ont un peu bousculé ma stratégie.

Cette jeune fille assassinée, ces meurtres. De surcroit le Maire de Beurnier… Cela a changé la donne !

Pour ce concerne la municipalité de Beurnier, l'affaire est classée. C'est Bérengère Belmont qui sera notre candidate désignée pour le poste de premier magistrat lors du vote au conseil municipal.

Victor enchaina :

— Pour les législatives, nous avons décidé de ne pas vous redonner l'investiture.

Pernin regardait Victor. Il entendait cet homme qui débitait son propos sans aucune marque d'affecte, sans ménagement, sûr de lui en le fixant de ses petits yeux noirs comme pour le défier.

Il lui annonçait d'un ton ordinaire mais ferme qu'il lui coupait la tête.

— Ah ! Et quel crime ai-je commis, pour que je sois banni soudainement ?

Victor embraya

— Le crime ? Ce pourrait être ce que l'on nomme souvent : celui de lèse majesté, lança-t-il avec une pointe d'ironie, puis il enchaina :

— Pour moi, c'est surtout de cracher dans la soupe, de critiquer sans arrêt le gouvernement, de faire votre vierge effarouchée en vous répandant dans les médias en prononçant ce style de phrase : *« Jamais je n'aurais pensé que ce gouvernement en qui tant de gens ont fait confiance, se livre à la destruction de tous nos acquis sociaux … »* ou autres conneries du même acabit. Alors que mon pauvre vieux, vous n'êtes que la caricature du politicien qui s'est gavé pendant toute votre vie de parlementaire. Regardez-vous ! On voit la confiture qui coule le long de vos deux bras ! Le gras de votre bide montre le trop plein de votre gavage. Alors maintenant Basta ! Vous pensiez que cela allait durer toute la vie ?

Le ton montait et devenait encore plus ferme

— Vous ne pouvez pas cracher dans la main de celui qui vous a nourrit toutes ces années !

Le vieux député complètement décomposé sur sa chaise, venait de comprendre que son sort était sellé. Il tenta malgré tout une ruade :

— Et vous croyez que je vais rester à la niche, sagement, regardant mon successeur parader, dans une circonscription où j'ai œuvré pendant presque toute ma vie ?

Victor entendait cette voix maintenant teintée d'émotion, une voix qui exprimait la panique plus que de l'amertume, elle exprimait même, s'il ne voulait pas la montrer : la peur. La peur du vide, la peur de tout perdre. Perdre son aura, sa célébrité, son pré carré, et sa dignité, perdre surtout sa raison de vivre.

Victor l'acheva, pressé d'en finir avec ce vieux député vermoulu, dont même l'apparence du vieux politicard ringard *le gavait.* Il lui asséna le coup de grâce avec cette anticipation cynique :

— Le mieux pour vous, monsieur Pernin ? Je vais vous le dire le mieux pour vous : ce serait de vous présenter. En dissident, pas en tant que *frondeur* comme vous le faites croire aujourd'hui, en bénéficiant de votre affiliation à un parti.

Ça, vous savez le faire, à force de vous répandre un peu partout dans les médias semant votre venin.

Mais par contre, il vous faudra être fort, très fort.

Un vrai dissident, c'est dur sans l'appui de son parti !

Seul, avec vos petits bras contre tous les autres.

Plus d'argent versé provenant de Paris, pas de soutien sur le terrain d'apparatchik, pas de lisibilité dans votre étiquette.

Et continuant l'humiliation en anticipant sur la réponse préparée de Pernin, bien décidé à mettre sa candidature en contre poids, Victor poursuivit d'un ton acerbe :

Vous pouvez rassembler au moins 8 % des voix. Allez… 10 au grand maximum !

Le plus triste dans cette affaire c'est que sur votre score laborieux de 8 ou 10 % n'est pas suffisant pour être qualifié au second tour. Les électeurs m'en apporteront les deux tiers au second tour. Et cela malgré votre travail de nuisances marquant votre opposition aux reports de vos voix.

Personne n'est propriétaire des voix, et vous le savez !

Donc, plus vous réaliserez un bon pourcentage, plus vous m'aiderez à gagner au second tour. C'est contre moi que vous allez vous présenter. Je serais le vrai candidat investit par le parti dans un an. Je commencerais ma campagne, en labourant le terrain. Je ferais une vraie liste d'union dés le premier tour. Avec notre accord, pour son élection à la mairie de Beunier, l'écologiste ne me fera pas de misère. Au contraire, elle fera campagne à mes côtés. Les Beurnirois ont un élan de sympathie pour cette jeune écologiste très impliquée dans la région. Beurnier, c'est quand même 12 000 habitants. Cela me parait de bon augure, un bon réservoir de voix. Non ?

Et vous qu'est-ce que vous ferez, monsieur Pernin, quand la presse chaque jour retracera votre carrière en saut de puce sur l'échiquier de la politique, tel un dinosaure qui se croit toujours sous la IVème république ? S'il manque des articles de presse à l'époque où vous étiez à droite, nous pourrions donner un coup de main aux journaux locaux pour en exhumer ceux concernant cette période. Mais le pire pour vous, c'est quand cette presse avide de faire un scoop, ressortira cette acquisition dans des conditions nébuleuses de votre manoir. Elle réécrira ces histoires de signatures extirpées sur le lit de mort de ce comte bien né et bien poudré, mais surtout moitié facho. Il faisait parti des croix de feu, non ?

Je vois déjà la couv' de *Jour de France* ou *Paris match – ces journaux bien propres exprimant la France confortable – avec ce beau manoir perché, tout là haut, comme pour mieux narguer les gueux avec sur le perron votre grosse berline allemande rutilante.*

Claude Pernin, vous êtes une caricature !

A qui ferez-vous croire que vous êtes de gauche ?

Les lecteurs s'interrogeront à votre sujet. Moi, je n'aurais même pas à bouger le petit doigt. Ils se diront : « Il n'est pas net le gars, *même son parti lui a tourné le dos ! »*

A force de vous voiler la face, aujourd'hui elle vous revient en pleine gueule !

Pernin, maintenant livide, se crispait sur sa chaise. Il avait cette petite lueur dans les yeux, cette lueur d'effroi qui annonce aux plus grands qu'ils sont devenus subitement des nains. Prostré, il venait de perdre en un instant son mandat de député et sa réputation, et il se sentait impuissant à répondre à cet homme qui lui assénait tous ces coups tel un Punching Ball.

Il aurait dû se défendre, argumenter, se fâcher…

Mais à quoi bon, il savait au fond de lui que c'était foutu. Claude Pernin se devait de reconnaitre que ce mauvais scénario allait être la série noire des prochains mois dont il serait l'acteur principal s'il persistait à vouloir se représenter.

Bien sûr il allait tenter de sauver la face, laissant entendre ce petit refrain bien connu des faibles qui se sentent cramés : « *retenez-moi, sinon je vais tout casser !* »

Mais il voyait déjà, sa famille, ses proches, il anticipait les regards inquiets au début, puis très vite, fuyants.

Cette presse qui allait fouiller, exhumer le passé, ressortir cette histoire oubliée de testament. On allait l'avilir, le rouler dans la fange.

Telle une statue de cire, Claude Pernin fixait Victor, hagard, les mâchoires serrées. Du haut de sa grande carcasse pathétique, il regardait sans voir. Comme si son sang s'était vidé d'un seul coup, il était blême, figé sur sa chaise. Un nuage noir passa dans sa tête. Il se refusait à montrer son désarroi. Mais son corps le trahissait. Ne pas perdre la face, se taire. Encaisser, ne pas montrer sa colère, surtout ne pas proférer de paroles malheureuses dévoilant sa faiblesse. Acculé, mais orgueilleux, il lui fallait partir pour arrêter ce massacre.

Il pensa à son plan B. Il ne regrettait pas de l'avoir mis en place. Tout n'était pas perdu. Il se raccrocha à cet adage : *« Le pire n'est jamais certain ! ». Ah ! Il va voir le parisien !*

Brusquement, tel un robot, ce sont ses jambes qui se levèrent. Il ne contrôlait plus rien. Sans un mot, il quitta la salle. Victor resta de marbre. Ni déstabilisé, ni ému par ce départ précipité, voire théâtral. Il entendit le bruit de la portière claquer puis le moteur de la voiture quittant le parking. Sa mission était terminée. Victor se leva à son tour. Il soupira en sortant. L'air était doux, une belle journée s'annonçait :

Voilà, une affaire de réglée !

Enfin, c'est ce qu'il pensait.

CHAPITRE 17

Faire à nouveau connaissance !

Tony avait fait ses bagages, le départ était imminent. Mais depuis hier, il avait la tête tourneboulée. Au moment de partir, il se sentait comme bloqué, empêché. Il voyait toujours la même image revenir en boucle dans sa tête, ce même visage. Un visage de femme qu'il avait vu tant pleurer dans ce cimetière. Noyée sous le chagrin, il n'avait pu la voir très précisément. Cette femme qui l'obsédait aujourd'hui, c'était celle qui avait porté son enfant, sa fille Lou, ce rayon de soleil qu'un salaud avait éteint à jamais.

Une envie irrépressible le tenaillait :

Revoir Sophie avant de partir. Cette pensée obsédante ne pourrait le quitter qu'après avoir tenté de revoir la mère de Lou, Lou sa fille chérie. Il mesurait les risques de cette décision. La police recherchait activement le meurtrier du Maire, du boucher et de Jérôme. Les téléphones étaient sur écoutes. Les proches de Lou surveillés comme le lait sur le feu.

Sa mère avait été ménagée par la police, mais ils allaient reprendre les investigations très rapidement.

D'autre part, Tony était conscient que Sophie n'avait peut être pas envie tout simplement de le revoir.

Tony s'en fichait. Habitué à prendre des risques, il se sentait propulsé vers celle qui avait conçu cet enfant. Un enfant pour qui il avait réellement ressenti, pour une fois dans sa misérable vie, des sentiments très forts.

Tout au long de la route, en se dirigeant vers Beurnier, il pensait à ce comeback, à ce qu'il allait lui dire. Difficile après toutes ces années de resurgir, et surtout après un tel drame !

Il avait peur qu'elle refuse de le revoir. Peur aussi qu'elle lui en veuille de sa fuite vingt années plutôt. Peur qu'elle lui reproche d'avoir profité d'elle pendant ces six mois, puis de l'avoir jetée comme un kleenex usagé. Il l'avait laissé se débrouiller seule, avec son enfant, seule avec sa vie.

La vieille Fiat roulait sous le soleil de plomb vers Beurnier. Tony avait chaud, très chaud, malgré la vitre ouverte. Il recevait les salves du vent tiède dans le visage, mais il aurait préféré apprécier le confort de la clim'. Aujourd'hui, même le véhicule le plus modeste en était équipé.

Il en aurait presque jalousé toutes ces belles voitures aux carrosseries rutilantes qui le doublaient vitres fermées, et disparaissaient à l'horizon semblant l'humilier en le laissant sur place. Lui, il étouffait dans cette voiture qui datait presque de son séjour à Beurnier. 20 ans, elle avait 20 ans !

Elle ne cotait plus depuis longtemps, mais il s'en fichait Tony. Il n'avait jamais pris soin d'en changer. Ses séjours en captivité ne favorisaient pas un tel investissement. Puis il y avait ce côté pratique. Savoir qu'en sortant de prison, avec une batterie neuve, son carrosse redémarrerait. En cas de vol il ne perdait pas grand-chose.

Mais personne ne s'y intéressait. La convoitise des voleurs était plus portée vers le luxe. Quand on ne paye pas, on aurait tort de se gêner !

Il traversa un petit village et décida de s'arrêter boire un demi au premier café qu'il trouva. Cette envie d'avaler une bière fraiche et mousseuse l'avait motivé tout au long du chemin. La chaleur caniculaire lui embrasait le visage et rien que de penser à cette pause, cela le faisait déjà rêver. En prison on apprend beaucoup à rêver.

Les quelques clients affalés sur les fauteuils de la terrasse semblaient anesthésiés par la chaleur.

La patronne, peu empressée, se déplaçait d'un pas trainant, encombrée par sa surcharge pondérale.

Tony fut enfin servi. Cet effet magique de sentir le picotement des bulles légèrement amères de la bière sur ses papilles sèches lui procurèrent instantanément un vrai bonheur.

Tout en savourant ces instants rafraichissants, ses pensées vagabondèrent un peu. Il s'approchait de cette région où sa vie avait basculé. Beurnier se trouvait à un jet de pierres. Dans quelques kilomètres, il serait dans cette ville où tous ces évènements avaient marqué à jamais sa vie. Il revoyait les photos de Lou, ces photos qui l'avaient tant aidé à endurer sa vie de prisonnier. Il revoyait cette jeune fille volubile sortant du lycée, riant avec ses amies. Il la revoyait heureuse et insouciante comme on peut l'être à cet âge là !

Le seul soleil éclatant dans cette vie sombre. Une vie de privation de liberté, de cavale, de violence.

Balayant les derniers jours de son retour, son visage se ferma quand le petit cimetière de Beurnier lui apparut, cette foule en deuil, ce cercueil blanc, cette petite femme dévastée qui pleurait toute les larmes de son corps.

Laissant ses idées noires de côté, il hésita à commander un second demi. Mais il se décida à reprendre la route.

Allez ! il fallait partir.

*****

Sophie faillit tomber du canapé quand elle se réveilla hagarde, la bouche pâteuse, le cerveau engourdi par ce sommeil brutal qui l'avait assaillit en plein cœur de l'après midi.

Elle ne savait plus très bien où elle en était, quelle heure il pouvait être. La pendule affichait 21 heures 46.

Cela faisait plus de cinq heures qu'elle avait sombré dans ce sommeil salvateur. Le traitement commençait à faire effet.

Elle s'aspergea d'eau à même le robinet de l'évier de la cuisine, puis avala un grand verre d'eau.

Elle regarda par la fenêtre, la chaleur était tombée un peu, il faisait encore clair.

Son cerveau embrumé lui renvoyait les derniers fragments de ses rêves avant son réveil. Un souvenir embrouillé où s'opposait la nostalgie et le morbide.

Toute une ribambelle de personnages et d'époques mélangés. Elle se força, en reprenant un verre d'eau fraiche, à retracer ses souvenirs de ce drôle de casting au décor lunaire :

Des tombes, des dizaines de tombes, voire des centaines, défilaient sur une route bordée par des gens squelettiques habillés de hardes. Ils pleuraient en regardant ce spectacle, ce défilé de tombeaux qui n'en finissait pas. Au milieu de cette foule hirsute, elle reconnut un visage, le visage d'un homme portant dans ces bras une fillette. Cet homme brun, très brun était beau, il était jeune, et dansait sur la route au milieu des cercueils et des tombes en faisant tourner cette fillette qui riait à gorge déployée à chaque tour. Ses cheveux pendaient le long de son bras, elle riait aux éclats. Sophie pensa en premier lieu qu'ils étaient heureux, mais son visage se crispa quand elle aperçut une coulée de sang au coin de la bouche de la fillette….

C'était à cet instant qu'elle s'était réveillée.

Sophie entendit le moteur d'une voiture qui ralentissait sous sa fenêtre.

Elle regarda machinalement par le carreau :

Une voiture roulait au pas devant sa maison comme si elle voulait s'arrêter, puis elle redémarra et se gara plus loin sur la petite place d'un ancien lavoir.

Sophie regardait distraitement cet homme qui en descendait et qui se dirigeait maintenant vers elle. Il faisait penser à un homme du sud avec ce visage émacier, très brun, patibulaire.

Quand il fut prés de la maison, elle devint toute blanche, un frisson lui parcourut tout le corps.

Cet homme intrigant, elle le connaissait. Il était présent à l'enterrement. Il était sur cette photo présentée par les policiers. Cet homme, elle l'avait connu il y a longtemps. Il avait été le seul, l'unique homme de sa vie. Cet homme... c'était le père de Lou et à cet instant il marchait vers elle.

Le ton strident de la sonnerie lui sembla démesuré. Son cœur semblant recevoir une décharge, s'affola, et c'est toute tremblante, qu'elle se précipita vers la porte. Quand elle l'ouvrit, son cœur cognait comme un fou dans sa poitrine. Sophie se retrouvait face à cet homme parti depuis 20 ans, mais qui avait toujours ces yeux très noirs et profonds. Si profonds que l'on se sentait propulsé à l'intérieur, comme si on allait tomber au fond d'un gouffre. Toute sa vie se dévoilait dans ce regard.

Chacun se regardait, intimidé, ils ne savaient quoi se dire. Lequel d'entre eux devait prendre la parole ?

Tony n'était pas très à l'aise devant cette petite femme fébrile, il la regardait.

Après toutes ces années, Sophie avait conservé ce charme discret des gens simples. Elle se montrait dans cette posture pudique avec ce regard franc et limpide, le regard des gens ordinaires, des gens qui n'ont rien à cacher, qui vivent simplement sans chercher à expliquer ou à comprendre. Une simplicité déconcertante dans des circonstances extrêmes.

Malgré sa souffrance, elle restait digne. Quelques rides pointaient aux coins de ses yeux où des petits cernes foncés avaient pris place. Mais c'était le moindre mal après ce qu'elle avait enduré.

Machinalement, d'un geste de la main, elle lui fit signe de rentrer et referma la porte.

Ils s'observèrent, debout dans la salle à manger. La gêne était palpable. Sophie regarda furtivement cet homme à qui elle pensait presque chaque jour. Cet homme qui hantait ses rêves. Il était là devant elle ! La silhouette toujours fine, le visage endurci, les traits marqués. Le cheveu était resté noir. Fébrile, Sophie proposa d'une petite voix à peine audible :

— Tu veux boire un café ou autre chose.... ?

Tony se posa sur la chaise tendue et accepta l'offre du café :

— Oui, merci un café...c'est bien !

Sophie s'activa dans la cuisine quelques instants.

Tony regardait un peu partout. Il découvrait l'univers dans lequel avait vécu Lou et sa mère pendant toutes ces années. Il se sentait mal à l'aise dans ce décor où toute une vie avec ses souvenirs, ses moments forts, ses peines aussi semblaient planer dans cette maison. Il regrettait maintenant d'être venu. Il se sentait sale, il se sentait décalé, comme un intrus. Lui, l'ancien taulard, cet oiseau de malheur se retrouvait parachuté dans cette maison où on avait du l'attendre, le pleurer peut être. Il avait dû faire du mal, beaucoup de mal à ces deux femme contraintes de s'organiser sans lui. Un cadre sur le buffet en chêne foncé attira son attention. C'était un pêle-mêle de photos de Lou. Ce qu'il remarqua en premier, c'était cette peau mate, cette longue chevelure noire, on aurait pu la confondre avec une Beurette du 9.3. Une de ces photos notamment la montrait sur les bancs de l'école, une photo de classe traditionnelle. Il se leva pour voir de plus près. Une autre photo avait été prise à Disney Land, Lou devait avoir 13 ou 14 ans. Ce jour-là, il neigeait. Les tourelles du château de Disney étaient toutes blanches. Un portrait plus récent lui serra le cœur : Lou, sur la plage en maillot de bain tenait par le cou un jeune homme. Ils avaient l'air complice et très proche. En fond d'image on apercevait une mer très retirée. Une photo d'amoureux. Tony pensa à ce Jason évoqué à l'enterrement. Même les premiers émois de sa fille, il ne les connaitrait jamais. Frustré, il se rassit.

Il entendait dans la pièce à côté le bruit de vaisselle, le café était prêt.

Quelques secondes plus tard, revenue dans la salle à manger, elle déposa sur la table un plateau avec la cafetière et les tasses.

De sa main tremblante elle servit une tasse à Tony et fit glisser d'un geste la boite à sucre vers lui.

Elle se servit à son tour. Très fébrile, prenant conscience de cette situation peu banale, elle lança, lapidaire :

— Tu sais que la police te cherche !... Ils...

Elle se reprit, sa voix se cassait :

— Ils sont venus avant-hier, ils m'ont fait voir une photo de l'enterrement. Tu étais à l'enterrement ?

C'est toi qui l'as tué ce fu...?

Elle ne termina pas sa phrase.

Tony la regardait, il avait appris en prison à décrypter les caractères des gens en quelques secondes. La façon de marcher, de se tenir, de parler... En prison il fallait vite savoir à qui on avait à faire.

Sophie, sous son apparence fragile avec ce physique transparent, elle n'en était pas moins une petite femme forte. Loin d'être naïve, elle avait su affronter les épreuves et s'endurcir pour résister aux écueils de la vie.

Ne pas se laisser embarquer dans n'importe quoi, bien mesurer les conséquences. Tony d'un ton rassurant lui confirma :

— Cela ne va pas faire revenir ta... notre fille !

Puis la tonalité changea. C'est rageur qu'il lâcha :

— Mais je ne pouvais pas laisser cette vermine en liberté. Non, je ne pouvais pas !

Plus calme il la fixa :

— Ne t'inquiètes pas, je vais repartir vite, je voulais simplement te revoir une dernière fois avant de disparaitre.

D'un ton ironique mais plein d'amertume Sophie rétorqua :

— Une dernière fois ? Comme il y a 20 ans. Tu m'avais dis ça aussi, il y a 20 ans !

Nerveux, mais tentant de reprendre une voix plus douce, Tony répliqua :

— Comment aurais-je pu savoir que tu attendais un enfant de moi, quand je suis parti... Il y a 20 ans ?

Et que cet enfant... un cinglé allait le...

Il ne pu finir sa phrase la voix étranglée par l'émotion. Il avait les yeux injectés de sang. Il retenait ses larmes.

Sophie très émue, baissa la tête. Elle vida sa tasse et c'est d'un ton calme qu'elle déclara :

— Quand tu es parti après avoir fini ton chantier, je ne savais pas que j'étais enceinte…..

Pris d'une nervosité qu'il voulait combattre, Tony se leva brusquement et parti vers la fenêtre. Il regarda un peu partout, mais c'est la léthargie qui habitait la rue écrasée par le soleil.

Sophie sentait son anxiété s'estomper un peu :

— Pourquoi es-tu revenu ?

Tony était toujours debout près de la fenêtre :

— Voilà, je ne voulais pas repartir sans emmener avec moi quelques...

Il avait du mal à finir sa phrase, il lutta :

— Je ne sais comment dire. J'aurais voulu que tu me parles de Lou...

Gêné, il ne savait comment exprimer sa demande :

— Comment elle était Lou ?

J'aurais voulu connaitre son caractère, ses gouts, ses passions... enfin tu vois ? Repartir avec quelques...

A l'évocation de LOU, le regard triste de la petite femme fluette se remit soudainement à briller.

Faire revivre sa fille chérie !

C'est d'une voix douce, avec une pointe d'excitation, qu'elle essaya de répondre de façon synthétique à une aussi importante question :

— Tu sais Lou, elle était comme beaucoup de fille de son âge.

Elle voulait peut être plus réussir que les autres, ça c'est sûr !

Sa vie, c'était les études, les études, rien que les études... Il fallait presque se fâcher pour qu'elle sorte un peu, se changer les idées... Ses amies se moquaient même parfois d'elle. Elle avait cette envie irrépressible de réussir, d'être médecin. Il n'y avait guère que depuis quelques mois qu'elle sortait un peu, depuis qu'elle avait rencontré Jason, le frère d'une de ses amies de FAC.

Autrement, Lou c'était un amour, sans trop de travers. Affectueuse, responsable, respectueuse. Mais aussi tenace, têtue même... Elle ne lâchait rien ! Elle savait se montrer dure avec elle, mais toujours dans l'empathie avec les autres.

Parfois elle venait me chercher au travail. Elle allait *voir ses grands-mères* comme elle disait. Elle parlait avec elles, leur demandait comment c'était dans leur jeunesse, leur travail, leur vie avant la maison de retraite.

Le visage fendu d'un sourire Sophie confia :

— Combien de fois elle m'a fait sortir une bonne demi- heure en retard…

Elle était très sociable, toujours à vouloir aider les autres. Elle aimait lire, dialoguer, échanger.

Comme la génération d'ados elle avait cette manie compulsive de pianoter sur son portable. J'ai eu beau vouloir refreiner cette pratique, elle arrivait toujours à taper sur ce clavier, les doigts attirés comme par un aimant.

Autrement, rien de significatif. Ah ! Si, nous avions une habitude en fin de semaine : un rituel, c'était de boire un kir à la framboise le samedi soir quand je rentrais du travail vers vingt heures avant de diner. Nous n'avons pas sauté un seul samedi. Ah ! Le kir à la framboise, c'était sacré !

Autant Lou aimait être avec ses amis, autant aussi elle avait un grand besoin de se retrouver. Elle était solitaire et aimait ça. Petite, elle ne chouinait jamais, et s'était montrée autonome très tôt. Pour noël, déjà motivée par la médecine, elle avait toutes les panoplies d'infirmière, les mallettes du matériel du parfait docteur… Quoi dire d'autre : ah ! Oui, cela m'a surpris. En début d'année elle m'a annoncée qu'elle voulait se faire un tatouage. Tu sais qu'actuellement, c'est la grande mode. Les jeunes se couvrent le corps de tatouages. C'est d'ailleurs plus ou moins heureux, et je ne sais pas s'ils mesurent les conséquences pour plus tard. Quand ils seront à la recherche d'un travail avec tous ces placards d'arabesques sur les bras et le corps... Enfin, c'est leur problème !

Donc pour Lou, elle qui n'avait pas beaucoup de fantaisie, un jour elle avait décidé de se faire tatouer.

Tony toujours accoudé au rebord de la fenêtre demanda :

— Qu'est ce qu'il représentait ce tatouage ?

Sophie, un rictus au coin des lèvres, lui répondit :

— L'Italie.

Tony intrigué la reprit :

— Comment ça, l'Italie ?

Souriante maintenant, elle précisa :

— La carte, la carte de l'Italie. Une botte miniature d'environ 8 centimètres de long sur 2 de large, avec les trois couleurs du drapeau sur son épaule gauche.

Tony intrigué demanda :

— Quelle drôle d'idée ! Elle t'a donné la raison de ce choix ?

— Un jour, elle devait avoir peut être 10 ou 11 ans, elle m'a demandée qui était son père ? Où tu vivais?

Enfin tu vois... Sophie tira une chaise et se posa, avant de continuer :

— C'est un peu normal pour un enfant de savoir où est son père. Cela faisait longtemps que ça lui tournait dans la tête, mais elle gardait ça en elle, et ce jour là, il fallait qu'elle en parle, elle voulait savoir. J'ai longuement hésité avant de lui raconter notre histoire, mais sans rentrer dans les détails. Je lui ai donné quelques infos, le principal. Notamment la nationalité de son père, le pays où tu étais né et je lui ai dis aussi que tu étais un grand professionnel du bâtiment... Que tu avais travaillé à la construction du collège où elle faisait ses études. Elle disait à ses copines d'école : *« tu sais ! C'est mon père qui a construit notre école ! »*. Tu vois je n'ai pas voulu qu'elle ait une mauvaise image de son père !

Donc, elle a certainement fait ce tatouage pour symboliser ton pays d'origine. Une manière d'être avec toi quand même ! Elle pensait sans doute à toi, même si elle ne t'avait jamais vu .Le fantasme décuple la curiosité pour l'absent. Tu sais, il doit s'en passer dans la tête d'une jeune ado... Tony très ému se rapprocha de la table :

— Je te remercie pour tout ce que tu m'as dit, pour ce que tu as fait pour Lou... Je dois y aller maintenant. Je... Je ne veux pas te mettre plus en danger... Merci

Sophie, pardon de t'avoir fait tout ce mal ! Mais, qui aurait pu penser à cette tragédie, qui aurait pu penser à ça ?

Les mots avaient du mal à sortir. Sophie se leva et c'est d'une voix chevrotante qu'elle voulait lui montrer sa reconnaissance :

— Merci, merci Tony d'avoir vengé Lou !

Cela va m'aider à faire mon deuil de savoir que cette ordure a payé. Même si aujourd'hui, je crois que je n'en suis pas capable, il va en falloir du temps. Mais Lou n'étant plus là, je ne pourrai jamais vivre comme avant…

Ses yeux s'embrumèrent et d'une voix éraillée par l'émotion elle lança :

— Bonne chance Tony, je suis contente de t'avoir revu après toutes ces années.

Il lui fallait partir, c'était dur de partir. Il serait bien resté toute la nuit à écouter Sophie parler de Lou. C'est le cœur serré qu'il la quitta :

— Merci encore, et bonne chance à toi aussi.

Elle l'embrassa sur les joues, ils s'étreignirent quelques secondes, puis tel un automate, il se dirigea vers la porte et sortit.

Dehors la canicule sévissait toujours. Les pavés des trottoirs brûlaient sous les rayons intraitables du soleil.

Sophie était un peu groggy par cette visite.

Dans sa tête ça tournait. Tout était confus.

Quelle histoire !

Les yeux rougis, Sophie regardait à travers les vitres de la fenêtre. Tout était calme dehors. Seul le bruit d'une voiture qui s'éloignait, brisait la torpeur qui semblait s'être abattue sur cette ville écrasée par la chaleur.

Elle retourna dans la salle à manger pour ranger les tasses et la cafetière.

En débarrassant, elle fut intriguée par une petite enveloppe blanche qui se trouvait cachée sous le plateau.

Elle la décacheta fébrilement. Un message écrit à la main sur un carton format carte de visite d'un commercial se trouvait à l'intérieur :

« Sophie,

Si après toutes ces épreuves, tu veux changer d'air et refaire une nouvelle vie, je te laisse ce numéro de téléphone. Détruis ce message et cache bien ce numéro (ou apprends le par cœur).

Là où je serais, j'aurais du travail pour toi, le même qu'aujourd'hui mais tu imagines, dans d'autres conditions. Tu as tout le temps pour prendre ta décision. Je t'attendrais.

A bientôt peut être.

Tony »

Sophie, intriguée par ce message resta bouche bée. Elle le relut plusieurs fois, puis nota le numéro sur le haut du journal qui trainait sur la table. Ne voulant courir le risque d'oublier ces coordonnées. Respectant la consigne du secret, elle rajouta quelques chiffres devant le fameux numéro de téléphone et déchira en mille morceaux le petit message de Tony puis le jeta dans la cheminée. Apeurée, elle ne pouvait s'empêcher de regarder vers la fenêtre comme si elle venait de faire un mauvais coup. Il ne fallait pas que les policiers tombent sur ce numéro. Elle craqua une allumette et le carton finit en cendre.

Soulagée, elle fixa le haut du journal. Elle s'aperçut qu'il s'agissait d'un numéro de téléphone d'un autre pays que la France. Dans sa tête, ça tournait dur. Tout cela allait top vite. Une nouvelle vie !

Elle regardait autour d'elle : cette maison glauque, ces tapisseries d'un autre temps, ces meubles couleur chêne foncé, un vrai capharnaüm…Pour louer cette maisonnette, le tiers de son salaire y passait chaque mois. Et maintenant que Lou n'était plus là, elle n'allait plus percevoir les allocations logement.

Pourquoi s'obliger à rester ici, au milieu de tous ces souvenirs, au milieu de tant de noirceur, rester au milieu de ce désastre. Son travail, pour lequel au début elle s'était tant investie, aujourd'hui n'était-elle pas une simple femme de ménage pour personnes âgées ? Cet entourage vétilleux ne l'intéressait plus guère. Après ces vingt années d'une vie lénifiante, subitement tout basculait. C'était un tremblement de terre !

Sa petite Lou sauvagement assassinée, cet homme pseudo père, premier et dernier amour qui revenait, et son cœur qui recommençait à battre comme vingt ans plus tôt... Cette nouvelle vie qui lui était offerte.

Son existence pouvait soudainement prendre du sens. Elle pouvait retrouver l'alacrité, elle, la petite femme à qui la vie n'avait rien donné et qui lui avait pris l'essentiel. Mais elle n'y croyait plus vraiment, alanguie, lasse, elle n'avait plus envie de se battre.

Pour s'évader un peu, elle fit une recherche sur internet, ce numéro de téléphone l'intriguait. Elle s'aperçut que ce fameux numéro que Tony lui avait laissé commençait par 020 : c'était l'indicatif des Pays Bas.

Elle ne connaissait pas la Hollande, mais presque instantanément, un immense champ de tulipes lui envahit l'esprit.

Sophie aimait bien les tulipes.

Quelle histoire !

CHAPITRE 18

Le changement c'est maintenant !

Bérengère Belmont fêtait à la terrasse des *origines des mondes* le premier anniversaire de son mandat Maire. Une bonne partie du conseil municipal était réunit. Une paëlla avait été commandée pour la circonstance.

Les conjoints assistaient aux festivités. Les tables rassemblées de la terrasse contenaient une bonne trentaine de convives. Il faisait beau, l'ambiance était bon enfant. Ça sentait déjà les vacances.

Bérengère interpella Marc le patron du resto qui contrairement à son habitude, avait des yeux de cocker :

— Ben dis donc, Marc, t'en fait une tête !

Le boss des *origines* ne releva pas et c'est avec une mine renfrognée qu'il continua, sans un mot, son service. C'est vrai qu'il avait l'air abattu. Sa barbe de plusieurs jours et ses yeux cernés accentuaient encore plus sa décrépitude.

Une conseillère municipale langue de vipère, qui faisait face à Bérengère, lui chuchota en mettant ses mains en porte voix et en articulant de façon théâtrale :

— Véronique... est partie !

Bérengère acquiesça du menton :

— Ah ! D'accord, je comprends mieux.

Les pichets de rosé se vidaient. Le vin coulait à flot, ça riait, ça parlait fort. Chacun se sentait un peu déjà en vacances.

La Mairie n'était pas loin.

La compagne de Bérengère dénotait un peu en étant la seule à boire de l'eau minérale. Prof d'allemand, cela faisait un mois déjà qu'elle était en vacances. Elle n'était pas partie pour préparer son mariage prévu début septembre. Elle avait pratiqué la GPA et attendait un enfant pour cet hiver.

Beurnier avait enfin retrouvé son calme. Les évènements tragiques dataient maintenant de plus d'un an, et chacun voulait oublier cette frénésie mortifère.

Le meurtrier justicier n'avait pas été retrouvé. Les policiers avaient pourtant ratissé la région, interrogé des dizaines de témoins. Sophie n'avait pas été épargnée. Toujours prête pour accomplir de bonnes œuvres. Notre bonne société engendre parfois encore ce genre de citoyen zélé. En effet, un voisin avait prévenu les enquêteurs qu'un homme patibulaire était passé voir Sophie le soir de la marche blanche.

La mère de Lou n'eut aucun mal à embrouiller les policiers. Elle prétexta que son traitement lui ramollissait le cerveau. Elle avait peut être vu un démarcheur, ou une autre personne, mais elle ne se souvenait plus. Elle voulait être tranquille, elle se ferma comme une huître, surjouant son état dépressif. Les enquêteurs ne savaient plus s'il fallait se montrer compréhensif avec cette femme qui avait connu un enfer ou s'ils devaient la traiter comme une citoyenne normale, une citoyenne qui leur cacherait quelque chose.

Sophie connaissait-elle ce mystérieux homme en noir, photographié au cimetière le jour des obsèques ?

Florence en était presque persuadée. Leur aventure remontait à 20 ans en arrière et peu de gens se souvenait de cette histoire.

Les commères avaient été interrogées. L'ancienne restauratrice de la place Churchill où se tenait le bal du 14 juillet chaque année à cette époque, avait vu plusieurs fois la jeune Sophie avec un ouvrier à la peau mate. Elle les avait vues danser. Mais cela remontait loin. Sur la photo elle n'avait pu certifier que l'homme en noir était bien le flirt de Sophie vingt ans auparavant. *« Elle n'est pas belle votre photo, et avec mes vieux yeux... en plus... Vous n'en n'avez pas une plus nette ? »*

L'ancienne commerçante approchait aujourd'hui les 80 ans. Elle eut cette phrase lapidaire en reposant la photo sur la table : *« De toute façon, cette enfant, il y a bien quelqu'un qu'il lui a fait ! »*

Oui, ça c'est sûr pensa Florence en sortant de chez la retraitée, et ça correspond avec l'âge de Lou.

« *Le père de cette jeune fille pouvait aussi ne pas être le danseur du 14 juillet...! Et de toute façon, il était disparu ! »*

A part ce faible témoignage, rien de concret.

Florence savait que Sophie ne dirait rien d'autre, même si sa fonction de policier l'obligeait à arrêter les auteurs de délits sans états d'âme, sans remettre en question le bien, le mal, le juste ou l'arbitraire. Son rôle c'était d'arrêter les coupables.

Elle n'avait pas à faire le tri. Florence se sentait en empathie avec cette mère qui avait perdu ce qu'elle avait de plus cher. Elle pensa que, si elle avait eu une fille tuée dans ces conditions, elle se serait sentie en partie vengée par cet homme inconnu. Que de toute façon, ce sale type de Jérôme méritait bien son sort. Combien de fois en famille ou entre amis avait elle entendu ces conneries « *sur la loi du talion, qu'il ne fallait pas se substituer à la justice...* »

Elle s'en voulut aussitôt d'avoir de telles pensées !

Mais même dans la hiérarchie et dans les instances judiciaires, le ménage ayant été fait, on ne faisait pas de zèle pour retrouver cet homme mystérieux aperçu au cimetière.

Les beurnirois ne voulaient plus parler ce tout ça.

Les échéances électorales avaient laissé des traces dans le pays.

Le résultat des élections législatives avait été saignant pour les partis traditionnels. Victor avait fait les frais du désamour du gouvernement. Il avait subi aussi les effets négatifs de l'éviction du vieux Pernin : *le frondeur.*

Le député renégat, Claude Pernin, s'était présenté sous l'étiquette floue: *les nouveaux démocrates.* Un rassemblement de déçus de la gauche institutionnelle, de résidus de petits partis en lisière des grands. Sa campagne toxique, bien que pathétique, avait fait mal. Au premier tour il avait récolté 9 %. Victor avait réussit à faire 28,4 %. Le FN et la Droite avaient pratiquement fait jeu égal : presque 30 %.

Au 2ème tour, lors de la triangulaire, Victor Leccia avait été battu par le FN de 34 voix. Le vieux Pernin avait demandé à ses électeurs de faire barrage *au parisien* et avait donc insidieusement fait campagne pour la droite en distribuant des tracts le matin même du deuxième tour. « *Paris veut imposer son candidat* ! » ou « *choisissez un député de chez nous !*»

Ces irrégularités et le faible écart de voix avaient été déterminants pour refaire le match.

Le conseil constitutionnel avait annulé le scrutin. De nouvelles élections allaient avoir lieu le mois prochain.

Victor croisait les doigts.

Pour les élections présidentielles, les français apportèrent leurs suffrages à un ancien premier ministre austère. Ancien, aussi par l'âge. Il s'engageait à ne faire qu'un seul mandat. Il avait la lourde charge de devoir répondre aux attentes nombreuses des citoyens. Dans les premiers mois de son mandat il plafonnait à près de 70 % d'opinions favorables. Au plus haut aujourd'hui, cela lui assurait de ressentir encore plus violemment la dégringolade dans quelques mois. Il savait, lui, le vieux routier de la vie politique qu'il fallait prendre en compte l'inconstance des français en politique et que selon le fameux adage des 3 L :

Dans un premier temps on loue, puis on lâche, et enfin on lynche celui qui avait été au début tant adulé.

Mais les français avaient tout essayé !

Les bourgeois très éclairés croyaient encore pouvoir rester éblouis, ne pas voir assombrir leur univers avec ces africains qui voulaient sortir du noir pour trouver la lumière. Ils arrivaient en masse sur les côtes méditerranéennes. Attirés sans aucun doute par une vision du monde occidental repus et pourtant plaintif, chacun voulait tenter l'eldorado ! Sur les réseaux sociaux, au fin fond des continents, voir cette débauche de luxe, toutes ces villas cossues, ces grosses voitures, ce saupoudrage de prestations sociales. Le RSA équivalait à un salaire de cadre sup dans un pays d'Afrique. Cette horde de migrants étaient maltraités dans leur pays où la dictature islamiste s'installait. On tuait, violait, détruisait des sites historiques sous l'œil matois des démocraties qui se couchaient ou faisaient croire que quelques bombardements allaient leur sauver la face. C'était prévisible, mais ça faisait peur !

Les petits retraités eux, s'angoissaient. Ils ne voulaient pas finir comme les grecs, avec des pensions amputées d'un tiers. Les retraités devenaient plus importants que les cotisants.

La peur devenait palpable.

Les *gaulois*, eux, ne voulaient pas que leurs progénitures soient minoritaires dans les écoles où le fameux remplacement avait sévi. Ils ne souhaitaient pas que le porc devienne le repas de substitution. Mais le pire pouvait arriver. Le gouvernement n'avait pas encore pensé à imposer les écrans plats ou les Smartphones. Des milliards de taxes faciles à récupérer. Là, se serait la révolution !

Aux présidentielles, la France avait confié les clés du pouvoir pour les cinq prochaines années à un homme âgé, mais sérieux. Après avoir élu cinquante ans plus tôt un père, grand héros de guerre « *caché à Londres* », puis un jeune énarque suffisant. Ensuite, ils avaient élu un érudit florentin, puis un épicurien, buveur de bière, sympa mais fainéant. Le plus iconoclaste étant quand même, l'élection de ce président qui faisait l'enfant, bling bling inculte et nerveux, puis, pour s'en débarrasser, ils prirent son contraire : Un président normal mais affligeant, qui devait réenchanter leurs rêves, mais ce fût un cauchemar.

Les français n'arrivaient pas à trouver un vrai président !

Avaient-ils changé ou était-ce la classe politique qui avait changée ?

Peut-être que c'était tout simplement le monde qui n'était plus le même.

Victor devait repartir en campagne. Se battre à nouveau. Il avait croisé la policière Florence Vanier l'autre jour. Tout en parlant forcément des affaires qui avaient secouées la ville l'année passée. La policière lui avait fait d'étranges confidences concernant le vieux député déchu. On s'occupait de lui et bientôt il risquait d'être en première page mais pas pour son travail de parlementaire. Elle pensait qu'il ne serait pas dans ses pattes aux prochaines élections.

CHAPITRE 19

L'échappée belle !

Sophie ne savait plus où poser ses yeux. Ce troisième mardi de septembre, une foule compacte se pressait vers le palais de Noordeinde au parlement. Comme chaque année, le roi des Pays Bas prononçait le fameux discours du trône. Le couple souverain respectant scrupuleusement ce rite, arrivait en carrosse doré, applaudi par une foule bon enfant, agitant une nuée de drapeaux orange. Des soldats aux costumes chamarrés défilaient en jouant de la musique militaire. Sophie, la petite française découvrait La Haye, ville aristocrate, cosmopolite et élégante, surnommée : *la veuve de l'Indonésie.* Ces belles villas, autrefois habitées par les marchands hollandais enrichis avec l'Asie, avaient été revendues aux diplomates. Et des diplomates, cette cité n'en manquait pas. Ces magnifiques maisons, très hautes, serrées les unes contre les autres jouaient du contraste de leurs couleurs vives avec la rectitude de leur architecture.

La petite française, arrivée tôt le matin, semblait un peu étourdie par la fracture dans ce dépaysement. Elle avait dû s'armer des ailes du courage pour s'envoler si loin de chez elle. Pendant de longs mois elle avait beaucoup hésité. Quitter tout pour l'aventure, cela ne lui ressemblait pas trop. Mais sa vie avait basculé depuis la disparition de Lou. Son travail lénifiant dans ce mouroir municipal ne lui apportait plus ce désir d'aider. Son sacerdoce s'était érodé. Elle ne voulait plus sentir cette odeur de soupe froide et de détergent aux effluves javellisées. La pénurie d'effectifs, récurrente avec la crise économique, avait détérioré les conditions de travail et surtout le service rendu aux résidents. Le personnel soignant ne pouvait plus assurer correctement leurs toilettes et servait, en guise de repas, des ersatz culinaires insipides et froids, fabriqués par l'industrie agroalimentaire. Stérilisés, aseptisés, sans saveur. La douche n'était plus journalière, le diner pas toujours avalé, il fallait se dépêcher. Plus le temps de faire du relationnel, d'avoir des marques de tendresse, de parler ou d'écouter les uns et les autres. Pourtant, ils en avaient des histoires à raconter.

Sophie n'en pouvait plus de voir ces résidents maltraités. Quelle horreur de voir ces personnes âgées privées de soins élémentaires, et perdant toute dignité. Cela aussi avait été déterminant dans sa décision de tout quitter.

Elle avait fait le choix de l'exil pour être libre ! Pour ne plus voir ces regards de compassion dans son entourage. Pour ne plus vivre dans ces lieux où chaque pièce, chaque objet lui rappelait sa petite Lou. Ne pas oublier, mais vivre son deuil ailleurs !

Dans cette partie du monde, Sophie n'avait pas les yeux assez grands pour découvrir ce drôle de pays au cadre enchanteur.

La petite reine au royaume de la *tulipomanie*. Là, en effet le vélo était roi. Ça venait de partout, longeant les maisons rouges, et les canaux bruissant de petits bars ou de restaurants bariolés. Plus loin Sophie pouvait découvrir des constructions atypiques. Le quartier des ministères plus contemporains avec leurs lignes blanches futuristes séparant chaque huisserie, se dressant fièrement. Sophie face à ce déluge de rouge, de bleu, ces trompes l'œil, ces flèches d'église saillantes semblant percer le ciel était contrainte de voir qu'elle avait changé de paysage. Elle passa devant l'hôtel des Indes, palais transformé en palace pour recevoir dignement les grands dirigeants de ce monde.

Sophie n'en revenait pas de voir tous ces vélos qui sillonnaient les rues dans une sorte de manège étourdissant. Elle se serait cru dans un film. Elle fût rassurée de trouver enfin une rangée de taxis sagement alignés près du palais royal. Elle monta dans le premier venu, une Volvo blanche bien propre. Les taxis se distinguaient avec leurs plaques bleues et cette grosse borne blanche sur le toit. Elle tendit un papier où figurait l'adresse du complexe hôtelier pour retraités où Tony l'attendait. Le chauffeur tenta de communiquer en anglais mais Sophie ne parlait que Français.

En route pour sa nouvelle vie, elle se demandait si elle n'avait pas fait une erreur de partir comme ça, dans ce nouveau pays pour retrouver cet homme, le père de Lou. Un drôle de père, un drôle d'homme revenu après tout ce temps. Ah ! Ce mythe du *bad boy !*

Sophie se demanda si elle n'était pas devenue folle ! Elle avait peur, mais elle se sentait excitée par cette nouvelle donne. Ce drôle d'homme était peut-être son homme. Pourquoi n'aurait-elle pas droit au bonheur ?

La vie ne l'avait pas épargnée. Peut-être qu'après la pluie, elle aurait droit à quelques rayons de soleil ....

Les cartes étaient rebattues, même si elle n'avait jamais eu trop l'âme d'une joueuse. Cette fois elle se lançait. Pour elle, c'est sûr, c'était violent.

Les Pays Bas ! N'importe quoi !

Si on lui avait dit il y a un an qu'elle serait sur les routes de la Hollande pour tout refaire... Refaire sa vie !

Enivrée par ce futur improbable et cette hardiesse retrouvée, Sophie se laissa porter par le ronronnement de la voiture au milieu de ce paysage détonnant. Assise à l'arrière de ce taxi, elle regardait, étourdie par ce voyage improbable, les berges du canal où l'eau scintillait, faisant tanguer quelques barques accrochées ça et là sur le bord de la rive. Reliant les habitations, les caves voutées servaient à stocker les victuailles des restaurants qui bourdonnaient tout le long des canaux, étalant une multitude de petites tables orange, la couleur nationale déclinée à l'envie un peu partout. Ce paysage pittoresque semblait offrir une joie de vivre discrète. Sophie ferma quelques secondes ses yeux. Elle vit apparaitre cet homme habillé de noir au visage émacié. C'était cet homme qu'elle avait connu il y a longtemps. Commencée dans un pas de danse, un jour de fête, cette histoire allait se poursuivre 20 ans après avec celui qu'elle pensait ne plus attendre. Mais la vie, parfois si cruelle, peut aussi se montrer bonne fée.

Dans quelques instants, elle serait près de lui, et demain dans ses bras. Peut-être ne l'avait-il fait venir que pour le travail. Elle fantasmait sur une histoire amoureuse qui n'était peut-être pas à l'ordre du jour. Elle sourit. Sophie voulait y croire.

Lou était partie, mais paradoxalement, son départ avait fait revenir ce père absent. Le balancier de la vie perpétuait son rituel. Sophie essuya une larme qui ruisselait sur sa joue, c'était peut être la fatigue. Elle qui se sentait si petite, elle qui avait évolué dans une vie atone, insignifiante sans relief. Elle qui n'avait eu qu'une existence insipide. Aujourd'hui elle avait franchit le Rubicon ! Aujourd'hui elle avait vu grand, très grand !

CHAPITRE 20

L'ange de la réalité !

Véronique sortit de la pharmacie, empressée de rentrer chez elle pour avoir le verdict. Depuis un mois, il se passait de drôles de choses, son corps avait changé.

Cette poitrine légèrement gonflée, subitement l'avait alertée.

Puis ces vomissements, depuis une semaine, et cette grâce qui semblait s'être déposée tel un voile exprimant la plénitude sur son visage.

Elle envoya un *sms* à sa copine Jessica :

« Ça y est, *je l'ai acheté... j'arrive !* ».

Enceinte ? Elle avait du mal à y croire vraiment. A la fois excitée, mais aussi anxieuse, elle voulait savoir. Et vite !

Sa relation avec Victor avait perduré depuis la fameuse rencontre. Puis, le député fraichement élu était retourné à Paris, mais il revenait toutes les semaines 2 ou 3 jours dans sa circonscription. Ils continuaient à se voir quand il séjournait à Beurnier.

Il aimait se promener sur le marché pour rencontrer ses administrés. Parfois c'était une inauguration d'une école, ou autres bâtiments publics.

Il tenait aussi sa permanence le samedi matin.

Une relation suivie s'était créé sans la formaliser vraiment. Ils ne s'étaient rien promis. Ils étaient bien ensemble, c'était tout !

Une forte complicité, surtout charnelle au début, construisait le couple. Avec le temps, des sentiments plus profonds semblaient s'installer.

Si le test se révélait positif, pas de doute pour connaître le géniteur. Véronique avait cessé de papillonner. Elle n'avait plus qu'un homme dans sa vie.

Son mari Marc, très éprouvé par la séparation, lui avait racheté ses parts du restaurant. Elle avait regagné la capitale où elle avait loué un studio prés de la place du tertre. Elle cogérait une crêperie avec son amie Jessica. Un salon de thé en friche depuis plusieurs mois, que les deux femmes avaient transformé en bonbonnière toute rose pâle près du Sacré Cœur. Sur le auvent couleur vichy rose et banc le nom du restaurant s'étalait fièrement : *Le ciel breton.*

Le quartier très arboré, avec ses petites maisons pittoresques invitait à respirer une belle fraîcheur conviviale. Très souvent envahi par les touristes, on sentait un air de village.

Fébrile, Véronique poussa la porte de la petite crêperie.

Jessica s'affairait à installer les tables pour le dîner. La pendule indiquait 18 Heures 24. Dans une heure les premiers clients allaient arriver. Aujourd'hui mardi, elle ne s'attendait pas à être débordée.

Véronique avait à peine franchit le seuil de l'entrée, qu'elle sortit de son sac à main, d'un geste précipité, la poche où se trouvait le fameux test de grossesse. Son amie la regardait d'un air perplexe mais complice.

Elle le brandit devant les yeux de Jessica :

— *Bon, Allez, j'y vais !*

Elle se dirigea vers les toilettes. Quelques secondes plus tard, Jessie entendit le bruit de la chasse d'eau et son amie ressortit avec une sorte de bâtonnet en plastique. Elle tendit l'objet à son amie, la main plaquée sur son cœur et c'est d'un ton emprunt d'une grande anxiété qu'elle lui demanda :

— ...Tu regardes, toi !

C'est avec une moue dubitative que Jessie lui arracha des mains le fameux objet. Elle fit quelques pas vers la vitrine, comme pour mieux protéger le secret du résultat. Levant le bâtonnet au niveau de ses yeux, elle fixa le petit cadran pour découvrir le verdict.

Elle fit une rotation vers son amie éprise d'une inquiétude palpable. Elle lui lança, taquine :

— C'est bon, ma p'tite ! Tu es bien enceinte... Yes ! Ça va pouponner dur !

Elles s'enlacèrent en tournoyant sur place. Véronique riait en pleurant. Prise d'une bouffée de chaleur subite, elle était en nage.

Elle se laissa tomber sur une chaise et lança à son amie :

— Ce soir on arrose ça ! Après c'est la cure pendant 8 mois… Plus de champagne, plus de cigarettes. Je suis heureuse ! Tu ne peux pas savoir. Je suis trop contente !

Jessica se rapprocha et d'un geste tendre lui caressa la joue :

— Moi aussi, je suis contente pour toi ! Tu l'as tant voulu !

Véronique se sécha les yeux avec la serviette en papier pliée sur la table et c'est d'un air revêche qu'elle lança à son amie :

-Allez, on ferme la boutique exceptionnellement ce soir et on va chez Fred fêter ça ?

Jessica réfléchissait. Un restaurant, on ne peut pas le fermer à l'arrache !

Nous étions Mardi soir. C'est vrai que le chiffre d'affaires n'était pas des plus brillants les premiers jours de la semaine... Et en été, les touristes préféraient les terrasses ombragées de la place du Tertre.

Son amie était tellement heureuse, elles pouvaient bien se permettre ce petit écart. Elle prit une feuille de papier dans le photocopieur sous le comptoir et avec un gros marqueur noir elle écrivit en lettres capitales :

FERMETURE EXCEPTIONNELLE
Ce mardi

Elle colla sur la porte d'entrée la feuille, puis en passant près de sa copine, lui fit une bise sur le front en lui lançant ironique :

— Voilà, si on fait faillite c'est toi qui seras la grande responsable !

Véronique lui sourit :

— J'irais demander de l'argent à son père pour nourrir mon petit !

Jessica n'avait pas osé aborder ce sujet, mais elle en profitait pour tenter d'y voir plus clair dans ses interrogations :

— Et alors, avec Victor ! Comment... tu vois ça ?

Véronique marqua son embarras, puis elle fit cette réponse lapidaire :

— Tu sais Jessie, s'il ne veut pas en entendre parler, j'assumerais seule... Et puis c'est tout !

Elles éclatèrent de rire. Un rire complice.

Ne voulant pas se montrer trop insistante, mais curieuse de connaître le ressenti de Victor, Jessica chercha à en savoir plus :

— Vous en avez déjà parlé ?

Véronique resta énigmatique :

— Bof ! En plaisantant, on a dû aborder le sujet une fois ou deux, mais rien de sérieux. Je ne sais absolument pas qu'elle va être sa réaction quand je vais lui annoncer la nouvelle.

Evaluant la situation du pire, Jessica, comme pour provoquer son amie, lança :

— Et tu n'as pas peur qu'il te jette ?

Véronique, songeuse, se frottant la joue, regarda dubitative sa copine, et c'est d'une voix grave mais incisive qu'elle eut cette drôle de réponse :

— Je... Je ne le vois pas faire ça ! Non je ne le vois pas faire ça !

Se relevant brusquement, comme pour clore le sujet, elle se dirigea vers le comptoir pour récupérer son sac à main :

— Bon, allez, c'est parti on y va, j'ai soif !

Jessica tira les stores, ce soir c'était la fête, demain il ferait jour.

CHAPITRE 21

Bris de glace !

Victor taillait ses rosiers, il remettait un peu d'ordre dans son jardin. Pas de grandes cultures, quelques fleurs, des plantes aromatiques, du thym, de l'aneth, un peu de menthe et du basilic. Cette fin d'août était clémente. Il aimait ces instants de calme, en contact direct avec la nature. Loin de l'agitation parisienne. Son Smartphone en mode silencieux sur le buffet, l'ordinateur éteint. Il se coupait un instant de la civilisation. Il se ressourçait après cette dure campagne où il avait bataillé ferme pour arracher la victoire trois mois plus tôt. Cela l'avait épuisé. A quelques voix près il perdait.

Il allait se battre à nouveau. Toute sa vie il s'était battu.

Dans un contexte national très dégradé pour son parti – *le parti du président-* cette victoire serait encore plus appréciable.

Pour ses collègues, la bérézina pourtant prévisible, avait laissé des traces.

Victor avait acquis cette maison cinq ans plus tôt à quelques kilomètres de Houilles, petite ville de 30 000 habitants, située entre la forêt et le parc de Maisons-Laffitte. A vingt minutes de la Défense, c'était la proximité avec la capitale qui l'avait motivé.

Ce n'était pas un château, mais une belle demeure du début du siècle dernier. A l'étage, cette maison disposait de quatre grandes chambres avec salle d'eau, au rez-de-chaussée une grande salle de séjour de 60 m^2 avec un coin cuisine ouvert. Pour le côté fonctionnel, attenante aux pièces de vie, la maison disposait d'une véranda exposée plein sud où l'on pouvait découvrir tout en profondeur les 3 hectares de terrain avec une partie très arborée. Il prévoyait de creuser une piscine, mais les derniers étés dans la région parisienne l'en avait dissuadé.

Près de Paris, à peine trois quarts d'heure pour rejoindre l'assemblée, cela lui convenait. Les Yvelines. C'était un département très contrasté. La racaille y côtoyait la bourgeoisie. On passait des tours infernales délabrées des années 60 construites à la va vite, aux châteaux entourés de forêts envoutantes. On pouvait traverser des cités populaires à la triste notoriété, ravagées par le délaissement de l'Etat et engoncées dans le trafic, l'assistanat, et l'insécurité, pour se retrouver dans la forêt de Rambouillet ou dans le parc du château de Versailles. La demeure mythique du roi soleil. Quoi de plus différent que ces villes aux zones franches zoomées par les médias comme Trappes avec son célèbre Val fourré, Les Mureaux ou Poissy en opposition avec ces villes bourgeoises aux banlieues cossues : Saint-Germain-en-Laye, Versailles, ou Rambouillet.

Echappé à la cohue et à cette pollution de l'air et loin du bruit, Victor ne regrettait pas cet investissement.

Et puis un jour il faut bien se poser ! Cette vie passée en saut de puce parfois l'épuisait.

Poser ses bagages quelque part. Cela faisait près de deux ans qu'il connaissait Véronique. Contrairement à ses précédentes histoires sentimentales, il se sentait toujours libre, mais dès son réveil, c'était Véronique qui lui apparaissait. C'était à elle qu'il pensait. Il se sentait bien avec elle. Il aimait qu'elle lui laisse son indépendance, peu intrusive dans sa vie quotidienne, mais bien présente dans sa vie sentimentale. Tonique, pétillante, toujours active, elle le dynamisait sans l'étouffer. Ils se voyaient souvent mais sans se marcher dessus. A première vue, influencé par le physique, le délit de *belle gueule,* il pensait au début de leur relation que cette belle femme sémillante devait être superficielle et qu'il se lasserait vite. Mais contrairement à ses a prioris, Véronique lui apportait beaucoup plus que la fierté d'être au bras d'une belle plante.

Elle dégageait cette fraîcheur d'âme et savait prendre un angle de vision différent pour voir les choses. La nature avait été tendre avec elle sur le plan esthétique, très tendre. Mais derrière tout ça, des fantômes virevoltaient souvent. Une enfance d'orpheline, transbahutée de familles d'accueil en famille d'accueil, avec tous les dangers que peut courir une jeune fille déracinée dans le fin fond des campagnes dans les années 70. Puis, adulte très tôt, trop tôt, ce mariage raté, la perte de cet enfant dix ans plus tôt… Tout cela n'était pas neutre dans cette métamorphose. Cet horrible évènement l'avait changée. Elle avait aujourd'hui l'irrépressible envie de développer les fondamentaux de la vie. Beaucoup plus de profondeur l'habitait. En aparté, quand elle se trouvait hors séduction, c'était une autre Véronique qui apparaissait.

Victor avait cru déceler qu'elle se cachait derrière cette séduction. Cela l'arrangeait, et elle n'avait pas beaucoup de travail à faire. La plupart des hommes étaient en pamoison devant elle. A 43 ans, elle en avait fait le tour maintenant de ces rapports factices, ces rapports basés uniquement sur le paraître. Elle avait une autre image de la vie. Son projet de vie n'était plus là.

Victor parfois pensait à l'avenir de leur histoire. Quelle issue ?

Au fond de lui n'avait il pas la crainte de se perdre dans l'usure, dans cette routine confortable mais risquée.

Ils n'avaient rien en commun à part les sentiments.

Quand il se mettait à penser cela, il prenait peur. Il prenait peur parce qu'il l'aimait.

Victor savait qu'il pouvait la perdre, et contrairement à toutes celles qu'il n'avait pas retenues, aujourd'hui il n'aurait pas voulu perdre Véronique.

Il rentra les mains terreuses. Il passa rapidement dans la salle de bain.

Revenu dans la salle de séjour, il consulta d'un œil distrait son portable. Des messages sans grande importance apparaissaient comme chaque jour : confirmation pour les dates de commissions à l'assemblée, ou autres reports, voire annulations.

Un curieux sms de Véronique l'intrigua plus.

« Mettre champ. au frais, j'arrive avec une grande nouvelle … Une très grande ! »

Victor sourit en pensant à cette façon exubérante parfois d'annoncer les choses. Malgré tout, circonspect, il se demandait quelle pouvait être cette nouvelle, cette très grande nouvelle !

Il vérifia le contenu du réfrigérateur. En voyant les deux flacons réfrigérés qui attendaient tranquillement d'être consommés, couchés sagement dans leurs berceaux, il fût rassuré. Il pouvait patienter sereinement en attendant de recevoir la porteuse de cette *très grande nouvelle.*

En attendant sa belle, Il en profita pour trier les cartons ramenés la veille, comme chaque mois de chez son père. Décédé à 69 ans d'un cancer de la gorge l'année passée, le père de Victor était un personnage. Un de ces marins qui avait sillonné le monde entier. Victor se replongea un instant dans le souvenir de cet homme fantasque avec qui il avait eu toujours des relations compliqués.

Toute la vie de son père était là, à ses pieds.

Un carton rempli de médailles, carnets, photos, tapes de bouche, statues africaines en ébène, ou autres colifichets. Tous ces objets lui rappelaient ce personnage facétieux. Son père faisait parti de ces personnages atypiques, hauts en couleur. Misanthrope, grincheux, une sorte d'anar de droite. Il avait vécu seul les vingt dernières années de sa vie, refusant de partager sa vie avec une femme. Avec personne.

C'est ce tempérament trop trempé qui avait freiné sa progression de carrière militaire. Il avait terminé premier maître ne pouvant accéder au grade d'officier. Son côté rebelle n'étant pas compatible avec l'armée. Premier-maître dans la marine équivalait au grade d'adjudant dans les autres corps d'armée.

Victor reposa une vieille photo en noir et blanc. Cette photo très endommagée, prise dans la rade de Toulon, laissait entrevoir la liesse d'une bande de jeunes marins fraichement incorporés, le bâchi sur la tête avec ce fameux pompon rouge. Ils riaient, brandissant une bouteille de champagne. La vie étaient à eux, ils étaient partants pour l'aventure. En voyant cette photo Victor se rappela une phrase récurrente de son père. A chaque fois qu'il trinquait, il lançait cette tirade rapportée de ses longs voyages : « - Allez ! *Bonne traversée !* ».

A l'évocation de ces souvenirs, Victor, très ému, sentit ses yeux rougir.

Victor se souvenait qu'enfant, en entendant cette phrase, il rêvait de voyages dans ces pays mythiques du bout du monde, si bien décrits parfois quand ce père caverneux se lâchait un peu, un soir où le vin faisait son œuvre. Lui enfant, il se voyait découvrir ces pays fabuleux où les fruits exotiques trop mûrs tombaient des arbres, des pays où la mer est bleue et jette ses vagues brulantes sur du sable blanc.

Plus tard, à l'adolescence, il se mit à fantasmer sur les vahinés hospitalières, le visage rieur, vêtues d'un simple collier de fleurs ou de coquillages. Elles étaient douces, la peau cuivrée. Elles dansaient, sensuelles, en riant. Ce chaloupement était déjà une invitation à de torrides pas de danse. A 20 ans, il enviait ce père qui semblait ne pas profiter pleinement de tous ces atouts lors de ces voyages mythiques à l'autre bout du monde. Le souvenir de ce visage grave et de ce caractère taciturne lui laissait penser que son père servait la marine mais n'abusait pas de tous les trésors de la vie.

Victor retira du carton *une tape de bouche*. Il regarda avec curiosité ce gros médaillon en laiton large comme une assiette. Victor le retourna. Au dos, la date du départ en retraite du père de Victor était gravée, avec cette épitaphe :

« La quille 01/01/1992 ». La *tape de bouche* pesait lourd. C'était surtout la partie en laiton qui faisait le poids. Représentant un bâtiment fendant la mer, cette pièce épaisse en laiton était encastrée sur un socle en bois dur très épais.

Victor palpait ce trophée en refaisant vivre ce père atypique. Il pensa à cet instant qu'il n'avait pas su prendre le temps de lui parler, pas su surtout créer les conditions d'une relation.

Son père, c'était un marin. Divorcé quand Victor avait 3 ans. Il partit à l'autre bout du monde, avec des visites en coup de vent. Plus tard malgré sa mise en retraite très jeune, il ne voulait plus voir personne. Il vivait en ermite.

Le bruit d'un moteur, se faisant de plus en plus proche, lui parvint. *Véronique ne devait pas être loin !*

Toutefois, le bruit du moteur ne lui disait rien. Il se demanda si cette voiture était vraiment celle de son amoureuse.

Victor se leva, la tape de bouche toujours en main, puis se dirigea vers la véranda donnant accès au parking du garage pour accueillir la porteuse de grande nouvelle.

En tirant la porte vitrée de la véranda pour la faire glisser, Victor se rendit compte à cet instant que ce n'était pas la messagère attendue qui se trouvait face à lui. Victor se rendit compte soudain, en une fraction de seconde, qu'il était peut-être entrain de vivre les derniers instants de sa vie.

En face de lui, celui qui arrivait sur lui… Non ! Ce n'était pas Véronique, mais un homme encagoulé très énervé, un homme armé d'une Kalachnikov qui vidait frénétiquement son chargeur, en arrosant Victor dans un effet de balancier. Les vitres épaisses de la véranda sautèrent et Victor s'écroula sur le carrelage le corps constellé d'impacts de balles.

Il sombra presque instantanément dans le noir profond. Le sang sortant de son corps par de multiples plaies se mêlait maintenant aux débris de verre de la véranda.

Le jeune tireur avait les yeux révulsés, un regard de fou furieux. Il regardait partout, écrasant le verre brisé en marchant vers le salon où le son de la télévision ronronnait indifférent à ce saccage.

Le jeune homme avait très chaud, il enleva sa cagoule et délivra ainsi son visage couvert de sueur. Il regarda un peu partout, nerveux. Il se rapprocha de Victor, lui souleva du pied le visage. Il constata qu'il n'avait plus de réaction, il devait être mort. Il était comme un *piron fou* dans cette pièce, tournant nerveusement la tête à droite, puis à gauche, hésitant à fouiller les tiroirs, ou les meubles des autres pièces ou à partir. Mais il entendit le bruit d'une voiture au loin qui arrivait sur le chemin. Affolé, il sortit en piétinant les tessons de baies vitrées, jeta la mitraillette sur le siège arrière et monta rapidement dans sa voiture restée allumée. Il rebroussa chemin en marche arrière pour gagner du temps. Véronique faillit le percuter en pénétrant dans l'entrée du chemin, surprise de voir cette voiture toute cabossée sortir de chez Victor et arriver sur elle en marche arrière.

Très intriguée, elle arriva devant le garage. Descendue de sa voiture à la hâte, elle ouvrit la porte d'entrée, pressée et curieuse d'avoir des éclaircissements sur ce curieux visiteur.

Dès qu'elle pénétra dans le salon, elle fût saisit d'effroi, elle découvrait un spectacle macabre. Elle faillit s'évanouir en voyant le corps de Victor sur le carrelage, baignant dans une mare de sang. La véranda était nue, elle n'avait conservé que ses armatures. Toutes les vitres étaient tombées, cassées en plusieurs blocs, ou pulvérisées au sol. Dans un angle, la poussière de verre retenait le sang de Victor. C'est cet étrange décor qui apparaissait à Véronique. Reprenant une once de lucidité, elle se précipita vers Victor gisant au sol, et constata, affolée, qu'il avait perdu beaucoup de sang, et sa respiration était difficile à déceler. Que faire ? Elle était perdue.

Elle n'y connaissait rien en secourisme, elle ne savait pas s'il vivait encore, elle ne savait pas comment gérer cette situation dramatique. C'est dans la panique qu'elle appela le SAMU en pianotant fébrilement sur son Smartphone.

Dans l'attente des secours, elle s'accroupit prés de Victor, priant pour qu'il ne soit pas mort. Elle s'en voulait de n'être d'aucun secours. Elle chercha dans son sac à main son poudrier pour mettre le petit miroir devant la bouche de Victor. Une faible buée couvrit le verre d'un brouillard très faible. Elle se souvenait avoir vu ça dans une série policière. Une autre image lui arriva à cet instant, dans ces fictions. Les policiers, pour s'assurer que la victime était encore en vie, palpaient la carotide du blessé pour sentir le flot du sang.

Elle posa son doigt sur l'artère, son regard s'éclaira soudain, elle sentit le battement très faible du sang qui coulait. Elle regardait nerveusement sa montre toutes les minutes. Ce SAMU, qu'est-ce qu'il fichait !

Victor n'était pas encore mort, mais il fallait faire vite. Elle fût enfin soulagée quand elle reconnut au loin la sirène des pompiers qu'elle entendait se rapprocher. Véronique reprit espoir.

Elle caressa la joue de Victor en lui glissant d'une voix douce :

— Il faut que tu te battes, Victor, pour vivre. Tu ne peux pas t'en aller tout de suite... j'ai quelque chose d'important à t'annoncer !

Elle déposa un baiser sur ses cheveux en explosant en larmes.

Les pompiers étaient là. Véronique se leva, s'essuyant rapidement le visage avec un kleenex et d'un pas mécanique, se dirigea vers les secours qui franchissaient le seuil de la porte d'entrée.

****

Mourad s'était arrêté dans un bois, trois ou quatre kilomètres après son mitraillage. Il était très excité, en manque. Pour compenser, il avait finit la bouteille de Vodka achetée dans une station essence et avait jeté le cadavre dans un fossé. Il se fit un rail vite fait sur le capot de sa voiture avec sa carte bleue. Le petit carré de plastique lui servait plus de racloir pour faire ses lignes que pour retirer de l'argent qu'il ne possédait pas. Toute sa fortune était pliée dans son ceinturon et le gros paquet allait arriver. Après avoir reniflé la poudre, il se sentit immédiatement presque requinqué. Tout s'était bien déroulé, à part cette femme arrivée trop tôt qu'il avait faillit percuter.

Il aurait peut-être dû ne pas vider tout son chargeur sur l'homme. Le vieux Pernin lui avait pourtant dit : *ne le tuez pas ! Cassez tout, faites-lui peur, tirez-lui dans les jambes !*

Espérons qu'il ne soit pas mort. Le plus important maintenant c'était que le vieux lui donne le fric, le solde, les 7 000 euros. Il convertit déjà dans sa tête la somme en sachets de coke. Un rictus de joie illumina quelques secondes son visage.

Mourad avait été surpris quand le vieux bourge, avec sa Mercedes, l'avait interpellé sortant de son squatte dix jours plus tôt. *« Ton copain Jérôme est mort, il devait finir un travail pour moi, si tu veux le remplacer, tu toucheras 15 000 euros ».*

Mourad avait besoin d'argent. Il savait que le vieux avait craché avec Jérôme, il était en confiance. Il acceptait à condition d'avoir 5 000 euros tout de suite.

Demain à midi, il toucherait le solde : 10 000 euros. Le stipendié serait riche.

Accord conclu.

*****

Le lendemain, Mourad était au rendez vous, sur l'aire de stationnement d'une station service désaffectée, à la sortie de Beurnier. Il regarda d'un mouvement nerveux sa montre : 11 heures 56. Le vieux Pernin n'allait pas tarder.

Au loin il vit une grosse cylindrée sombre arriver vers lui. Cela ressemblait bien à la voiture de Pernin. Oui ! C'était bien son commanditaire. Il se rangea devant lui.

L'homme, habillé d'un costume sombre, sortit de sa voiture et salua, d'un rictus au coin de la bouche et d'un geste de la main, Mourad qui attendait les fesses collées sur son aile de voiture, très excité.

Visiblement mécontent du travail, Pernin le sermonna :

— Salut Mourad ! Ben toi, la demi mesure, tu ne me reconnais pas ? C'est plus fort que toi, tu as failli le tuer. D'ailleurs, il est peut être mort. Je t'avais pourtant bien dis de lui faire peur, pas de le tuer. Ce sont les assises qui nous attendent avec tes conneries ! On se demande ce que tu as dans le crâne !

Mourad baissait la tête, il voulait empocher le solde du contrat. Il se retint de contrer violemment le vieux et se justifia en regardant le gravier :

— J'ai respecté. La véranda est fracassée, le gars a plusieurs balles dans le buffet, voilà !

Puis multipliant les tics, il s'énerva et aboya les yeux injectés de sang, fixant le vieux :

— Maintenant, j'veux mon fric, et puis c'est tout !

Pernin, pas très rassuré face à cet énergumène, ouvrit la portière de sa voiture côté passager. Il sortit de la boite à gants une enveloppe beige. Elle devait contenir de belles liasses de billets, compte tenue de son épaisseur.

Il s'avança vers Mourad et c'est à cet instant que deux policiers sortirent d'un buisson, mitraillette pointée vers le duo :

— Personne ne bouge, Claude Pernin, Mourad Bouhassoun, vous êtes en état d'arrestation.

Derrière Mourad, encore sous l'effet de surprise, surgit Florence Vanier avec d'autres policiers. Elle lui mit les menottes.

Pernin, poignets entravés, avait l'air pantois assis sur la banquette de l'estafette face à Mourad. Dans sa tête ça tournait dur : « Quelle merde ! *Il faut que j'appelle maitre Fouilloux. Moi, je ne voulais tuer personne ! Là je suis mal ! Jamais je n'aurais dû faire confiance à ce fou furieux ! Ce n'est pas possible, je suis cinglé de m'être mis dans ce bordel !* »

Derrière, la voiture de Florence Vanier et Franck Larieux son adjoint, suivait en direction du commissariat.

La policière ne cachait pas sa satisfaction d'en finir avec cette histoire :

— On peut remercier Victor Leccia de nous avoir donné le tuyau pour Pernin et Jérôme. Jamais nous n'aurions pensé à cette histoire et déniché ce Pernin !

Depuis plusieurs jours Florence avait retracé tout l'historique des relations du vieux Député déchu : écoutes, traçage de portable, filatures, photos et films des rencontres avec Mourad. Le portable de Jérôme avait aussi bien parlé. Les témoignages du personnel de *« l'origine du monde »* avaient confirmé les relations de leur collègue avec l'ex député.

Dans la voiture, à l'arrière, se baladait sur le siège une bouteille de vodka vide ramassée dans un fossé à la sortie de chez Victor Leccia.

Franck lança laconique :

— Quelle histoire ! Espérons qu'il s'en sorte ce Leccia !

Il rajouta, cynique, comme pour titiller Florence :

— Le meurtrier de Jérôme Minot court encore, mais il a peut-être trouvé une femme pour courir avec lui... a deux, on court mieux !

Florence, pas dupe de ses allusions, rentra dans son jeu :

— Je ne sais pas si elle court, mais la mère de LOU est partie et de toute façon, ne reviendra pas à Beurnier !

J'ai vu la Maire hier, elle m'a informée que la municipalité avait préempté la maison où logeait la mère de Lou pour installer la nouvelle bibliothèque.

Le commissariat était proche. Ils n'étaient pas couchés, ils devaient mettre tout ça au clair. Le clair n'était pas évident pour ces deux inculpés qui semblaient groggy par cette arrestation surprise, en descendant de l'estafette, mains attachées et tête basse.

CHAPITRE 22

On n'est pas couché !

Paniquée, Véronique avait suivi l'ambulance jusqu'à l'hôpital de Meulan – Les Mureaux. Pourtant très court, à peine 10 minutes, ce trajet lui avait parut une éternité. Elle avait suivi le SAMU qui ne s'arrêtait pas aux feux, doublait sur la gauche ou sur la droite les files de voitures. Véronique dans un état second suivait le mouvement sans prendre réellement conscience de sa conduite. Elle n'avait plus sa raison. C'est tel un robot, elle suivait le mouvement. Une foule de questions la persécutait : *« Et si Victor était mort ? Qui avait pu faire ça ? Comment peut- on tirer sur un homme comme ça ? »*

Elle se voyait vivre un cauchemar. Elle se revoyait pimpante, arrivant chez Victor, toute excitée d'annoncer la bonne nouvelle à son amoureux, et là tout avait basculé : elle l'avait retrouvé dans une mare de sang, le corps criblé de balles. Arrivé aux urgences, le cadre de santé lui demanda ses coordonnées et elle lui conseilla de revenir demain aux nouvelles, sinon elle allait passer la nuit à attendre pour rien. La prise en charge par le staff des urgences allait diagnostiquer l'état de Victor. Le triste état. En cas d'urgence, l'hôpital la contacterait.

Véronique était très inquiète, ne savait plus quoi faire. Un peu perdue, elle s'en remit au conseil de la directrice de l'hôpital. Elle regarda une dernière fois le corps de Victor partir allongé sur un lit roulant vers le fond du couloir. Elle se répéta la phrase entendue par un des infirmiers s'adressant à son collègue lors de la prise en charge de Victor : « ben, ils l'ont pas raté. Avant de boucher tous ces trous, nous, on n'est pas couchés ! »

S'il ne s'était pas agit de son amoureux, elle aurait presque trouvé cela drôle. Même si ce ton ironique enlevait un peu de gravité à la situation, Véronique savait que cette nuit serait une des plus longues nuit de sa vie.

Déjà, elle devait passer voir la police pour faire une déposition. Les policiers étaient arrivés en même temps que l'ambulance. Ils l'avaient laissée suivre Victor mais lui, avait demandé de passer après au commissariat de Houilles.

* * * * *

La nuit avait été courte, très courte. Véronique ne trouvant pas le sommeil, n'arrêtait pas de se retourner toutes les deux minutes. L'anxiété la gagnant, elle avait dû prendre une demi-barrette de *Lexomil*, et c'est après de longues heures à se torturer l'esprit qu'elle avait sombré, enfin, dans un court mais profond sommeil réparateur. Quand le matin elle émergea, le radioréveil lui indiqua qu'il était 9 heures 17.

Elle passa sous la douche et bu son café debout. Elle chercha un truc à manger, mais les placards étaient vides. Elle consulta son Smartphone : rien ! Pas de message de l'hôpital. Cela la rassura un peu :

« S'il c'était passé quelque chose de grave pendant la nuit, on m'aurait appelé ! »

Dans sa tête ça tournait en boucle : Elle revoyait le corps de Victor la veille, allongé, troué par les impacts des balles. Et tout ce sang !

« — Comment je vais le retrouver ?

— Vont-ils le sauver ?

— Quand je pense que j'allais lui annoncer qu'il allait être papa !

— Décidemment la vie est bien cruelle avec moi ! »

Elle enfila son blouson et partit pour voir son homme.

Avant de prendre sa voiture, elle se dirigea vers le kiosque à journaux. Toutes les couv' des quotidiens rivalisaient dans la rédaction des gros titres pour attirer le lecteur sur le fait divers de la veille.

« Un député criblé de balles à son domicile ! »

La république est-elle en danger ?

Qui est véritablement Victor Leccia ?

21 heures 08, hier soir. Un élu tombe sous les balles !

La patronne du kiosque à journaux la connaissait bien et Véronique ne put échapper aux questions sur l'état de santé de Victor.

Elle la rassura, pressée de repartir, mais lui promis de transmettre son message de sympathie à Victor.

Quelques minutes plus tard elle arriva, fébrile, à l'hôpital.

Elle n'avait pas prévu ce comité d'accueil. C'est agacée qu'elle se faufila entre les journalistes qui la pressaient de questions, tendant une forêt de micros dès sa descente de voiture. Véronique se frayait un passage en écartant la meute de sa main. Pour franchir les quelques mètres la séparant du seuil d'entrée de l'hôpital, elle dut faire un balayage avec ses bras, pressée tout le long du chemin des mêmes questions :

« Madame ! Madame Shermann !

« Madame Shermann ! Juste un mot !

Des nouvelles de monsieur Leccia ?

Rassurez-nous ! Il est sauvé notre député !

Comment s'est passée l'opération ?

Des cris l'assaillaient de partout. Voulant jouer la corde plus affective elle s'entendait même appeler :

— Véronique !

— Véronique un mot, juste un mot ! »

Elle fut soulagée d'être prise en charge par les deux policiers à l'entrée de l'hôpital. Dans le couloir qui menait à l'accueil, elle put respirer un peu et profiter de ce répit pour retrouver le calme. Un sentiment d'angoisse se profilait à l'horizon : « Qu'allaient-ils lui annoncer ? » C'est cette phrase qui tournait dans sa tête depuis ce matin.

Elle se présenta à la réception et après quelques minutes d'attente, un chef de clinique en blouse blanche la rejoignit. Ils se serrèrent la main et elle fut invitée à le suivre dans son bureau.

C'est le cœur battant qu'elle y entra. Le médecin l'invita à s'asseoir. Derrière lui, tout le long du mur pendaient des radios. Véronique se demanda un instant si c'étaient celles de Victor.

Le chef de clinique devait avoir la cinquantaine, un peu rondouillard, ses lunettes à fines montures étaient posées sur son crâne dégarni. On apercevait sous sa blouse une chemise blanche et une cravate foncée aux motifs indéfinis. Tout en regardant le dossier sur l'ordinateur devant lui, il lui sourit et c'est d'un ton énigmatique qu'il demanda à Véronique :

— Votre ami, monsieur Leccia… Vous n'allez pas me croire. Vous savez quoi ? C'est un bateau qu'il l'a sauvé !

Etonnée, Véronique ouvrit grand ses yeux verts, ne comprenant pas cette histoire de bateau. Au début elle était rassurée par ce mot *« sauvé »*. Maintenant, elle pensait qu'il se trompait de dossier. Qu'il parlait d'un autre patient. Elle voulait que le professeur lui donne des précisions :

— *Je vous demande pardon ?*

Comprenant qu'il avait été trop loin dans son humour, il se devait de préciser les choses :

— Comme vous avez pu le constater hier soir, votre ami a reçu plusieurs balles sur tout le corps. Deux projectiles ont transpercé l'épaule gauche, un autre a atterri dans un bras. Mais le plus gênant, c'est cette balle qui s'est logée dans l'estomac. Moins graves, trois autres ont trouvé refuge dans la cuisse. Les autres projectiles n'ont que superficiellement créé des lésions sur les membres et le cuir chevelu. Pour en revenir à mon histoire de bateau, votre ami a sûrement été sauvé par une espèce de bouclier, une plaque en bois épaisse où dans son centre un bateau en laiton était serti. Cette sorte de gros médaillon avait glissé dans l'échancrure de la chemise de votre ami. Il devait le tenir lorsque son assassin est arrivé. Le médecin plaisanta :

— Le bateau, par contre, n'est pas en bon état.

Mais c'est lui qui a certainement sauvé Victor Leccia. En effet toute la partie gauche du thorax a été épargnée par les balles.

Un de mes collègues, qui a officié dans la marine il y a quelques années, m'a donné le nom de cet objet… C'est un drôle de nom... Attendez...

Le professeur cherchait visiblement à se souvenir :

- Ah oui, cela me revient.

Une tape de… Une tape de bouche, si je ne me trompe pas. Il m'a parlé d'une sorte de plaque servant à boucher le fût des canons. Mais les marins doivent en faire fabriquer, des fantaisies. Ils s'en servent pour remettre des trophées, des récompenses, marquer un départ en retraite... Là, d'après les inscriptions au dos du médaillon, ce devait être un cadeau de départ en retraite du père de monsieur Leccia. Bien ! Revenons à notre patient. En conclusion, nous avons travaillé sur l'extraction de la balle entrée dans l'estomac et nous sommes confiants. Les autres projectiles ont été extraits et dans une quinzaine de jours normalement Victor Leccia sera sur pied. Le chef de clinique reposa ses lunettes et regarda Véronique qui semblait vouloir lui poser une question.

— Voilà Madame Shermann, il revient de loin *votre ami !*

Véronique demanda d'une petite voix :

— Et, je pourrais le voir quand ?

Le professeur la regarda d'un air paternel, il se gratta la joue :

— Ah ! Quand allez-vous pouvoir rendre visite à votre ami ?

Demain... Si pas de complication dans les suites de l'intervention de cette nuit. Demain après midi... ce serait bien. L'homme en blanc se leva :

— Appelez nous avant de partir !

Véronique quitta son siège, les yeux embués par l'émotion. Dans sa tête, ça tournait. « Victor allait s'en sortir ! Victor allait s'en sortir ! ».

Pleine de reconnaissance, elle faillit étreindre l'homme en blanc qui, dans une attitude bienveillante, lui tenait la porte. Mais au dernier moment, elle se ressaisit et lui serra la main en le remerciant chaleureusement.

Ironique, celui-ci lui souffla à l'oreille :

— C'est ce bateau qui l'a sauvé. Moi je n'ai fait que recoudre les boutonnières.

Dans l'entrée on entendait l'attroupement des journalistes repoussés par la sécurité. Constatant ce spectacle pathétique, le directeur de clinique, d'un ton protecteur, s'adressa à V*éronique :*

— Ah ! J'oubliais Madame Shermann, si vous voulez éviter la presse, nous avons une sortie plus discrète. Voyez à l'accueil, ils vont vous guider.

En la voyant repartir toute ravigotée, l'homme en blanc se dit que ce Victor Leccia avait bien de la chance de partager sa vie avec cette belle femme rousse.

*****

Véronique avait récupéré un peu. Rassurée par son entrevue avec le chef de clinique, elle s'était jetée sur son lit en arrivant et avait dormi d'un sommeil lourd et réparateur 9 heures non stop. Dès son réveil, vers 8 heures 30, son premier geste fut d'appeler l'hôpital. Son visage rayonna quand on lui confirma qu'elle pouvait passer dans l'après-midi voir Monsieur Leccia. Il était apte à recevoir sa visite, une petite demi-heure pas plus ! Véronique, excitée, appréhendait un peu. Mais elle se faisait une joie de retrouver Victor. Elle se posa pleins de questions. Devait-elle lui annoncer ce grand évènement, ou attendre qu'il sorte de l'hôpital ?

Elle passa un coup de fil à son amie Jessie pour l'informer des dernières nouvelles. Elle n'irait pas ce midi la seconder au restaurant. Mais par contre, ce soir elle serait fidèle au poste. Jessie la rassura. Déjà la veille, elle n'avait pas été débordée. Elle l'attendait ce soir pour qu'elle lui raconte la suite.

Elle passerait demain faire un petit coucou à Victor. « Dis-lui que je suis de tout cœur avec lui ! ».

Véronique voulut lui demander son avis pour savoir si elle devait annoncer la nouvelle à son amoureux, ou attendre qu'il soit remis. Mais elle s'y refusa. Elle aviserait sur place.

Elle prit sa douche, s'habilla d'une simple robe légère en lin blanc et décida d'aller acheter quelques revues pour Victor, et deux ou trois bricoles pour mettre dans son frigo qui tournait à vide depuis trop longtemps.

Vers 14 heures elle prit la direction de l'hôpital.

Arrivée à l'entrée, elle constata que les journalistes n'étaient plus là. Seul, le correspondant du journal local resté de faction, discutait avec les deux policiers de garde à l'entrée. Contente de ne pas être encore confrontée à cette horde, Véronique ne prit pas l'ascenseur mais préféra gravir les marches menant au deuxième étage. Cela lui fit un peu retomber le stress. Mais elle était bien essoufflée. Elle pensa que les cigarettes n'arrangeaient rien. Elle reprit son souffle en arpentant les couloirs.

Elle regarda les numéros des portes : 221, 223... Enfin elle arriva face à celle portant le numéro de la chambre de Victor : 227. Son cœur battait fort, elle sentait le stress l'envahir.

Qu'allait-elle découvrir derrière cette porte ? Elle avait retrouvé une respiration normale. Allez courage ! Elle frappa discrètement. Rien. Pas de réponse. Elle refrappa. Une voix sourde de l'autre côté de la porte lui parvint :

— Oui, entrez !

Véronique tourna la poignée et poussa la porte. Victor était allongé dans son lit, une perfusion au bras. Il semblait un peu pâle. Pour faire bonne figure, il se redressa en voyant pénétrer sa visiteuse. Puis, tout en réajustant les oreillers dans son dos pour trouver la bonne position assise, il la salua en plaisantant :

— Coucou ! Tu vois je suis immortel ! Ils ne pourront jamais me tuer !

Véronique s'approcha et lui déposa un baiser sur la bouche. Le torse de Victor était encerclé de bandelettes, mais son visage n'avait pas été touché.

Elle déposa les journaux au pied du lit :

— Ça va, tu ne souffres pas trop ?

Victor la rassura :

— Non, ils m'ont donné ce qu'il faut... tout va bien. Le plus gênant, c'était cette balle dans mon estomac... ils me l'ont enlevée cette nuit. Avant de remanger normalement, ça va prendre un peu de temps ...

Quelle histoire !

Véronique d'un geste du menton lui désigna la presse déposée au pied du lit :

— C'est ton « copain » Pernin qui aurait commandité tout ça ?

Victor se frotta la joue dont la barbe commençait à investir les lieux :

— C'est un truc de fou ! Il voulait, soit disant, juste me faire peur !

Mais l'homme de main, Mourad... un pauvre type, a pété les plombs. Sous l'emprise de stupéfiants et de l'alcool, il a forcé la dose. J'ai bien faillit y passer, en tout cas. C'est ce drôle de truc qui m'a sauvé.

Il sortit du tiroir de la table de nuit le fameux « *tape de bouche* » que le chef de clinique lui avait rapporté ce matin. Il avait souffert sous la mitraille. Le paquebot en laiton était entaillé, mais l'ensemble avait bien résisté. Véronique regardait Victor, elle avait une envie folle de le serrer dans ses bras. Il lui pressa la main. Elle s'approcha de lui et l'embrassa en se collant à lui. Avec humour il la repoussa un peu :

— Et attention... Tu vas faire sauter tous mes points de sutures !

Heureux d'avoir échappé au pire et contents de se retrouver, ils se regardaient les yeux remplis de tendresse. Ils étaient ensemble, ils ne parlaient pas, mais ils savaient que c'était l'amour qui les unissait. Une lueur espiègle dans les yeux noirs de Victor passa :

— Et alors, cette nouvelle ! Tu ne devais pas m'annoncer une grande nouvelle l'autre soir ? C'était quoi ?

Véronique aurait bien fumé une cigarette, à cet instant précis. Elle se tritura les doigts, mais s'armant de courage, c'est d'un souffle qu'elle annonça à Victor, en le fixant bien droit dans les yeux :

— Cette grande nouvelle pour moi, ne sera peut-être pas une grande nouvelle pour toi. Véronique ravala sa salive *et poursuivit :*

— Voilà, depuis quelques jours j'avais des doutes et avant-hier j'ai fait un test de grossesse, et le résultat est positif. J'attends un enfant, un enfant de toi, Victor.

Un silence s'installa dans la chambre. Victor était pensif. Véronique soulagée d'avoir annoncé la nouvelle lui enserra le poignet :

— Cet enfant, je veux le garder. Pour moi c'est très important. Mais toi, si tu ne veux pas en entendre parler, je comprendrais. Victor l'attira vers lui et à l'oreille il lui glissa :

— Tu sais je m'en doutais. Depuis quelques temps, je n'avais rien dis mais j'avais vu ton corps changer... ton visage avait revêtu cette grâce que seules les femmes qui portent en elles la vie, possèdent.

Il déplaça une mèche rebelle et posa délicatement ses lèvres sur son front.

Puis, il lui annonça d'un ton ironique :

— Si tu croyais que tu allais le garder pour toi toute seule, alors là, tu t'es mis le doigt dans l'œil !

On va l'élever tous les deux cet enfant.

Puis, prenant un air matois, il lui demanda d'un ton ironique :

— Mais j'y pense, vous ne seriez pas un peu égoïste, Véronique Sherman ?

Véronique pleurait, c'était des larmes de joie. Ils se serrèrent fort. Les sutures des plaies avaient intérêt à être solides. Mis à forte épreuve, les fils tirèrent mais ne rompirent pas.

******

Alcide avait épluché quelques pommes de terre pour son dîner. Comme souvent, il les ferait revenir dans la poêle, avec deux ou trois œufs, quelques noix pour accompagner un morceau de fromage.

Deux ou trois verres de vin de pays que le père Bouchard lui avait donné et voilà le dîner serait bâclé !

Il lui faudrait acheter un autre gros pain, le morceau qui lui restait commençait à être passablement dur. Bon à donner aux poules.

Mais pour l'instant, il avait une urgence. Ces amies du petit écran allaient arriver. 19 heures 55, c'était le carrefour incontournable de la journée. La belle blonde habillée en noir n'allait pas tarder à lui annoncer la météo. Pendant les périodes estivales, des petites stagiaires se montraient un peu gauche, assumant leur prestation avec la fraicheur de l'amateurisme. Leur coordination motrice se révélait plus improbable. La raideur du buste empêchait le tissu de bouger. Mais malgré cette frustration passagère, Alcide n'était pas contre ce souffle de nouveauté. A la rentrée de septembre, il savait qu'il retrouverait ces fidèles présentatrices, encore plus belles, toutes bronzées, avec cette petite touche aguicheuse, presque lascive.

Comme il les aimait. L'été, Alcide était content. Ses copines restaient un peu plus longtemps. La nymphette de service lui indiquait, en plus, des informations habituelles, la météo des plages : la température de l'eau, de l'air et même les indices UV. Pour lui, la mer était loin. Les UV ? Alcide ne voyait pas trop à quoi pouvait ressembler un UV. Il enviait malgré tout, ces touristes qui semblaient en profiter pleinement. Des voitures surmontées de valises sur le toit, attendaient parfois des heures coincées dans un bouchon sur l'autoroute en pleine chaleur. Il voyait dans ces reportages estivaux des filles à moitié nues aussi bien allongées sur le sable qu'en terrasse de café, mangeant des glaces aux couleurs vives. Alcide pensait qu'elles ne semblaient pas farouches. Lui, son problème, c'était justement d'arriver à les déshabiller. Peut-être devrait-il aller à la plage ? Il aimait aussi l'hiver. Les présentatrices de la météo avaient affiné leur recherche, elles lui parlaient des températures ressenties, de la hauteur de la neige dans les stations de ski. Aguicheuses, elles pratiquaient le teasing : ne pas tout dévoiler avant le journal de vingt heures mais pronostiquer le temps de demain matin.

Elles promettaient des surprises sur l'évolution du temps de l'après midi et des trois jours à venir, afin d'éveiller la curiosité pour ne pas zapper. Rester connecté. Au comble de l'excitation, Alcide assistait aux deux séances. Même s'il ne saisissait pas trop la nuance de la température ressentie. Lui, sa température ne venait pas que du froid. Parfois sa température ressentie, c'était tout bonnement le bouillonnement de son sang !

Depuis que ses « copains », le boucher, le maire, et le cuisinier, avaient disparus, ses soirées étaient plus ternes.

Sa sexualité aussi. Il avait repris l'habitude de refaire l'amour tout seul.

Il avait ses repères maintenant dans cette tanière. Il ne sortait plus guère depuis que ses *amis* aient été trucidés. Parfois il aurait bien voulu aller à Troyes, voir des filles en vrai. Mais la peur l'avait tellement tétanisé quand l'année dernière, ces meurtres avaient été perpétrés : l'assassinat de la jeune Lou, du gros Jean-Marie, puis le Maire. Les policiers avaient l'œil sur lui. C'était en toute discrétion, la tête basse en frôlant les murs, qu'il sortait faire ses courses et qu'il rentrait vite dans son gourbi.

Depuis deux ou trois jours pourtant, une chose l'obsédait :

La semaine dernière à la supérette, en allant à la caisse régler ses achats, il avait entendu la gérante du magasin en pleine discussion avec une cliente :

« Vous ne connaissez pas la nouvelle, madame Carpi ? Nous allons avoir une vedette chez nous la semaine prochaine ! ».

La cliente intriguée lui avait demandé :

« Mon dieu ! Une vedette à Beurnier ? »

L'épicière fière de son scoop, ne voulant pas maintenir le suspens trop longtemps, donna ses sources. « *Ben oui, la présentatrice de la météo : vous la connaissez ?… La belle blonde : Caroline Bach ! »*

Et d'un air désolé elle laissa tomber en s'apitoyant *: « La pauvre, on se demande ce qu'elle vient faire dans ce trou à rats ! »*

Madame Carpi avait déjà entendu parler de la venue de cette présentatrice chez sa coiffeuse. Un peu gênée de casser les effets de l'épicière, si fière de donner une nouvelle de cette importance, elle précisa :

« La Caroline, sa mère, habite un petit village sur la route de Troyes... Comment c'est déjà !... Ah ! Oui ... A Vernizy, oui, c'est ça Vernizy. Elle va lui rendre une petite visite tous les ans, pour les vacances. Ho ! Vous savez, je crois qu'elle ne va pas y rester cent sept ans ! Une parisienne à Vernizy, le temps doit lui durer ! »

Alcide tout en faisant ses achats, s'était rapproché et il avait écouté les deux femmes. C'est complètement tourneboulé par cette nouvelle qu'il avait payé ses emplettes. Comme poussé par une force invisible, il n'avait pas tardé à enfourcher sa mobylette pour se rendre dans ce village. C'est vrai que Vernizy n'était pas un lieu de prédilection pour un séjour de rêve. Il n'inspirait pas le fantasme des lieux de vacances mythiques. Il ressemblait à ces hameaux sans âme, désertés par les forces vives sans doute plus attirées par les lumières de la ville. Les maisons étaient en partie abandonnées, en friche. Ce village inspirait la ruralité dans toute sa désolation. Seules quelques fermes subsistaient à la torpeur. Pas de commerce, pas de bar. Rien. Arrivé quelques minutes plus tard dans ce hameau, Alcide se trouvait bien en peine pour dénicher la maison où habitait la mère de son idole. Comment reconnaître cette habitation au milieu de ce village désertique semblant asséché par le soleil.

Il fit plusieurs fois le tour du village au ralenti, et c'est en passant devant les dernières maisons, à la sortie du hameau, qu'il fut intrigué par cette belle voiture allemande décapotable stationnée devant une maisonnette aux volets bleu pâle. Cette grosse cylindrée noire jurait dans ce décor rural aux habitations modestes et rustiques. Les véhicules, stationnés devant les maisons, n'étaient pas si rutilants : plus fonctionnels, plus ruraux.

Alcide posa sa mobylette contre un tilleul sur la place. Il fit quelques pas pour se diriger vers cette voiture au clinquant démesuré. Le cabriolet brillait de mille feux sous les éclats du soleil. Alcide regardait cette voiture, il remarqua sa plaque minéralogique, « 75 ». Rien que de voir ce numéro mythique, Alcide avait le cœur qui cognait fort dans sa poitrine. Paris ! Mais oui, les stars du petit écran, elles habitaient la capitale !

Il regarda à nouveau la plaque. C'était forcément sa parisienne qu'il voyait le soir avant vingt heures. Celle qui le regardait, qui lui parlait par ses intonations dans son regard. Il savait qu'elle était là. Tout près. Il savait qu'il pourrait lui parler, peut-être même la toucher. Alcide semblait être dans un rêve : voir Caroline Bach, voir son idole en vrai ! Il s'y accrocha comme la moule à son rocher. Il tourna autour de la voiture noire, ébahi par ce luxe à portée de son regard. Il pensait qu'il n'aurait pas fallut qu'il pleuve. En effet elle était décapotée. Il regarda en haut, le ciel était toilé bleu. Pas de risque immédiat. Alcide semblait être comme un enfant devant son premier sapin de Noël chargé de cadeaux.

Il remarqua que Caroline avait oublié un foulard sur la mini banquette arrière. Un carré de soie discret dans les tons bleus aux arabesques plus foncées.

Alcide était là, piétinant près de cette grosse voiture qui semblait rôtir sous le soleil. Les sièges en agneau glacé beige très clair contrastaient avec le noir intense de la carrosserie. Elle sentait le neuf, le propre. Alcide regarda autour de lui, mais tout était calme. Que devait- il faire ? Sonner ? Frapper contre le battant de la porte ? Il tenta de voir sur le côté de la maison s'il y avait du monde. A l'arrière de la bâtisse, il distinguait un jardinet. Plus loin, sur une petite terrasse en pierre blanchâtre, une vieille dame était assise sur une chaise de jardin en fer blanc. Soudain, dans son champ de vision, sortant de la maison par une verrière, Alcide vit apparaître celle qu'il adulait tant : Caroline Bach ! Oui, c'était bien elle, la même qu'à la télé. Contrairement à ses prestations télévisuelles, elle ne portait pas de petite robe noire moulante mais un simple jean et un tee-shirt rouge. Même ses cheveux, qui d'ordinaire lui encadraient son joli visage, étaient attachés. Elle marchait en tenant une théière à la main et s'apprêtait à servir sa mère. Déçu de retrouver son idole si peu apprêtée, Alcide accusa le coup. Il se ressaisit.

Malgré tout, il vivait un instant extraordinaire : voir Caroline Bach en vrai ! Elle était à quelques mètres de lui. C'était un cadeau du ciel !

Alcide la regardait bouche bée. Il n'en revenait pas. La jeune femme blonde avait fait le service puis s'était maintenant rassit tout en dialoguant sereinement avec sa mère. Celle-ci lui faisait face, elle parlait tout en soufflant par moment sur sa tasse pour refroidir son thé. Alcide ne comprenait pas ce qu'elles disaient. Figé par sa découverte, il restait là, à regarder béat les deux femmes bavarder.

Un tracteur passa dans la rue, Alcide ne se retourna même pas. Il était prostré, les yeux rivés sur la terrasse du jardin.

Le conducteur, un fermier du coin revenant de faire de l'ensilage, s'arrêta à sa hauteur. L'agriculteur, intrigué de voir ce rouquin au visage déstructuré, inconnu dans le village et planté devant ce jardin, lui demanda s'il cherchait quelqu'un ou quelque chose. Mais Alcide le rabroua de la main, comme chassant un moustique teigneux, et lui spécifiant qu'il ne voulait pas converser avec lui. Il faisait signe de le laisser tranquille. Le tracteur repartit, laissant Alcide à sa contemplation. Il resta quelques instants à regarder les deux femmes dialoguer, puis il se fit violence. C'est la mort dans l'âme qu'il rebroussa chemin. Il reviendrait, se raserait et s'habillerait plus proprement. *S'il avait su !*

Mais ce n'était que partie remise. Il fit une dernière fois le tour de la voiture, et d'un geste vif, comme s'il ne contrôlait plus ses mains, il se saisit du foulard oublié par son idole sur le siège arrière du cabriolet.

Instinctivement, il regarda à droite puis à gauche, mais même dans les arbres, pas la plus petite feuille ne bougeait dans ce village atone.

Il enfourcha sa mobylette et rentra chez lui la tête pleine de choses bizarres, son trophée serré contre son cœur.

Le soir, Alcide eut un mal de chien à s'endormir. Il était abasourdi d'avoir vu de ses yeux vu, sa belle miss météo.

Il ne quittait plus le foulard. Il l'avait humé, l'avait scruté, le serrait contre lui, odorant et soyeux. Il faisait partie de lui. Alcide aurait pu donner le nombre d'arabesques qui illustrait ce petit carré de soie. Ce parfum de femme, ce musque entêtant. Cela le rendait fou ! Il se lava les mains pour ne pas ternir son trophée.

Heureux, mais trop nerveux pour apprécier vraiment, il n'arrivait pas à gérer cet événement dans la sérénité. Cette maison aux volets bleus en bout de village, l'image récurrente du clinquant de cette grosse voiture dans ce petit village asséché par la désertification, lui revenait sans cesse. Ne trouvant pas le sommeil pour apaiser ses angoisses nocturnes, il sentait son sexe se durcir, des idées libidineuses le hantaient. Il avait eu une envie irrépressible de se masturber en respirant le parfum de Caroline imprégné dans le foulard. Mais curieusement, Alcide s'y refusa : il trouvait cela sale ! C'était un sacrilège de se servir de ce carré de soie, seul lien sacré avec Caroline. Il ne voulait pas souiller cette relation en se servant de ce morceau de tissu qui était comme une partie vivante du corps de Caroline. Il voulait conserver le côté pur que représentait ce carré de soie et se devait de le conserver intact. C'était dans ce bout de tissu que se trouvaient tous les parfums de Caroline.

Il lui fallait le conserver dans l'état le plus longtemps possible. Elle était à ses côtés maintenant. C'était avec ce foulard qu'il pouvait à tout moment sentir l'odeur de cette femme qui le faisait tant rêver. La nuit fut terrible. Il se leva plusieurs fois. Il lui en fallut des verres et des verres de vin pour perdre connaissance et enfin s'endormir. La bouteille en plastique d'un litre et demi de vin du père Bouchard avait rendu l'âme rapidement.

Alcide n'avait trouvé le sommeil que très tard : il n'avait émergé que vers neuf heures trente au lieu de sept heures habituellement. La tête lourde, la bouche sèche, l'œil torve, il se jura, dès qu'il eut mis un pied par terre, qu'aujourd'hui il verrait Caroline. C'était sa décision. Il connaissait son odeur, il devait aller plus loin dans sa relation. Il lui parlerait. Il se fixa sur cette idée. Ces deux heures de sommeil et son cerveau altéré par l'excès de vin n'avaient pas été de bon augure pour passer le reste de la matinée. Dans sa pauvre tête malade ça tournait dur. Le décor de la veille lui arrivait comme un écran propulsé en pleine face : le petit jardin, avec les deux femmes parlant en buvant le thé, cette grosse berline noire à la sellerie crème, et Caroline avec sa petite robe rouge sortant de la maison une théière à la main. Elle avait l'air si calme, si douce, si belle. Il avait déjà préparé sa visite. Il lui demanderait un autographe et lui dirait qu'il avait trouvé un foulard par terre. Etait-ce le sien ? Elle le remercierait, contente de retrouver son bien. Ils boiraient un verre ensemble, parleraient *de la pluie et du beau temps* comme disait le père Boucard. Puis il lui ferait signer un autographe sur le programme télé où elle figurait en couverture. Après, quand il rentrerait, il mettrait le journal dans un cadre sur le buffet. Chaque jour, il l'aurait sous les yeux. Il sortit un vieux paquet de revues poussiéreuses du placard. Il extirpa celui où Caroline Bach posait en couverture. Quand il posa sur la table le magazine télé, il pesta en constatant que la page était tâchée. Un rond brun apparaissait sur la poitrine de Caroline. Il avait dû poser son bol de café trop plein sur le journal. Alcide pris une éponge qu'il mouilla avec du savon et s'attela à atténuer la tache. Le résultat ne fut pas celui escompté. C'était pire. Alcide très énervé, balança le magazine contre le mur et se servit une bière. Il pensa que son idole aurait peut-être une photo toute prête à lui dédicacer. Une belle photo toute neuve, toute brillante comme la carrosserie de sa voiture. Oui il en était sûr, il aurait une photo d'elle.

CHAPITRE 23

La Haye, un an après…

Sophie aimait ressentir cette sensation. Elle pédalait sur le faux plat et, dans la descente, se laissait glisser, le vent lui soulevant délicatement les cheveux et lui balayant de son souffle tiède les jambes. C'était une sensation délicieuse. Elle s'habituait bien à sa nouvelle vie. Avec Tony au début, la vie commune avait été un peu compliquée. C'était un taiseux. Tony avait pris des habitudes de vieux garçon, rustre et individualiste. Son passé carcéral n'avait rien arrangé à cette introversion maladive. Pas évident de remettre en route une vie sentimentale après toutes ces années. Sophie ne vivait pas une seule journée sans penser à Lou. Combien de nuits avait-elle passé à pleurer sa fille adorée ? Le temps apaise, atténue, mais ne peut pas tout effacer. Habiter le plus grand château, vivre la plus belle histoire d'amour ne pourrait remplacer un enfant disparu, celle qui était partie, celle qui n'avait que dix-neuf ans, la chair de sa chair, le sang de son sang. C'est avec ce souvenir que Sophie reconstruisait un semblant de vie. Une vie qui ne pourrait être de toutes les façons que boiteuse.

Ils habitaient un pavillon confortable, en structure bois, un peu en retrait dans un angle du parc où les résidences pour séniors s'étalaient en forme de fer à cheval. Entourés de conifères, leur résidence calfeutrée disposait d'un petit terrain. Sophie s'était attelée au jardinage. Après le travail, ils se sentaient chez eux dans cette habitation neuve et fonctionnelle.

Sophie aimait ses nouvelles fonctions. Elle appréciait de se sentir valorisée par ce poste à responsabilité. Tony l'avait fait embaucher comme convenu par son ami Fred, patron de la résidence retraite pour séniors fortunés. Elle recrutait, formait et manageait les agents d'entretien et ceux du service restauration.

Elle avait galéré au début pour communiquer en néerlandais avec les employés pour s'approprier les rudiments de la langue. Ce qui l'avait beaucoup aidé, c'était son anglais.

Elle avait dû le réanimer. Mais dans ce pays les hollandais parlaient l'anglais majoritairement. Pendant six mois, chaque soir, elle s'était astreinte à apprendre ce nouveau langage : un mélange de langue germanique et d'anglais. Aujourd'hui, elle possédait de bons acquis. Sur le plan professionnel, ses vingt années passées à la maison de retraite de Beurnier lui donnaient une crédibilité indiscutable pour ce poste. S'occuper des résidents, ça, elle savait faire.

Tony le ténébreux commençait à fendre l'armure au fil du temps. Après leur départ de France, il semblait tendu et inquiet les premiers mois. Mais progressivement il s'était relâché. Le soir après diner, ils partaient parfois en ville boire un verre dans un pub. Tony lui avait fait découvrir les fameux *cafés bruns*. Considérés par les hollandais comme un deuxième chez soi, ces pubs avaient pour particularité d'avoir leurs murs intérieurs en bois sombre. Au fil du temps, la nicotine s'était imprégnée sur le bois recouvrant les murs. On y mangeait des *kibeling*, une sorte de beignet de viande en buvant une pinte de bière. Tony lui avait fait découvrir aussi les hauts lieux de la restauration de la région. Mais il avait prévenu Sophie, elle n'allait pas tomber à la renverse en découvrant la gastronomie néerlandaise.

Sophie se rendit vite à l'évidence, en voyant arriver sur un plat d'entrée ces harengs à la cerise, au curry, ou à la crème. Elle sourit en pensant à Lou. Elle n'aurait pas apprécié ces spécialités atypiques ! Pas de quoi fantasmer sur ce *rugbrod*, un pain de seigle noir tartiné de graisse de porc qui trônait sur toutes les tables de ce lieu pourtant très côté dans cette ville. Ce qui sauvait un peu la mise de ces restaurants, c'était sans nul doute les plats hérités de l'influence indonésienne. Plutôt réservée sur les mets du terroir, Sophie fut plus enjouée de déguster des *nasi goreng,* une sorte de beignet de morue frit servi avec une sauce cacahuète.

Le service par contre, était qualitatif, une ambiance conviviale. La patronne vous accompagnait pendant tout votre repas. Le chef lâchait ses fourneaux pour dialoguer avec les clients, le tout dans une ambiance bon enfant. Gustativement, ce n'était pas très bon, mais c'était souvent bio et les restaurateurs étaient gentils. De vrais gentils !

Côté sortie, Sophie se délecta plus en visitant ce parc floral printanier, reconnu comme le plus grand parc floral du monde : les *jardins keukenhof.* Une explosion de couleurs. Plus de sept millions de tulipes, de narcisses et de jacinthes : un patchwork géant de champs multicolores. Elle s'amusa beaucoup aussi en visitant Madurodam, cette étonnante ville miniature ramenée à l'échelle un vingt-cinquième près de La Haye construite en 1952 pour honorer la mémoire d'un enfant mort en déportation.

Sophie pensa à sa petite fille : « *Dommage ! Cela aurait bien plu à Lou !* »

C'était plus fort qu'elle. Sophie ne pouvait concevoir d'être heureuse, sans culpabiliser. Sa petite fille semblait être à ses côtés. Parfois, elle la prenait à témoin. Les morts ne meurent jamais tout à fait.

En dehors de ces escapades, le couple avait pris pour rituel d'échanger. Comme beaucoup de couples fraichement installés, ils meublaient le silence quand le soir venait après dîner. Souvent même s'ils parlaient de banalités, ils échangeaient sur leur travail, sur l'aménagement de leur maison, les souvenirs d'enfance. Pour mieux se connaitre, ils se devaient de savoir d'où ils venaient. En faisant revivre sa jeunesse, fébrilement, Tony commençait à se livrer petit à petit avec Sophie. Elle comprenait mieux pourquoi cet homme, qui maintenant partageait sa vie, était un introverti et d'où venait ce côté asocial, marginal. Il lui avait raconté son enfance dans les Pouilles en Italie, une enfance de misère matérielle, morale et affective. Il lui parla de ce père alcoolique et brutal, ouvrier du bâtiment, rentrant au foyer parfois un peu plus ivre que d'habitude et tenant des propos incohérents.

Faisant le procès du gouvernement, du patron, des collègues, il cherchait surtout dans ces occasions, des prétextes pour assouvir son envie de violence. Les enfants tremblaient quand il arrivait. La pauvre mère n'était pas armée pour se protéger et protéger ses petits. Elle dégustait, la pauvre femme ! Parfois les enfants couraient dans la rue pour ne pas essuyer les coups du père violent au cerveau délabré par l'alcool. Il n'hésitait pas à se servir de sa ceinture pour dérouiller ses enfants. Tony en avait fait les frais : un jour où son père le cinglait à coup de ceinturon, il avait reçu la boucle en métal dans l'œil. Pendant une semaine, il allait au lycée, défiguré.

Le regard inquiétant des professeurs et les murmures moqueurs des élèves de sa classe découvrant son visage tuméfié l'enfonçait encore plus dans la honte et la solitude. Pour fuir la misère de ce foyer, il avait fugué avec son grand frère à plusieurs reprises. Mais cela avait été double peine. Au retour de cette expédition, le père les dérouillait et au lycée cela avait été un mois entier de punition : jeudi et dimanche collés. Tony en appréciait presque ces journées dites de punition. Au lycée, il mangeait des repas complets, améliorés le week-end, grâce à Dieu ! Il retrouvait une quiétude inhabituelle appréciable aussi ! Tout était propre, tout était calme. C'était cela la vraie misère ! Apprécier des lieux concentrationnaires pour s'évader de l'affreuse réalité. Peu d'élèves avaient le privilège de venir passer tous leurs jeudis et leurs dimanches au lycée. Tony sentait dans le regard et le comportement des surveillants, une forme de compassion à son égard. Il n'avait que treize ans, mais déjà il possédait cette hargne de résister, cette envie irrépressible de liberté, faisant fi de la peur de l'inconnu. Déjà rebelle, il fuyait ce domicile familial, partant en stop pour Rome. A treize ans, il se retrouvait seul sur la route, tel un fantôme qui se perd dans la nuit. Il fuyait cette vie de misère, las de subir les violences et de vivre dans la honte, honte d'aller au lycée en portant des pantalons rapiécés aux fesses et d'avoir les cheveux rasés comme les pouilleux. La mode était, à l'époque, cheveux longs, mais dans un souci d'économie et se souciant peu de l'avis des enfants, on rasait les cheveux pour ne payer que deux ou trois fois par an le coiffeur. Peu soucieux de connaître les sentiments d'humiliation qu'un ado peut ressentir dans l'enceinte d'un lycée où chacun tente d'épater l'autre, Tony compris vite qu'il devait éblouir les autres non par sa garde robe dernier cri, ni par sa coupe de cheveux à la *Mike Brandt.* Déjà très jeune, personne n'avait pas envie de lui chercher des poux dans la tête à Tony. Sophie avait appris à démystifier ce drôle de compagnon. Elle comprenait mieux son passé et surtout son passif. Elle l'aimait comme il était. Tony était fiable. Quoi de plus rassurant pour une femme meurtrie par la vie !

Dans l'intimité, elle savait qu'il pouvait aussi lui donner de l'affection. Sous l'armure qu'elle seule avait réussi à fendre, elle découvrait un autre Tony. Un Tony à elle.

Le seul point d'ombre qui inquiétait Sophie c'était la connivence de Tony avec son ami Fred le patron de la résidence retraite. Le soir ils partaient souvent ensemble pour boire une bière en ville « *disaient-ils* ». Souvent quand Sophie les rencontrait dans le parc résidentiel et qu'ils étaient en conversation, ils s'arrêtaient net de parler.

Sophie angoissait à l'idée que Tony puisse un jour retourner *au braquo.* Pour reprendre son expression, lorsqu'il lui racontait quelques anecdotes de son ancienne activité.

Quand ils parlaient le soir, Tony lui demandait parfois :

— Tu me fais parler, mais toi ? Parle-moi un peu de toi !

Elle lui souriait. Avec candeur, elle lui disait, presque frustrée, de n'avoir rien à raconter dans sa vie de petite fille sans relief. Ce qu'elle pourrait dire n'avait pas grand intérêt. Une enfance tranquille sans désastre inquiétant.

Des parents aimants, une famille modeste, sans histoire : une enfance normale. Son père agent commercial dans les produits sanitaires était décédé d'un infarctus à 56 ans. Sa mère vivait dans un petit village de l'Orne près de son autre fille qui avait épousé un agriculteur. Elle donnait un coup de main à la ferme et faisait la nounou.

Depuis près de deux ans maintenant, Sophie et Tony suivaient ce chemin tranquille, savourant le calme et la sérénité de leur nouvelle existence, après ces vingt années de jachère affective. Sophie avait réussi à vivre en harmonie avec ce drôle de personnage. Brûlé par la vie, il l'amusait parfois avec ses manies, des habitudes de fonctionnement bien particulières, ces tics de comportement que seuls les anciens truands possèdent. Quand ils se rendaient au restaurant, ou boire un verre, Tony parlait la main sur la bouche et se mettait toujours dos au mur près de la porte d'entrée, pour avoir une vue d'ensemble sur la salle.

Sophie appréciait ce pays atypique au climat rude. L'indifférence des hollandais pour leurs semblables, certainement les traces de l'héritage de ce vieux protestantisme, était bien appréciable.

Contrairement à la France, ici vous étiez transparent. Si vous restiez correct, personne ne s'intéressait à vos fréquentations, à vos faits et gestes.

Mais un jour, ce que redoutait Sophie arriva.

Prémonition ou intuition féminine !

Un soir, Tony rentra le regard plus noir que d'habitude. Il lui annonça qu'avec Fred, ils devaient partir deux ou trois jours en France. Une petite affaire à régler. Pas de quoi s'inquiéter, lui avait-il précisé. C'est justement à cet instant que Sophie s'inquiéta. Les deux hommes devaient rentrer en fin de semaine.

Une semaine passa. Rien, pas de nouvelles !

Puis un matin Cathia, l'amie de Fred, vint sonner à la porte.

Et là ce fut le drame. Sophie faillit perdre connaissance. Tony et Fred étaient tombés dans une embuscade à Paris. Tony avait reçu plusieurs balles et était décédé à l'hôpital. Fred allait s'en sortir, mais la police enquêtait.

Sophie vivait un cauchemar. Décidément, jamais elle ne pourrait vivre normalement. Sa petite fille était morte, et maintenant Tony. Même les larmes ne voulaient plus couler.

Cathia très affectée elle aussi, lui remis une boite en métal où étaient rangés des rouleaux de billets :

— C'est pour toi ! Tony et Fred avaient prévus en cas de soucis.

D'un geste rageur, Sophie repoussa la boîte sur la table.

— J'en veux pas de cet argent ! Moi je voulais être heureuse, je voulais simplement être tranquille.

Puis elle se mit à crier :

— C'est pas possible ! Ce n'est pas vrai ! Pourquoi ?

Elle se mit la tête entre les mains et cette fois les larmes coulèrent. Puis pensant à Lou, elle dit tout bas : « *Tu vois Lou, nous voilà encore toutes seules !* »

CHAPITRE 24

Sous les jupes des filles !

Alcide avait dîné rapidement. Un repas frugal, mais préoccupé par sa présentatrice météo en vacances à quelques minutes de chez lui, Alcide avait d'autres priorités que de manger. Une idée fixe s'était installée dans sa tête depuis hier : voir en vrai Caroline Bach ! Pour atténuer sa nervosité, Alcide avait forcé sur la bouteille et son cerveau patinait un peu. Il se leva de table, la bouteille de vin tomba par terre, le peu de liquide restant aspergea le sol. Il tituba, puis se remis droit sur ses jambes. Il s'approcha du morceau de miroir cassé accroché sur le mur : Ce qu'il vit ne le rassura pas.

L'image de cette gueule cassée, l'œil fermé barré d'une grosse cicatrice rougeâtre et ces touffes de cheveux hirsutes de couleur rouille au-dessus de sa tête de chou ne présageait rien d'appétissant pour séduire une jeune présentatrice de télévision. Alcide, reprenant un peu de lucidité, en convint.

Hormis si la belle Caroline avait un goût pour le style Quasimodo, Alcide possédait peu d'atouts pour séduire son idole. Il lui fallait s'arranger un peu. Il ne pouvait sortir comme ça !

Il devait se raser, se peigner, mettre un tee-shirt et un jean propre.

Alcide se passa la crème à raser sur le visage, puis il rabota ses joues avec un vieux rasoir *jetable*, qu'il aurait dû, en effet, jeter depuis longtemps. Très vite, la lame n'étant plus toute neuve et ébréchée par endroit, le griffa et fit couler le sang. Le liquide rouge se mêla rapidement à la mousse à raser blanche. Alcide pencha la tête au-dessus de l'évier et se passa les joues scarifiées sous le robinet. Un filet de liquide rose se faufila dans le siphon. Le résultat était pathétique. Les coupures zébraient ses joues à moitié rasées. On pouvait voir par endroit, tels des îlots, des plaques de poils roux apparaître. Seuls la moustache et le menton avaient perdu leurs poils, et pouvait être considérés comme rasés. Se regardant à nouveau dans son bout de miroir, et constatant le résultat, Alcide pesta. Il se servit un grand verre de vin, contrarié.

Qu'allait penser Caroline en voyant cet étrange visage ?

A l'aide d'un torchon, il essuya ses joues. Les coupures commençaient à sécher. Alcide jeta, d'un geste nerveux, le torchon taché de sang sur le lit. Il enfila un polo bleu pâle qui séchait sur une chaise. Un peu chiffonné, mais en se tendant sur son torse, cela pouvait s'arranger. Une belle tâche de graisse rebelle avait résistée au lavage. Elle s'étalait sur le bas du polo, mais Alcide ne la voyait pas. Il ne voyait plus rien. Il voulait partir. Il voulait retrouver Caroline Bach.

Rasé de frais et habillé de propre par endroit, il se servit un autre verre. Le passage de l'eau sur son visage l'avait un peu dessaoulé. Mais il lui fallait du courage. Le plus important restait à venir. Dans sa tête, c'était un orage qui grondait. Ses yeux se posèrent sur ses chaussures. Elles ne brillaient pas, les chaussures de sport en toile ne brillent pas. Elles avaient dû être blanches dans une autre vie. Là, il paraissait difficile de leur attribuer une couleur définie. Alcide ne pouvait pas en passer d'autres, il n'avait que celles-ci.

Une dernière chose avant de partir : les cheveux. Mais où était ce peigne ? Pas grave ! Il se passa de l'eau sur les mains et avec ses doigts il les tira vers le haut.

Il sauta sur sa mobylette, mais redescendit aussitôt. Le foulard ! Il ne pouvait pas partir sans lui.

Il le trouva sous l'oreiller crasseux et d'un geste affectueux il le serra contre sa poitrine. Cette fois il pouvait partir. Il se dirigea vers Vernizy, l'esprit léger.

Haut les cœurs !

Quand il arriva dans le village et qu'il passa devant la maison bleue, il eut un choc. La belle voiture cabriolet n'était plus là. Alcide paniqua. Et si son idole était repartie ?

Désarçonné, il ne savait que faire. Il regarda sa montre : 19 heures 23. Peut être était-elle partie simplement faire des courses, ou voir de la famille, des amis ?

Peut-être était-elle repartie sur Paris ?

Alcide refusa cette hypothèse. Il ne voulait pas croire qu'il ne verrait pas Caroline ce soir !

Le fan fit le tour du village deux fois avec sa mobylette, ne sachant quoi faire. Comment gérer ce contre temps. Il alla sur la place et posa son véhicule contre un arbre. Il s'assit sur le talus au bord de la route en attendant de voir le beau cabriolet noir aux sièges laiteux rentrer.

Les minutes s'égrainaient. Alcide attendait, statique, le foulard serré dans sa main. Son cœur se mit à battre soudain, un bruit de moteur ronronnant au loin lui arrivait.

Déception, ce n'était que ce maudit tracteur de l'autre jour qui traversait le village pour rentrer chez lui. Le fermier lui fit un signe de la main, mais Alcide ne répondait pas.

Il regarda sa montre : 20 heures 48. Il pesta. Mais où pouvait-elle être, bon sang ?

La nuit allait tomber dans peu de temps. Il se leva et fit quelques pas, puis alla d'un pas plus rapide vers la maison bleue. Il regarda par le jardin, comme la première fois qu'il était venu.

Il fut surpris de voir qu'une lumière traversait la vitre de la verrière. Il y avait donc quelqu'un !

Il tendit l'oreille. Rien. Les portes et les fenêtres étaient fermées. Alcide pensa que son idole était peut-être repartie à Paris. Sa mère devait être seule. Tant pis ! Il la retrouverait aux prochaines vacances d'hiver, pour Noël.

Mais il voulait en avoir le cœur net. Alcide voulait écouter à la fenêtre, peut être apercevoir qui était dans cette pièce éclairée. Caroline y était peut être ?

Sa voiture était peut-être ailleurs, chez le garagiste…

Alcide enjamba la petite haie et se retrouva dans le jardin.

Malgré l'herbe sous ses pas, il marchait sur la pointe des pieds, avançant tout doucement vers la fenêtre où la lumière rayonnait. Sa respiration s'accéléra. Il regarda par le carreau. Un écran de télévision en marche lui faisait face, il en percevait le bruit sourd. Il inspecta d'un œil rapide la pièce. C'était une salle à manger. Le couvert était mis : deux assiettes et deux verres à pieds trônaient sur la table. Un saladier coloré avait été posé au centre. Soudain, la mère de Caroline pénétra dans la pièce, elle portait une baguette de pain à la main qu'elle déposa sur la table. Elle mélangea machinalement d'un tour de main, le saladier où Alcide crût deviner le rouge des tomates et le blanc des œufs durs entre autres. Puis la maîtresse des lieux réajusta la symétrie des couverts et des verres.

La vieille femme était seule. Elle semblait attendre un invité. Elle se posa un instant devant le poste de télévision, puis repartit dans une autre pièce. Alcide se dit qu'elle attendait Caroline. Il commençait à reprendre espoir.

Il faisait presque nuit maintenant. La fraicheur s'insinuait dehors. Alcide était assis sur le bord de la terrasse, il attendait. L'effet du vin ingurgité commençait à décroitre.

Mais il aurait bien bu un verre maintenant, il avait soif et faim. Accroupi dans l'herbe au coin de cette terrasse, il était perdu dans ses rêves. Soudain, un bruit de moteur dans la rue semblant arriver vers la maison le saisit à froid. Il se leva brusquement pour aller voir devant l'entrée qui arrivait. Mais l'obscurité avait recouvert le jardin de son immense manteau noir. Alcide, se précipitant vers la haie pour voir l'arrivant, se prit les pieds dans la rallonge électrique servant à éclairer la terrasse l'été. Il s'étala de tout son long, sa tête percutant une vasque en béton qui abritait un joli laurier fleur aux tons provençaux. Dans sa chute le lampadaire halogène se fracassa sur la terrasse.

La mère de Caroline, alertée par des bruits étranges se précipita dehors. Sa fille juste rentrée de chez son amie d'enfance, la rejoignit apeurée par ce remue-ménage peu orthodoxe. Et ce qu'elles découvrirent au bout du faisceau de leur torche n'était pas reluisant.

La mère n'osait pas s'approcher. Quelle horreur !
Les deux femmes découvraient, allongé dans la pelouse, un homme aux cheveux roux, le crâne ouvert sous l'oreille et perdant son sang. Son visage dystrophique faisait peur. Son œil fermé et de multiples coupures sur ses joues.

A demi-assommé, à demi-conscient, Alcide regardait les deux femmes sans trop comprendre ce qu'il faisait là, ce qu'il lui était arrivé.

Il entendait des voix autour de lui. Des mots pas très sympathiques d'ailleurs: *« Même avant d'être tombé, il ne devait pas être très chouette, le gars ! » ou « Heureusement qu'il est tombé, tu t'imagines face à lui ! »*

On dirait un monstre ! Qu'est ce qu'il voulait ?

Caroline aperçut son foulard serré dans la main de l'homme allongé par terre. *« Ah ! Ben voilà ! C'est lui qui me l'avait volé ! »*

Elle s'agenouilla près d'Alcide et retira le carré de tissu d'un geste prompt.

Se tournant vers sa mère, Caroline lui déclara :

« C'est un pauvre diable ! C'est bizarre de voler un foulard, non ?

La mère septique lui répondit :

« C'est peut être un de tes admirateurs ! »

Elle se mit à sourire. Sa fille lui en racontait tellement sur ces cinglés qui lui envoyaient des lettres d'amour, des photos… et sans compter ceux qui l'attendaient dans le parking à la sortie du studio. Elle sortit le portable de son sac à main et fit le 17.

Alcide, très secoué, avait du mal à reprendre ses esprits. Malgré tout il remarqua que son idole avait mis sa tenue de travail. Elle portait une petite jupe blanche à triple volants et un chemisier bleu. De sa position au sol, il pouvait découvrir ses magnifiques jambes bronzées. Peut-être le croyait-elle mort ou évanoui ? En tout cas Caroline peu craintive se tenait au dessus de lui maintenant debout avec son Smartphone à la main elle guettait la sonnerie. Alcide couché dans l'herbe, perdant son sang, se sentait presque gêné par son champ de vision privilégié. Il n'osait en profiter. Les magnifiques jambes de son idole paraissaient infiniment longues. Il ne voulait pas monter son regard plus haut que les cuisses. Pourtant elle était au dessus de lui, toute proche, mais par pudeur, il luttait pour ne pas profiter de sa position. C'était un supplice. Il savait qu'il n'aurait pas le loisir et la chance de revoir ça de sitôt ! En un éclair pourtant, son regard remonta au plus haut. Au plus haut. Ses yeux frôlèrent dans un premier temps les jambes, puis les genoux, les belles cuisses fuselées étaient là, bien droites, et enfin ce fût *le graal* : Un cadeau du ciel ! Il avait vu l'entrejambe de son idole.

A peine un quart de seconde, ça ne comptait pas ! Noire. Elle était noire, il en était sûr. Pour Alcide, c'était le plus grand jour de sa vie. Il faisait partie de ces hommes qui avaient vu la chose la plus intime d'une femme : sa *petite culotte*. La petite culotte noire de Caroline Bach. Alcide se serait damné pour découvrir ce petit bout de tissu, un petit bout de tissu cachant l'endroit de l'anatomie de son idole la plus secrète.

A cet instant, paradoxalement, au moment où sa tête se vidait de tout son sang, son visage cabossé semblait touché par la grâce. Hébété, mais heureux Alcide sentait son esprit partir. Il divaguait, n'entendant plus les sons des sirènes qui s'approchaient maintenant.

Le SAMU était là. Alcide aurait eu de quoi être inquiet s'il avait pu entendre les mots définitifs prononcés par les secours au dessus de lui. Le premier pronostic n'était pas rassurant. Glissé sur la civière, Il semblait s'en aller, le visage serein en disant : « *Je suis trop heureux, je peux bien partir maintenant !* »

Caroline, circonspecte, regardait partir ce pauvre diable. Il lui faisait pitié ce grand escogriffe pathétique, tout cabossé, mais touchant. Elle pensait après coup, qu'il était venu ici pour elle. Ce foulard pris dans l'auto, ce n'était pas un geste malhonnête mais un acte d'amour. Ce pauvre homme était un de ces admirateurs. Un fan, un inconditionnel. Comprenant mieux maintenant le comportement de ce pauvre hère, Caroline sortit de son sac à main son stylo feutre puis déplia son foulard sur l'aile de l'ambulance.

Elle eut beaucoup de difficultés à écrire sur la soie, mais en repassant plusieurs fois la pointe du feutre sur le tissu, elle réussit tant bien que mal, à dessiner un petit soleil au dessus de son prénom : ***Caroline***. Elle était habituée à ce genre de dédicace.

Le fourgon allait partir. La miss météo eut juste le temps de déposer le foulard sur la poitrine d'Alcide avant que les portes du SAMU claquent. Celui-ci allongé sur la civière, le visage maculé de sang et inerte, n'inspirait pas l'optimisme. Quand Caroline Bach déposa le carré de soie sur le torse de son admirateur transit, ses yeux se posèrent sur ce visage éteint, et à cet instant, elle se demanda si Alcide reverrait un jour le soleil.

CHAPITRE 25

La marche de l'ange !

Laissant le temps faire son travail de régulateur de grands maux, une année s'était écoulée. Véronique profitait de la fin de l'été pour savourer le bonheur de jouer avec son fils. Son fils, c'était Gabriel. Il allait avoir un an le mois prochain. Il commençait juste à marcher depuis une semaine, fier des encouragements reçus, à chaque série de pas réussis sans trébucher dans l'herbe. On l'entendait s'esclaffer, heureux de gagner déjà des performances physiques fabuleuses sous les yeux attendris de ses parents, très fiers de l'arrivée, l'année passée, de ce petit ange. Un petit nuage rose au milieu de ce ciel très chargé avait été un vrai bonheur pour Victor et Véronique.

La véranda avait été remplacée rapidement, comme pour clore cette triste aventure. Par contre, Il fallut du temps avant que ces derniers infimes morceaux de verre soient retirés de la pelouse. Le couple de nouveaux parents les avait éliminés à la pince à épiler. Ils ne voulaient pas que le petit Gabriel marche sur un éclat de verre. Toutes les traces de ce sinistre incident n'étaient plus visibles, et toute cette histoire ne semblait plus qu'un mauvais souvenir. Physiquement et psychologiquement. Tout cela appartenait aujourd'hui au passé.

Victor s'était bien remis de son agression.

Les boutonnières, pour reprendre l'expression du médecin chef, s'étaient refermées. Il avait repris ses activités d'élu.

Le vieux Pernin et son stipendié Mourad Bouhassoun attendaient leur procès en prison depuis déjà un an.

Ils étaient convoqués au tribunal le mois prochain. Malgré les talents reconnus de son avocat, Jacques Pernin resterait en préventive. Stupeur dans son milieu ! Comment ce notable en fin de carrière avait-il pu se livrer à ce genre de turpitudes ?

Grandeur et décadence de la nature humaine.

Les hommes sont vaniteux. Toute leur vie, ils restent des enfants, ils ne veulent pas que l'on prenne leurs jouets. Ils sont prêts à tout, même au pire pour les conserver.

Pour Victor, la nouvelle donne l'avait déchargé de beaucoup d'obligations, suite à la victoire de la droite aux présidentielles et un mois plus tard, aux législatives. Il espérait bien reprendre ce siège le mois prochain. Les turpitudes de Lantier allaient l'aider. Les électeurs commençaient aussi à se rendre compte de leurs méprises en votant FN. Dans les régions dirigées par leurs amis, le chômage était toujours présents, les immigrés aussi, les retraites et le SMIC toujours au même niveau. Un électeur du front voulait voir la différence. Il n'y en eût pas. Donc aujourd'hui, frustré, il n'irait plus voter.

A droite, le petit voulait se venger. Ça se voyait trop. Le nouveau président faisait ce qu'il pouvait pour gérer notre pays. Mais ça n'allait pas vite. Tout ne dépendait pas de lui. Il fallait rendre des comptes à l'Europe. Celle-ci voulait que notre pays redresse ses déficits. En clair, qu'il augmente la durée légale de départ à la retraite, désengorge les administrations du surplus de ses effectifs pléthoriques. Ça allait tousser dans les chaumières. Donc pour la partielle, celui qui allait trinquer était le candidat de droite, cette fois. Victor devrait s'en sortir, d'autant plus que maintenant, c'étaient des triangulaires. Celui qui gagnerait serait le meilleur ou le moins mauvais des trois.

Pendant cette pause et en attendant l'échéance, Victor appréciait ce nouvel emploi du temps pour se consacrer à ses deux amours. En effet sa vie avait changé depuis quelques temps. Une amoureuse avait pris son cœur en entrant dans sa vie, puis un petit ange était arrivé, cet ange c'était le petit Gabriel. Victor n'en revenait pas de découvrir chaque jour ce petit bonhomme à l'opulente chevelure noire, et aux joues rebondies qui illuminaient sa vie par ses éclats de rire et ses élans de tendresse.

Véronique avait repris son activité de crêpière avec son amie Jessica. Même si cela n'était qu'à mi-temps, il n'avait pas été évident pour elle de laisser ce bébé tant désiré à une nounou. Véronique avait complètement éliminé cette tristesse qui la hantait parfois, cette enfance ravagée par le manque d'affection, ces horribles parents d'adoption. Son couple désagrégé, le souvenir de son enfant perdu. Elle ne pouvait oublier ce drame. Mais ce bébé l'aidait beaucoup à construire une autre voie. Bien sûr, il lui fallait vivre avec, et surtout faire sa résilience.

Aujourd'hui sa vie était en ordre, elle respirait la joie de vivre. Des repaires affectifs bien définis, ça aide !

Son cœur battait à nouveau. Il battait, non pour un seul homme, mais maintenant il battait pour deux personnes. Mettre au monde cet enfant avait été pour elle un cadeau béni du ciel. Retrouver l'équilibre affectif avec Victor et son petit ange était pour elle la vie rêvée. Une belle vie. Une résurrection !

Son petit ange dans les bras, elle cogna à la vitre du bureau où Victor planchait sur son ordinateur en attendant le dîner.

Il lui sourit, et fit au couple un coucou avec la main :

— Oui... Prépare-nous l'apéro ! J'arrive dans deux minutes !

Quelques instants plus tard, le député fit son apparition, heureux de s'installer dans son fauteuil en rotin sur la terrasse, pour profiter des derniers rayons du soleil et de sa nouvelle petite famille.

Il prit son fils sur les genoux et l'embrassa dans le cou. Gabriel fit mine de se dégager en riant aux éclats. Véronique posa le seau à champagne sur la table. Elle portait une belle robe en lin blanc, et par contraste, sa chevelure flamboyante ressortait plus encore. Victor la regardait.

C'est vrai qu'elle était belle dans cette robe d'été. Victor ne bouda pas son plaisir en l'apercevant, aidé par un soleil coquin dévoilant les formes généreuses de Véronique qui s'insinuaient en transparence, sous le tissu trop fin pour occulter tous ces trésors cachés.

Tout en remplissant les coupes, elle demanda à Victor :

— Je pensais aller quelque part demain, mais… je voulais t'en parler avant ! Intrigué, Victor la regarda avec étonnement :

— Pas de soucis, mais tu veux aller où demain ?

Véronique alluma une cigarette, un peu nerveuse. Soudain, elle aspira une bonne bouffée, puis lâcha cette drôle de phrase :

— Je voudrais aller voir quelqu'un à l'hôpital... Aller voir l'oncle de Gabriel !

Victor montrant son étonnement, fronça le regard, marquant là son interrogation :

— Gabriel a un oncle ?

Véronique, tout en relâchant sa fumée d'un trait, lui souffla en prenant une intonation d'évidence :

— Ben, oui ! Alcide.

Alcide c'est son oncle !

TABLE

Achevé d'imprimer en mars 2016
Pour le compte des éditions Paulo-Ramand

9 c boulevard Jean Moulin
44100 Nantes

Tél. : 02.40.92.83.29
www.paulo-ramand-editions.fr